KB152043

푸른 열차의 죽음

애거서 크리스티 추리 문학 17

푸른 열차의 죽음

이가형 옮김

해문

■ 옮긴이 이가형

동경제국대학 불문과, 미국 윌리엄스 대학 수학. 전남대학교, 중앙대학교,
국민대학교 교수 역임. 한국영어영문학회, 한국추리작가협회 회장 역임.
국민대학교 대학원장 역임

푸른 열차의 죽음

초판 발행일	1986년 05월 20일
중판 발행일	2010년 09월 20일
지은이	애거서 크리스티
옮긴이	이 가 형
펴낸이	이 경 선
펴낸곳	해문출판사
주 소	서울시 서초구 서초동 1328-11 도씨에빛 2차 1420호
TEL/FAX	325-4721 / 325-4725
출판등록	1978년 1월 28일 (제3-82호)
가격 ·	6,000원
ISBN	978-89-382-0217-8 04800
	978-89-382-0200-0(세트)

카로타와 피터에게 이 책을 바친다.

차 례

9 ● 제1장 백발의 사나이

15 ● 제2장 마르키

20 ● 제3장 불의 심장

25 ● 제4장 커즌 가에서

32 ● 제5장 쓸모있는 남자

42 ● 제6장 미렐

49 ● 제7장 편지들

58 ● 제8장 탬플린 부인의 편지

65 ● 제9장 거절된 제안

71 ● 제10장 푸른 열차에서

82 ● 제11장 살인

95 ● 제12장 마거릿 별장에서

103 ● 제13장 반 올딘이 받은 전보

108 ● 제14장 애더 메이슨의 증언

113 ● 제15장 로슈 백작

120 ● 제16장 포와로의 추리

128 ● 제17장 귀족 신사

138 ● 제18장 디렉의 점심식사

142 ● 제19장 초대하지 않은 손님

차 례

제20장 캐서린의 새로운 친구 ● 150

제21장 테니스장에서 ● 157

제22장 파포폴루스와 포와로 ● 167

제23장 새로운 추리 ● 174

제24장 포와로의 충고 ● 179

제25장 협상 ● 186

제26장 경고 ● 193

제27장 미렐의 증언 ● 201

제28장 다람쥐 포와로 ● 213

제29장 고향에서 온 편지 ● 224

제30장 비너 양의 판단 ● 234

제31장 에어런스 ● 241

제32장 캐서린과 포와로의 대화 ● 245

제33장 새로운 추리 ● 251

제34장 다시 푸른 열차를 타고 ● 255

제35장 사건의 설명 ● 260

제36장 바닷가에서 ● 269

작품 해설 ● 272

마르카— 출중한 외모를 지닌 신사. 백발이지만 사실은 가발이다.

드미트리우스 파포폴루스— 많은 사람으로부터 신뢰받는 골동품상.

지아 파포폴루스— 아버지인 드미트리우스를 쏙 빼닮았지만, 좀더 실질적인 성격이다.

루퍼스 반 올딘— 냉정하고 흔들리지 않는 미국인 백만장자.

리처드 나이튼 소령— 반 올딘의 비서. 행동이 민첩하고 지적이며, 많은 것을 알고 있다.

루스 케터링— 루퍼스 반 올딘을 빼닮은 딸.

디렉 케터링— 루스의 남편. 장차 르콘베리 경이 될 인물.

미렐— 사치에 젖어 있는 미모의 발레리나. 꽤나 급한 성격을 지니고 있다.

캐서린 그레이— 늘 조용하고 아름다운 회색 눈을 가진 노처녀. 최근에 막대한 유산을 물려받았다.

로절린 탬플린 자작부인— 매력적인 푸른 눈을 가진 중년 여인. 돈에 대한 강한 집착을 보인다.

레녹스 탬플린— 탬플린 부인의 딸. 어머니와는 닮지 않은 앳된 처녀.

애더 메이슨— 루스 케터링의 하녀.

아르망 드 라 로슈 백작— 여자들을 꼼짝 못하게 사로잡는 미남의 인물.

에르큘 포와로— 은퇴한 벨기에 형사. 그러나 은퇴 후 여행 중에 여러 사건을 만나서 그의 회색 뇌세포를 활용하게 된다.

제1장

백발의 사나이

자정이 임박할 무렵 한 남자가 콩코드 광장을 걷고 있었다. 멋진 털외투가 그의 빈약한 체구를 감싸고 있었지만, 어딘지 음울한 인상이 풍겨 나오고 있었다. 스파이 같은 얼굴을 가진 키가 작은 남자였다.

겉으로 봐서는 두드러진 역할은 할 수 없고, 어떤 분야에서도 제 몫을 해내지 못할 것 같은 사람이었다. 그러나 외모만으로 사람을 판단하는 것은 잘못이다. 별 볼일 없어 보이는 이 사람이 세계의 운명을 좌우하는 막대한 힘을 갖고 있었다. 그는 바로 스파이 세계의 우두머리였던 것이다.

지금 대사관에서는 그가 돌아오기를 기다리고 있을 것이다. 그러나 그는 먼저 해야 할 일이 있었다. 그것은 대사관 측에선 모르는 비밀스러운 일이었다. 달빛에 그의 희고 날카로운 얼굴이 드러났다. 가는 코의 윤곽이 뚜렷했다. 그의 아버지는 폴란드계 유태인으로 보석상이었다. 그가 그날 밤 외출한 것은 그의 아버지가 소중하게 여기던 사업 때문이었다.

그는 센 강을 건너 파리에서 평판이 좋지 않은 거리에 도착했다. 크고 허름한 건물 앞에 멈춰 선 그는 4층으로 올라갔다. 노크를 하려고 했을 때, 마치 기다렸다는 듯이 어떤 여자가 문을 열어주었다. 그녀는 인사도 없이 그가 외투를 벗는 것을 도와주고는 그를 싸구려 가구들이 들어선 응접실로 안내했다.

지저분한 핑크빛 꽃줄장식이 달린 전등불이 실내를 어둡게 비추고 있었다. 흐릿한 조명 때문에 여자의 얼굴은 부드러워 보였지만, 짙은 화장은 숨겨지지 않았다. 또한 몽고인 특유의 얼굴 모양도 숨길 수 없었다. 올가 드미로프의 국적뿐만 아니라 그녀의 직업까지도 한눈에 알 수 있었다.

"별일 없었나?"

"예, 보리스 이바노비치 씨."

그는 고개를 끄덕이며 중얼거리듯이 말했다.

"미행당하지는 않은 것 같은데……."

그러나 그의 어조에는 불안한 기색이 감돌았다. 그는 창가로 가서 커튼을 살짝 올리고 조심스럽게 밖을 내다보았다.

갑자기 그는 흠칫 뒤로 물러섰다.

"바로 앞길에 두 남자가 서 있어. 혹시 나를 따라온 건 아닐까?"

그는 말을 멈추고 손톱을 물어뜯기 시작했다. 불안할 때면 그가 하는 버릇이다.

러시아 여자는 그를 안심시키려는 듯 천천히 고개를 저었다.

"저 남자들은 당신이 오기 전부터 저기에 있었어요."

"혹시 이 집을 감시하는 건 아닐까?"

"그럴지도 모르죠." 그녀가 무관심하게 대답했다.

"그렇다면—."

"그게 무슨 상관이에요? 그들이 안다고 해도, 그들이 추적하는 사람은 당신이 아닐 텐데."

엷고 잔인한 미소가 그의 입술에 떠올랐다.

"그래, 그건 사실이지."

그는 잠깐 생각에 잠겼다가 말을 이었다.

"이 망할 놈의 미국인은 너무 조심스럽단 말이야."

"저도 그렇게 생각해요."

그는 다시 창가로 갔다.

"단골손님이긴 하지만—." 그가 미소를 지으며 투덜거렸다.

"경찰에게 잘 알려진 얼굴이라서 더 두려워. 녀석들이 잘 해줘야 할 텐데."

올가 드미로프는 머리를 흔들었다.

"만일 그 미국인이 사람들이 말하는 그런 사람이라면 웬만한 깡패 두 명으로는 어림도 없을 거예요." 그녀는 말을 멈추었다.

"그런데—."

"뭐지?"

"아무것도 아니에요. 오늘 저녁 어떤 남자가, 머리가 백발인 사람이었어요. 이 길을 두 번 지나갔어요."

"그게 무슨 상관이야?"

"잘 들어봐요. 그 남자가 밖에 있는 저 사람들 앞을 지나면서 장갑을 떨어뜨렸어요. 그러자 한 남자가 장갑을 주워서 그에게 돌려주는 거예요. 낡은 장갑이었는데."

"그럼, 그 백발 남자가—그들의 고용인이라는 말인가?"

"그런 것 같아요."

러시아인은 약간 놀라면서 안절부절못하는 것처럼 보였다.

"꾸러미는 안전하겠지? 누가 손을 대지는 않았겠지? 노리는 녀석들이 너무 많으니까."

그는 다시 손톱을 물어뜯었다.

"당신 눈으로 직접 확인해봐요."

그녀는 벽난로 쪽으로 몸을 굽히고 능숙하게 석탄을 옮겼다. 그리고 그 속의 쭈글쭈글한 신문 뭉치 가운데 지저분한 신문지에 싸인 네모난 꾸러미를 꺼내 그에게 건네주었다.

"완벽하군." 그가 감탄한 듯이 고개를 끄덕였다.

"아파트를 두 번이나 뒤졌더군요. 제 침대 매트리스도 벗겨져 있었어요."

"역시 내가 생각했던 대로야." 그가 낮은 목소리로 말했다.

"노리는 녀석들이 너무 많아. 가격 흥정으로 시간을 끈 것이 실수였어."

그는 신문지를 풀었다. 그 안에는 갈색 종이로 싼 작은 꾸러미가 있었다. 그는 종이를 벗겨 내용물을 확인하고는 재빨리 다시 쌌다. 바로 그때 초인종이 울렸다.

"미국인은 시간관념이 철저하군요." 올가가 시계를 흘끗 쳐다보며 말했다.

그녀는 방에서 나갔다. 잠시 뒤 그녀는 키가 크고 어깨가 넓은 남자와 함께 들어왔다. 그는 겉으로 보기에도 미국 사람이라는 것을 분명히 알 수 있었다. 그는 예리한 시선으로 주위를 둘러보았다.

"크래스나인 씨입니까?" 그가 정중하게 물었다.

"그렇소." 보리스가 말했다.

"우선 이런 곳으로 오게 해서 미안합니다. 그러나 비밀을 지키려면 어쩔 수 없었소. 나는—나는 어떤 식으로든 이 일과 관련되어서는 안 되는 입장이기 때문입니다."

"그렇습니까?" 그 미국인도 공손하게 말했다.

"내가 이 거래에 대해서는 단 한마디도 알려져서는 안 된다고 말했을 텐데요? 그건 거래 조건 중 하나이기도 하고요."

미국인은 고개를 끄덕였다.

"그건 이미 끝난 얘깁니다. 그러면 물건을 보도록 합시다."

"돈은 현금으로 준비해 왔겠죠?"

"물론." 상대방이 대답했다.

그러나 미국인은 돈을 꺼내려고 하지 않았다. 잠시 망설이더니 크래스나인은 탁자 위의 작은 꾸러미 쪽으로 몸을 움직였다.

미국인은 그것을 집어들고 겉에 싸인 종이를 풀었다. 그러고는 자그만 전기 램프 쪽으로 내용물을 가져가서 불빛 아래에서 자세히 들여다보는 것이었다. 미국인은 만족스러운 얼굴로 주머니에서 두툼한 가죽 지갑을 꺼내어, 그 속에서 지폐 뭉치를 꺼냈다. 러시아인에게 그것을 건네주자, 그는 조심스럽게 돈을 세었다.

"맞습니까?"

"고맙소. 정확하군요."

"됐어요." 손님이 말했다.

그는 갈색 종이로 싼 물건을 주머니에 쑤셔 넣었다. 그는 올가에게 인사를 했다.

"잘 있어요, 아가씨. 고맙소, 크래스나인 씨."

미국인은 문을 닫고 나갔다. 방에 남아 있던 두 사람의 시선이 부딪쳤다. 남자는 혀로 메마른 입술을 핥았다.

"저 친구가 호텔까지 무사히 돌아갈 수 있을지 걱정이군."

그가 중얼거리듯 말했다.

약속이라도 한 듯이 두 사람은 창가로 다가갔다. 미국인의 모습이 막 아래의 거리에 나타났다. 그는 왼쪽으로 돌아서는 한 번도 뒤를 돌아보지 않고 빠른 걸음으로 곧장 걸어갔다. 두 개의 그림자가 문에서 나와 소리 없이 그 뒤를 따랐다. 쫓는 자와 쫓기는 자는 어둠 속으로 사라졌다.

"저 사람은 안전하게 돌아갈 거예요." 올가 드미로프가 말했다.

"당신이 걱정할 필요는 없어요. 좋은 쪽으로 생각해요."

"왜 저 친구가 안전할 거라고 생각하지?"

크래스나인이 궁금하다는 듯이 물었다.

"그렇게 돈을 많이 번 사람이 바보일 리가 없잖아요." 올가가 말했다.

"그리고 돈에 대해서 할 말이 있어요—."

그녀는 의미심장하게 크래스나인을 쳐다보았다.

"응?"

"내 몫 말이에요, 보리스 이바노비치 씨."

그는 잠시 우물쭈물하더니 그녀에게 지폐 두 장을 건네주었다. 그녀는 아무런 감정도 없이 고개를 끄덕여 고마움을 표시한 뒤에, 지폐를 스타킹 속에 집어넣었다.

"아주 잘 끝났군요." 그녀는 만족한 듯이 말했다.

크래스나인은 그녀를 바라보았다.

"후회하지 않나, 올가 드미로프?"

"후회? 왜 내가 후회를 해요?"

"당신이 숨겨 놓았던 것 때문에. 대부분의 여자들은 그런 물건을 보면 이성을 잃어버리잖아."

그녀는 그렇다는 듯이 고개를 끄덕였다.

"그래요. 그건 당신 말이 옳아요. 많은 여자들이 그렇겠죠. 그렇지만 나는 그렇지 않아요. 혹시 지금쯤—." 그녀가 말을 멈추었다.

"뭐?" 그가 궁금한 듯 물었다.

"아니에요. 그 미국인은 안전할 거예요. 그럼요, 나는 확신해요. 하지만 결국에는—."

"무슨 생각을 하고 있는 거지?"

"결국에는 그 미국인도 그것을 어떤 여자에게 주겠죠."

생각에 잠겨 올가가 말했다.

"그때 어떤 일이 생길지 궁금하군요."

그녀는 고개를 절레절레 흔들고는 창가로 다가갔다. 갑자기 그녀가 비명을 지르고는 그를 불렀다.

"이리 와봐요. 그 사람이 걸어오고 있어요. 아까 말했던 바로 그 사람 말이에요."

그들은 함께 아래를 내려다보았다. 늘씬하고 품위 있어 보이는 남자가 여유 있는 모습으로 걷고 있었다. 그는 오페라 모자(접을 수 있는 실크 모자)를 쓰고 외투를 입고 있었다. 그가 가로등 밑을 지날 때, 불빛에 그의 숱 많은 백발이 똑똑히 보였다.

제2장

마르키

백발 남자는 주위에는 관심도 없다는 듯이 서두르지 않고 천천히 걷고 있었다. 그는 오른쪽으로 돌아서 다시 왼쪽으로 돌았다. 이따금 혼자 콧노래도 흥얼거렸다.

갑자기 걸음을 멈춘 그는 조심스럽게 귀를 기울였다. 그는 어떤 소리를 들은 모양이었다. 타이어가 터지는 소리 같기도 했고, 총소리 같기도 했다. 알 수 없는 미소가 잠시 그의 입술 언저리에 감돌았다. 그러더니 다시 천천히 걷기 시작했다.

모퉁이를 돌자마자 그는 이상한 장면을 보게 되었다. 경찰관이 수첩에 뭔가를 기록하고 있었고, 지나가던 사람 몇 명이 경찰관 주위에 모여 있었다.

백발 사나이는 한 남자에게 정중하게 물었다.

"무슨 일이 일어난 모양이죠?"

"그래요. 불량배 두 명이 나이가 지긋한 미국 신사를 습격했답니다."

"미국 신사가 다쳤나요?"

"아니에요." 남자가 웃으면서 말했다.

"미국 신사는 주머니에 권총을 가지고 있었답니다. 그래서 불량배들이 신사에게 덤벼들기 직전에 총을 쏘았고, 불량배들은 놀라서 도망가 버렸답니다. 언제나 그렇듯이 경찰은 너무 늦게 왔죠."

"아ㅡ." 그가 말했다.

그는 아무런 감정도 나타내지 않았다. 아무 일도 없었다는 듯이 그는 다시 여유 있게 밤길을 걸었다. 이윽고 센 강에 도착한 그는 강을 건너서 좀 부유한 지역으로 들어섰다. 20분 뒤, 그는 조용하고 깨끗한 곳에 자리 잡고 있는 어떤 집 앞에 멈췄다.

그 집은 조용하고 깔끔한 가게였다. 파포폴루스 씨는 워낙 유명한 골동품 상인이라서 선전 같은 걸 할 필요가 없었다. 그리고 그의 사업은 대부분 은밀한 거래로 이루어졌다. 파포폴루스 씨는 샹젤리제에 훌륭한 아파트를 가지고 있었기 때문에 그런 시간이라면 가게가 아니라 집에 있어야 할 것이다. 그러나 백발의 남자는 위를 흘끗 올려다보았다가 다시 땅을 내려다본 뒤에, 그가 있다는 것을 확인한 듯이 초인종을 눌렀다.

그가 예상한 대로였다. 문이 살짝 열리고, 문틈 사이로 한 남자가 서 있는 것이 보였다. 그는 황금 귀걸이를 한 얼굴이 거무스레한 남자였다.

"안녕하시오. 안에 주인 계시오?" 손님이 물었다.

"주인어른은 계시지만, 이렇게 늦은 시간에는 손님을 만나지 않습니다." 상대방이 말했다.

"나라면 만나려고 할 거요. 마르키라는 친구가 왔다고 전해 주시오."

그 남자는 문을 조금 더 열고 방문객을 안으로 들어오게 했다.

'마르키'라고 이름을 밝힌 사람은 말할 때마다 손으로 얼굴을 가렸다. 하인이 파포폴루스 씨가 기꺼이 만나겠다는 전갈을 가지고 돌아왔을 때, 방문객의 얼굴에는 비단 마스크가 씌워져 있었다. 하인이 그 모습을 보고 놀란 기색이 없는 것을 보면, 그 하인은 다른 사람의 얼굴에 주의를 기울이지 않거나, 그렇지 않으면 그런 일에 익숙해져 있는 것이 분명했다. 손님을 홀의 맨 끝방으로 안내한 그는 문을 열고 조용한 목소리로 말했다.

"마르키 선생님이 오셨습니다."

그 이상한 손님을 맞으려고 일어난 사람은 기세가 당당했다. 파포폴루스 씨에게는 어딘지 고상하고 엄숙한 기운이 흐르고 있었다. 그의 이마는 넓고 둥글었으며, 얼굴에는 희고 멋진 수염을 기르고 있었다. 그의 태도에서는 온화하고 성직자다운 면이 풍겨 나왔다.

"반갑소." 파포폴루스 씨가 말했다.

그는 불어로 말했다. 굵지만 상냥한 목소리였다.

"이렇게 늦은 시간에 찾아와서 미안하군요." 방문객이 말했다.

"천만에. 그렇지 않아요." 파포폴루스 씨가 말했다.

"이런 시간이 좋죠. 오늘 밤엔 재미 좀 보았습니까?"

"별로 그렇지 못했습니다." 마르키가 대답했다.

"별로 그렇지 못했다ㅡ." 파포폴루스 씨가 되풀이했다.

"그래, 그래. 물론 그렇겠지. 좋은 소식이라도 있소?"

그는 상대방을 향해 날카로운 시선을 던졌다. 그에게서 온화하고 성직자다운 태도는 이미 사라지고 없었다.

"좋은 소식은 없습니다. 실패했어요. 성공할 거라 생각했는데ㅡ."

"그랬군. 서툴렀던 모양이군요." 파포폴루스 씨가 말했다.

그는 손을 흔들어 자기는 어떤 형태로든 서툰 것은 싫어한다는 표시를 했다. 사실 그는 파포폴루스 씨에 대해서뿐만 아니라 그가 다루는 물건에 대해서도 서툰 점이라고는 없었다. 그는 유럽의 왕실에 잘 알려졌고, 왕들은 그를 친근하게 드미트리우스라고 불렀다. 그는 귀한 물건만 취급한다는 평판이 있었다. 그러한 평판과 고상한 용모 덕분에 그는 몇 번의 어려운 거래도 성공적으로 마칠 수 있었다.

"직접 공격을 해서는ㅡ." 파포폴루스 씨가 말했다. 그는 머리를 흔들었다.

"가끔 성공하기는 하지만, 몹시 어려운 일이지."

상대방이 어깨를 으쓱했다.

"아직 시간은 있습니다." 그가 말했다.

"실패했어도 손해 본 것은 없습니다ㅡ조금은 소득이 있는지도 모르죠. 다음에는 반드시 성공할 겁니다."

"아ㅡ." 파포폴루스 씨가 그를 날카롭게 쳐다보면서 말했다.

마르키가 천천히 고개를 끄덕였다.

"나는 당신의 명성을 믿소" 골동품 상인이 말했다.

마르키가 부드럽게 웃었다.

"자신 있게 말하지만ㅡ." 그가 낮은 목소리로 말했다.

"당신의 믿음에 실망을 주지는 않을 겁니다."

"당신만이 만들 수 있는 기회가 있을 테니까요." 부럽다는 투로 파포폴루스 씨가 말했다.

"기회야 만들면 되는 거지요." 마르키가 말했다.

그는 일어나서 의자에 아무렇게나 걸쳐두었던 외투를 집어들었다.

"지금까지 했던 방법으로 계속 연락하겠습니다, 파포폴루스 씨. 당신의 계획에는 아무런 차질이 없을 거요."

파포폴루스 씨는 걱정스러운 표정을 지었다.

"내 계획에 차질이 있어서는 절대 안 됩니다." 그가 불평하듯이 말했다.

마르키는 미소를 짓더니 작별인사도 없이 방에서 나가버렸다.

파포폴루스 씨는 그의 멋진 수염을 만지면서 잠시 생각에 잠겨 있다가 안으로 통하는 두 번째 문으로 갔다. 그가 손잡이를 돌려 문을 열자, 열쇠구멍에 바싹 귀를 대고 있었는지 한 여자가 방 안으로 곤두박질쳤다. 파포폴루스 씨는 놀라지도, 관심을 보이지도 않았다. 그에게는 당연한 일인 듯했다.

"괜찮니, 지아?" 그가 물었다.

"그 사람이 가는 소리를 듣지 못했어요." 지아가 변명을 했다.

그녀는 까만 눈동자를 가진 품위 있고 아름다운 젊은 여자였다. 전체적인 인상이 파포폴루스 씨를 닮은 것으로 봐서 두 사람이 부녀지간이라는 것을 쉽게 알 수 있었다.

"열쇠구멍으로는 보고 듣는 일을 동시에 할 수 없어서 곤란해요."

그녀가 궁색하게 말했다.

"그건 나도 마찬가지다." 파포폴루스 씨가 무심하게 말했다.

"그 사람이 마르키죠?" 지아가 천천히 말했다.

"그 사람은 항상 가면을 쓰고 있나요, 아버지?"

"항상 그렇지."

잠시 침묵이 흘렀다.

"루비 때문인 것 같은데요?" 지아가 물었다.

그녀의 아버지가 고개를 끄덕였다.

"네 생각은 어떠니, 애야?"

구슬같이 검은 눈을 호기심으로 반짝거리며 그가 물었다.

"마르키에 대해서 말이에요?"

"그래."

"영어뿐만 아니라 불어까지 능숙하게 말하는 그런 영국인은 드물 것 같아요."

지아가 천천히 말했다.

"음, 네 생각이 그렇단 말이지—." 파포폴루스 씨가 말했다.

그는 여느 때처럼 자신의 의견을 드러내지 않았지만, 지아의 의견에 말없이 동조하고 있었다.

"그런데 그 사람의 머리 모양이 좀 이상했어요." 지아가 말했다.

"좀 큰 편이지." 그녀의 아버지가 말했다.

"그건 가발 때문이란다."

두 사람은 마주 보며 미소 지었다.

제3장

불의 심장

루퍼스 반 올딘은 사보이 호텔의 회전문을 지나 프런트로 갔다. 담당직원이 그를 향해 미소를 지으며 정중하게 인사를 했다.

"다시 뵙게 되어서 기쁩니다, 반 올딘 씨." 그가 말했다.

미국인 백만장자는 의례적인 인사로 고개를 끄덕였다.

"별일 없었겠지?" 그가 물었다.

"예, 선생님. 나이튼 소령은 위층에 있습니다."

반 올딘이 다시 고개를 끄덕였다.

"우편물은 없었나?" 그가 물었다.

"모두 다 올려 보냈습니다, 반 올딘 씨. 오, 잠깐만 기다리세요!"

그는 우편함으로 급히 가서 편지 한 통을 가지고 왔다.

"방금 온 겁니다." 그가 말했다.

루퍼스 반 올딘은 그에게서 편지를 받아들고 여자 글씨체로 쓰인 주소를 보자 얼굴이 변했다. 거친 인상이 부드러워지고, 딱딱한 입술 모양이 풀어졌다. 그는 완전히 다른 사람처럼 보였다. 그는 편지를 손에 든 채 엘리베이터에 탔는데, 입가에는 여전히 미소가 맴돌고 있었다.

호텔 객실에서는 한 젊은이가 책상에 앉아서 오랜 경험 덕분인 듯 능숙하게 우편물을 분류하고 있었다. 그는 반 올딘이 들어오자 얼른 자리에서 일어났다.

"잘 있었나, 나이튼!"

"돌아오셔서 기쁩니다, 사장님. 즐겁게 지내셨습니까?"

"그저 그랬어." 백만장자는 무뚝뚝하게 말했다.

"파리는 요즘 뒤죽박죽이더군. 그래도……, 나는 목적을 달성했지."

그는 회심의 미소를 띠었다.

"사장님은 언제나 그러시잖습니까요." 비서가 웃으면서 말했다.

"물론이지." 그가 말했다.

그는 마치 잘 알려진 사실처럼 당연하다는 듯이 말했다. 그는 무거운 외투를 벗어 던지고 책상으로 갔다.

"급한 소식이라도 있나?"

"그런 것 같지는 않습니다, 사장님. 대부분 일상적인 것들입니다. 아직 다 살펴보지는 못했지만—"

반 올딘은 가볍게 고개를 끄덕였다. 그는 칭찬이나 비난의 표시를 잘 나타내지 않는 사람이었다. 그가 고용한 사람들을 부리는 방법은 간단했다. 공정한 기회를 주고 나서, 만족스럽지 않게 일하는 사람은 해고시키는 것이었다. 그가 사람을 선택하는 방법도 특이했다. 예를 들어, 나이튼은 그가 두 달 전에 스위스의 휴양지에서 만난 사람이었다. 그는 나이튼이 마음에 들었고, 그의 전쟁기록을 뒤지다가 그가 다리를 절게 된 사정을 알게 되었다. 나이튼은 솔직하게 일자리를 찾고 있다고 말했고, 적당한 자리를 물색해 달라고 부탁했다. 반 올딘은 그 젊은이가 자신이 비서자리를 제시했을 때 짓던 놀란 표정을 기억하면서 입가에 즐거운 미소를 떠올렸다.

"그렇지만—그렇지만 저는 사업에는 경험이 없는데요."

그는 더듬거리며 말했었다.

"그건 그리 큰 문제가 아니네." 반 올딘이 대답했다.

"일 문제를 도와주는 비서는 이미 세 명이나 있네. 난 앞으로 6개월 동안 영국에서 지낼 예정일세. 그래서 영국에 대해서 잘 알고, 특히 사회적인 관습에 익숙한 영국인이 필요하다네."

지금까지 지내오면서 반 올딘은 자신의 판단이 옳았다는 확신을 하게 되었다. 나이튼은 민첩하고 영리했으며 풍부한 경험을 가지고 있었다. 또한 그의 예절 바른 태도는 더욱 매력적이었다.

비서는 책상 위에 놓인 서너 통의 편지를 가리켰다.

"이 편지들은 훑어보시는 게 좋을 것 같습니다, 사장님." 그가 말했다.

"맨 위에 있는 것이 콜튼 계약에 관한 편지입니다."

그러나 루퍼스 반 올딘은 손을 저어 보지 않겠다는 표시를 했다.

"오늘 밤에는 그런 것들을 보지 않겠네." 그가 잘라 말했다.

"내일 아침에 봐도 괜찮을 거야. 이 편지만 빼고는—."

그는 손에 들고 있던 편지를 내려다보며 말했다. 다시 그의 얼굴에 즐거운 웃음이 떠올랐다.

리처드 나이튼도 알겠다는 듯이 미소를 지었다.

"케터링 부인의 편지로군요?" 그가 말했다.

"부인에게서 어제, 오늘 계속 전화가 왔습니다. 빨리 사장님을 만나고 싶어 하는 것 같더군요."

"그 녀석이!"

백만장자의 얼굴에서 웃음이 사라졌다. 그는 손에 들고 있던 봉투를 뜯어 편지를 꺼냈다. 편지를 읽자, 그의 얼굴은 어두워졌고 입술은 이상하게 일그러 졌으며 눈썹은 잔뜩 찌푸려졌다. 백만장자의 입에서 욕설이 새어 나왔다. 그러 고는 이내 주먹을 꽉 쥐고 책상을 내리쳤다.

"도저히 참을 수 없어." 그는 혼잣말로 중얼거리듯이 내뱉었다.

"불쌍한 녀석 같으니라고 그 녀석 뒤에 나 같은 아비가 있는 게 다행이지."

반 올딘은 한동안 방 안을 서성였다. 그의 양쪽 눈썹은 여전히 찌푸려져 있 었다. 나이튼은 계속 책상 위로 몸을 굽히고 일에 몰두해 있었다. 갑자기 반 올 딘이 걸음을 멈췄다. 그는 의자에 아무렇게나 던져두었던 외투를 집어들었다.

"또 외출하시는 겁니까, 사장님?"

"그래, 딸아이에게 가봐야겠어."

"콜튼 회사에서 전화가 오면 어떡하지요?"

"알아서 하라고 그래." 반 올딘이 말했다.

"잘 알겠습니다." 비서가 말했다.

반 올딘은 외투를 입고 모자를 쓰고 나서 문쪽으로 갔다. 그는 문손잡이를 잡고는 걸음을 멈추었다.

"자네는 좋은 사람이야, 나이튼." 그가 말했다.

"내가 아무리 흥분해도 자네는 언제나 침착하지."

나이튼은 대답 없이 잠시 미소만 지었다.

"루스는 하나밖에 없는 내 딸일세." 반 올딘이 말했다.

"내가 그 녀석을 얼마나 사랑하는지 아무도 모를 거야."

반 올딘의 얼굴에 희미한 미소가 떠올랐다. 그는 주머니에 손을 집어넣었다.

"이걸 보겠나, 나이튼?"

그는 비서를 향해 몸을 돌렸다.

주머니에서 그는 갈색 종이로 아무렇게나 싼 꾸러미를 꺼냈다. 종이를 벗기자 크고 볼품없는 빨간 벨벳 상자가 나왔다. 그 상자 가운데에는 휘갈겨 쓴 문자들이 있었고, 그 위에 왕관이 새겨져 있었다. 뚜껑을 열자 비서는 침을 꿀꺽 삼켰다. 약간 때문은 하얀색을 바탕으로 보석이 피처럼 빛나고 있었다.

"세상에! 사장님." 나이튼이 말했다.

"진짜―, 정말 진짜입니까?"

"자네가 그렇게 물어볼 줄 알았네. 이 루비들 중에서 세 개는 세계에서 가장 큰 것일세. 러시아의 캐더린 왕비가 가지고 있었던 거네. 가운데 있는 것이 '불의 심장'이라고 알려진 것이지. 완벽한 보석이야―흠도 없고."

"그렇다면 상당히 값이 나갈 텐데요." 비서가 얼이 빠진 듯 말했다.

"40만, 아니 50만 달러는 족히 될 테지." 반 올딘이 태연하게 말했다.

"그렇지만 가격에 대해서는 관심이 없네."

"그런 물건을 사장님께서는 아무렇지도 않게 주머니 속에 넣고 다니셨단 말입니까?"

반 올딘이 재미있다는 듯이 웃었다.

"뭐 어떤가? 내게는 루스에게 줄 작은 선물일 뿐인데."

비서가 조용히 웃었다.

"케터링 부인이 전화로 걱정하던 이유를 이제야 알 것 같군요."

그러나 반 올딘은 고개를 흔들었다. 그의 얼굴은 다시 굳어졌다.

"그건 자네가 잘못 생각한 거야." 그가 말했다.

"그 애는 이 사실을 아직 모르고 있어. 놀래 주려고 내가 말하지 않았거든."

그는 상자를 닫고 다시 천천히 싸기 시작했다.

"어려운 일일세, 나이튼." 그가 말했다.

"이런 건 사랑하는 사람을 위해서는 아주 보잘것없는 것이지. 루스를 위해서라면 지구의 한 부분을 몽땅 사줄 수도 있어. 이 보석들을 그 애의 목에 걸어주면 잠깐 기쁨을 줄 수는 있겠지. 그렇지만―"

그는 고개를 저었다.

"여자가 가정적으로 행복하지 못하다면―"

그는 말을 끝맺지 못했다.

비서는 알겠다는 듯이 고개를 끄덕였다. 디렉 케터링 경에 대한 소문을 그보다 잘 알고 있는 사람은 아마 없을 것이다.

반 올딘은 한숨을 쉬었다. 그는 나이튼에게 고개를 끄덕이고 나서 밖으로 나갔다.

제4장

커즌 가에서

디렉 케터링 경의 부인은 커즌 가(街)에 살고 있었다. 문을 연 집사는 루퍼스 반 올딘을 알아보고 인사 대신 공손한 웃음으로 그를 맞았다. 그는 반 올딘을 2층의 커다란 응접실로 안내했다.

창가에 앉아 있던 젊은 여자가 소리를 지르며 일어섰다.

"어머, 아버지. 이게 어찌된 일이세요! 아버지 소식을 알리고 온종일 나이튼 소령에게 전화했었는데요. 그 사람은 아버지가 언제 돌아오실지 모른다고 하더군요."

루스 케터링은 스물여덟 살이다. 아름답다거나 귀엽다고는 할 수 없지만, 매력적인 피부색을 가지고 있었다. 반 올딘은 한때 그녀를 '당근과 생강'이라고 불렀는데 사실 루스의 머리는 거의 적갈색에 가까웠다. 까만 눈과 속눈썹이 엷은 화장으로 더욱 아름답게 보였다. 그녀는 키가 크고 날씬했으며 몸놀림이 우아했다. 얼핏 보면 라파엘로의 마돈나 얼굴과 비슷했다. 그러나 가까이서 보면 반 올딘과 마찬가지로 그녀도 무뚝뚝하고 고집 세어 보이는 턱을 가지고 있었다. 그런 모습은 남자에게는 잘 어울리지만, 여자에게는 아름답게 보이는 것이 아니었다. 반 올딘은 어릴 적부터 그녀가 하고 싶어하는 것은 모두 들어주었다. 그래서인지 그녀와 조금이라도 다투어 본 사람들은 루퍼스 반 올딘의 딸이 절대로 굴복하지 않는다는 사실을 알고 있었다.

"네가 전화했었다고 나이튼이 말하더구나." 반 올딘이 말했다.

"나는 30분 전에 파리에서 돌아왔단다. 디렉은 어떻게 지내니?"

루스 케터링은 화가 난 듯 얼굴을 붉혔다.

"말하고 싶지도 않아요. 정말 너무해요." 그녀는 소리쳤다.

"이젠 제 말이라면 듣지도 않아요."

그녀의 목소리에는 분노와 초조함이 깃들어 있었다.

"내 말은 들을 게다." 백만장자가 힘주어 말했다.

루스가 말을 계속했다.

"지난달 이후로는 그를 거의 만나지 못했어요. 그 여자하고 돌아다니고 있을 거예요."

"그 여자라니, 누구 말이냐?"

"미렐이라고, 파르테논에서 춤추는 여자예요."

반 올딘이 고개를 끄덕였다.

"저는 지난주에 르콘베리에 내려가서 르콘베리 경과 의논해 보았어요. 그분은 아주 따뜻하게 저를 위로해 주시더군요. 그분이 디렉을 잘 설득해 보겠다고 했어요."

"아─!" 반 올딘이 말했다.

"왜 그러세요, 아버지?"

"너도 나와 같은 생각일 게다, 루시. 불쌍한 르콘베리는 이제 늙고 힘이 없단다. 물론 그가 너를 동정하고, 너를 위로하려고 했겠지. 아들이 미국에서 굉장한 부잣집 딸과 결혼했기 때문에 그로서는 사태가 악화하는 것을 원하지 않을 게다. 그렇지만 모든 사람들이 알다시피, 그는 거의 죽은 사람이나 마찬가지야. 그가 무슨 말을 해도 디렉은 귀담아들으려고 하지 않을 게다."

"아버지도 어떻게 해보실 수 없잖아요."

잠시 뒤 재촉하듯이 루스가 물었다.

"글쎄다." 백만장자가 말했다.

그는 잠깐 생각해보다가 다시 말을 이었다.

"내가 할 수 있는 일이 몇 가지 있기야 하지. 그렇지만 단 한 가지만은 확실한 것 같구나."

그녀는 아버지를 빤히 쳐다보았다. 그는 등을 돌리고 고개를 끄덕였다.

"내 말을 잘 들어라. 세상 사람들에게 네가 저지른 실수를 인정할 용기가 있어야만 이 어려움에서 벗어날 수 있는 거다, 루시. 이제까지의 잘못은 없었던 것으로 하고 새로 시작하는 거야."

"아버지 말씀은—."

"이혼을 하거라."

"이혼?"

반 올딘이 담담하게 미소를 지었다.

"루스, 마치 이혼을 한 번도 생각해보지 않은 듯이 말하는구나. 그렇지만 네 주위에도 이혼한 친구들이 있잖니."

"오, 그건 그렇죠, 그렇지만—."

그녀는 말을 멈추고 입술을 깨물었다.

그녀의 아버지는 이해한다는 듯이 고개를 끄덕였다.

"나도 안다, 루스. 너도 나와 비슷한 성격이라서 그와 헤어지기가 어려울 게다. 그러나 나는 알고 있다. 그리고 너도 살다 보면 오직 한 가지 방법밖에 없을 때가 있다는 것을 알아야 해. 당장은 디렉을 네게 돌아올 수 있게 할 수는 있겠지만, 결국은 지금의 상태로 다시 돌아갈 거야. 그 녀석은 나쁜 놈이야, 루스. 썩을 대로 썩었어. 그 녀석과의 결혼을 승낙한 나 자신이 후회스럽다. 그렇지만 네 쪽에서 서두르는 것 같았고, 또 그도 당시에는 진지해 보여서—. 그렇지만 나는 처음에는 반대했었다……."

그는 마지막 말을 할 때 그녀에게서 눈을 돌렸다. 고개를 돌리지 않았더라면, 그녀의 얼굴색이 재빨리 바뀌는 것을 보았을 것이다.

"그랬죠." 그녀가 퉁명스럽게 말했다.

"내 마음이 너무 약해서 두 번째는 반대하지 못했다. 내가 마음속으로는 얼마나 반대했는지 너는 모를 거다. 너는 지난 몇 년 동안 너무 비참한 생활을 해 왔어, 루스."

"즐거운 생활은 아니었죠." 케터링 부인이 아버지의 말을 긍정했다.

"그래서, 이렇게 지긋지긋한 생활을 청산하라는 거다."

그는 손으로 탁자를 쳤다.

"너는 아직도 그 녀석에 대한 미련이 남아 있는 모양이구나. 끊어 버려라. 사실을 똑바로 알아야 해. 디렉 케터링은 돈 때문에 너와 결혼한 거야. 너에 대한 사랑이라고는 조금도 없었어. 그런 녀석은 잊어라, 루스."

루스 케터링은 잠시 바닥을 내려다보고는 고개를 숙인 채 말했다.

"그가 합의해 주지 않으면요?"

반 올딘은 놀라서 그녀를 바라보았다.

"그 녀석은 그럴 권리가 없어."

그녀는 얼굴을 붉히고 입술을 깨물었다.

"그래요, 물론 그럴 권리가 없지요. 하지만 제 말은ㅡ."

루스는 말을 멈추었다. 반 올딘은 그녀를 날카롭게 쳐다보았다.

"무슨 말이냐?"

"제 말은ㅡ." 그녀는 신중하게 말하려고 잠깐 숨을 돌렸다.

"그가 받아들이지 않을 거란 말이에요."

백만장자의 턱이 더욱 무섭게 굳어졌다.

"디렉이 소송을 걸 거란 말이냐? 어디 마음대로 하라고 그래! 그러나 그건 네가 잘못 생각하는 거다. 그는 소송을 걸려고 하지는 않을 게야. 어떤 변호사에게 물어봐도 승소하지 못한다고 할 테니까."

"혹시 아버지는ㅡ." 그녀가 머뭇거렸다.

"그 사람이 저를 미워해서ㅡ, 서툰 짓을 할 거라고는 생각하지 않으세요?"

그녀의 아버지는 조금 놀란 듯이 그녀를 바라보았다.

"고소를 할 거란 말이냐?"

그는 머리를 흔들었다.

"그렇지는 않을 게다. 혹시 믿는 구석이 있다면 몰라도."

케터링 부인은 아무 대답도 하지 않았다. 반 올딘은 그녀를 날카롭게 쳐다보았다.

"루스, 솔직히 말해봐라. 곤란한 문제가 있는 것 같은데, 어서 말해봐라."

"아무 문제도 없어요."

그러나 그녀의 목소리는 불안하게 들렸다.

"다른 사람들의 눈이 두려운 게냐, 그렇지? 내게 맡겨라. 모든 일을 아무런 잡음이 없도록 내가 알아서 처리할 테니까."

"잘 알겠어요, 아버지. 아버지가 이혼을 최선의 방법이라고 생각하신다면ㅡ."

"아직도 그 녀석에게 미련이 남아 있는 모양이구나, 응, 루스?"

"아니에요."

그녀의 목소리에는 전혀 동요의 빛이 없었다. 반 올딘은 만족한 듯 보였다. 그는 딸의 어깨를 토닥거려 주었다.

"모든 일이 다 잘될 게다, 얘야. 아무 걱정도 하지 마라. 이제 이 문제는 그만 접어 두자. 파리에서 네게 줄 선물을 사 왔다."

"제게요? 멋진 물건이겠죠?"

"그렇게 생각했으면 좋겠구나." 반 올딘이 웃으며 말했다.

그는 외투 주머니에서 조그만 꾸러미를 꺼내어 그녀에게 건네주었다. 그녀는 궁금한 듯한 얼굴로 포장을 풀고 상자 뚜껑을 열었다. 그녀의 입에서 '오!' 하는 탄성이 길게 터져 나왔다. 루스 케터링은 보석을 좋아했다―그녀는 보석을 선물 받을 때는 언제나 기뻐했다.

"아버지, 너무―, 너무 훌륭해요."

"최고급품 같지?" 백만장자가 만족한 듯이 말했다.

"마음에 드니?"

"맘에 드느냐고요? 아주 귀한 보석이군요, 아버지 어떻게 구하셨어요?"

반 올딘은 미소를 지었다.

"아! 그건 비밀이다. 물론 시중에서 구할 수 없는 거지. 유명한 보석들이야. 가운데 있는 큰 보석 있잖니, 너도 아마 이름을 들어보았을 게다. 그것이 바로 '불의 심장'이란다."

"'불의 심장'이라구요!" 케터링 부인이 되풀이해서 말했다.

그녀는 상자에서 보석을 꺼내어 가슴에 대보았다. 백만장자는 그녀를 쳐다보았다. 그는 지금까지 그 보석을 달았던 여자들을 상상하고 있었다. 상심, 절망, 질투, 다른 유명한 보석과 마찬가지로 '불의 심장'의 배후에도 비극과 폭력이 숨겨져 있을 것이다. 그러나 루스 케터링의 손안에 들어 있는 보석에서는 악의 흔적이라고는 보이지 않았다. 침착하고 조용한 이 여자는 비극이나 고통과는 거리가 멀어 보였다. 루스는 보석을 다시 상자에 집어넣었다. 그러고는 펄쩍 뛰어 아버지의 목에 팔을 감았다.

"정말 고마워요, 아버지! 너무, 너무 훌륭한 선물이에요. 아버지는 언제나 놀라운 선물만 주시는군요."

"네가 기뻐하니 나도 즐겁구나." 그가 딸의 어깨를 토닥거리며 말했다.

"내게는 너밖에 없단다. 너도 알지, 루스?"

"저녁 드시고 가세요, 아버지."

"아니다. 너는 외출해야 하잖아."

"그렇긴 해요. 하지만 다음으로 미루죠, 뭐. 별로 중요한 일도 아닌걸요."

"아니다. 약속은 꼭 지켜야 해. 그리고 나도 일이 많이 밀렸어. 내일 보자, 얘야. 전화하면 갤브레이스 사무실에서 만날 수 있겠니?"

크스버트슨과 갤브레이스 씨는 런던에 있는 반 올딘의 개인 변호사들이다.

"좋아요, 아버지." 그녀는 잠시 머뭇거렸다.

"혹시 그 일 때문에 리비에라에 갈 수 없는 건 아니겠죠?"

"언제 갈 거니?"

"14일에요."

"오, 그렇다면 괜찮을 게다. 별로 시간이 많이 걸리지는 않을 테니까. 그런데, 루스, 내가 너라면 루비를 외국으로 가져가진 않겠다. 은행에 맡기는 편이 좋지 않겠니?"

케터링 부인이 고개를 끄덕였다.

"'불의 심장' 때문에 네가 도둑을 맞거나 다치는 걸 원치 않는다."

백만장자가 농담조로 말했다.

"그렇지만 아버지는 허술하게 주머니에 넣고 오셨잖아요."

딸이 웃으면서 반박했다.

"그야 그렇지만—."

딸은 아버지가 잠시 머뭇거리는 것을 눈치챘다.

"왜 그러세요, 아버지?"

"아무 일도 아니다." 그는 미소를 지었다.

"파리에서 있었던 조그만 일을 생각하고 있었다."

"사건이요?"

"그래. 내가 이 물건을 샀던 날 밤에 일어났던―."

그는 보석 상자를 가리켰다.

"오, 얘기해 보세요, 아버지."

"말할 만한 것이 없어, 루스. 불량배 몇 명이 쫓아와서 위협하기에 권총을 쐈더니 모두 달아나 버리더구나. 그게 전부란다."

그녀는 자랑스러운 듯이 아버지를 바라보았다.

"아버지는 세상에 두려운 게 없으신 분 같아요."

"정말 그렇게 생각하니, 루스?"

그는 다정하게 그녀에게 키스하고, 그곳을 떠났다. 사보이 호텔에 도착하자마자 반 올딘은 나이튼에게 간략하게 지시를 내렸다.

"고비를 부르게. 내 수첩에 주소가 있을 거야. 내일 아침 9시 30분에 이리로 오라고 하게."

"알았습니다, 사장님."

"케터링도 만나고 싶네. 무슨 수를 써서라도 그를 찾아내야 하네. 그가 다니는 클럽에 가보든지 어떻게 해서든 내일 아침 여기에서 만날 수 있도록 해주게. 12시쯤이 좋겠군. 그는 일찍 일어나는 사람이 아니니까."

비서는 그의 지시를 알아들었다는 듯이 고개를 끄덕였다.

반 올딘은 보이를 따라 목욕 준비가 되어 있는 욕실로 갔다. 뜨거운 물속에 편안히 누워서 딸과의 대화를 되새겨 보고 있었다. 그는 이미 결심이 되어 있었다. 오래전부터 그들 문제의 해결책은 이혼밖에는 없다고 생각해 왔었다. 루스는 그가 생각했던 것보다 순순히 자기 제안을 받아들였다. 그녀에게서 대답을 얻어내긴 했지만 왠지 개운하지가 않았다. 그녀의 행동에서 어색한 점이 느껴졌기 때문이다. 그는 눈살을 찌푸렸다.

"공연한 생각인지 모르지만―." 그는 혼잣말로 중얼거렸다.

"그렇지만―, 그 애는 분명히 내게 뭔가를 숨기고 있어."

제5장

쓸모있는 남자

루퍼스 반 올딘이 커피와 토스트로 간단하게 아침식사를 끝내자, 언제나 그랬던 것처럼 나이튼이 방으로 들어왔다.

"고비 씨가 아래층에서 기다리고 있습니다, 사장님."

백만장자는 시계를 보았다. 정확히 9시 30분이었다.

"알았네." 그가 짧게 말했다.

"올라오라고 하게."

잠시 뒤 고비 씨가 방으로 들어왔다. 그는 나이가 들고 키가 작은 사람이었으며, 허름한 옷을 입고 있었다. 그는 주의 깊게 방 구석구석을 훑어볼 뿐, 막상 얘기할 상대방의 얼굴 쪽으로는 고개를 돌리지 않았다.

"잘 있었소, 고비?" 백만장자가 말했다.

"앉으시오."

"고맙습니다, 반 올딘 씨."

고비 씨는 무릎에 손을 얹고 앉아서 라디에이터를 뚫어지게 응시하고 있었다.

"당신에게 부탁할 일이 있소."

"예, 반 올딘 씨."

"당신도 알겠지만, 내 딸은 디렉 케터링 경과 결혼했잖소."

고비 씨는 라디에이터를 바라보던 시선을 옮겨 책상의 왼쪽 서랍을 쳐다보았다. 그의 얼굴에 안됐다는 듯한 미소가 떠올랐다. 그는 아주 많은 사실을 알고 있었지만, 자신이 확인하기 전에는 그런 사실을 인정하려고 하지 않는 사람이었다.

"내가 딸아이에게 이혼하는 것이 좋을 것 같다고 했소. 그 아이도 동의했소. 물론 그 절차는 변호사가 해야 할 일이지만, 내게 사정이 있어서 그전에 자세하고 완벽한 정보를 얻고 싶소"

고비 씨는 벽을 쳐다보면서 낮은 목소리로 말했다.

"케터링 씨에 대해서 말입니까?"

"그렇소."

"잘 알겠습니다."

고비 씨가 일어났다.

"언제쯤이면 조사를 끝낼 수 있겠소?"

"바쁘십니까, 사장님?"

"나야 항상 바쁘지." 백만장자가 말했다.

그는 알았다는 듯이 미소를 지었다.

"오늘 오후 2시면 어떻습니까?" 그가 물었다.

"대단하군." 상대방이 좋다는 표시를 했다.

"잘 가시오, 고비 씨."

"안녕히 계십시오, 반 올딘 씨."

"아주 유능한 사람이야. 그쪽 일에 대해서는 뛰어난 사람이지."

고비 씨가 나가고 비서가 들어오자 반 올딘이 말했다.

"어떤 일 말입니까?"

"정보야. 그에게 24시간을 주면 캔터베리에 있는 대주교의 사생활까지도 낱낱이 파헤칠 수 있을 걸세."

"정말 수완이 좋은 사람이군요." 나이튼이 웃으며 말했다.

"전에도 한두 번 도움 받은 적이 있지." 반 올딘이 말했다.

"자, 나이튼. 이제 일을 시작하세."

그 뒤 몇 시간 동안 많은 일이 신속하게 처리되었다. 12시 30분에 전화벨이 울렸다. 반 올딘은 케터링이 도착했다는 전갈을 받았다. 나이튼이 반 올딘을 쳐다보자, 그는 가볍게 고개를 끄덕였다.

"케터링에게 올라오라고 하게."

비서는 서류를 챙겨서 그 자리를 떠났다. 그와 방문객이 문 앞에서 마주치자, 그는 방문객이 들어갈 수 있도록 옆으로 비켜섰다. 방문객은 안으로 들어오고 나서 문을 닫았다.

"안녕하십니까, 장인어른? 저를 몹시 찾으셨다면서요."

약간 비아냥거리는 듯한 느린 목소리를 듣자 반 올딘은 옛날 생각이 떠올랐다. 그 목소리에는 매력이 있었다. 그는 잡아먹을 듯한 시선으로 사위를 바라보았다. 디렉 케터링은 서른네 살로 검고 홀쭉한 얼굴에 조금 여윈 듯한 남자였다. 그에게는 어딘지 소년 같은 면이 있었다.

"어서 오게." 반 올딘이 짧게 말했다.

"앉게."

케터링은 가볍게 의자에 앉았다. 그는 여유 있는 태도로 장인을 바라보았다.

"오래간만이군요, 장인어른." 그가 명랑하게 말했다.

"한 2년쯤 됐나요? 루스는 만나보셨습니까?"

"어젯밤에 만났네." 반 올딘이 말했다.

"얼굴이 많이 좋아졌죠." 상대방이 가볍게 말했다.

"자네가 그 애를 볼 기회가 없었을 텐데, 어떻게 그런 말을 하는지 모르겠군." 반 올딘이 차갑게 말했다.

디렉 케터링이 눈썹을 치켜들었다.

"오, 우리는 같은 클럽에서 가끔 만나거든요." 그가 가볍게 대꾸했다.

"용건부터 말하겠네." 반 올딘이 말했다.

"루스에게 이혼 수속을 밟으라고 했네."

디렉 케터링은 크게 충격을 받은 것 같지는 않았다.

"너무 하시는군요!" 그가 중얼거리듯이 말했다.

"담배를 피워도 괜찮겠습니까, 장인어른?"

그는 담배에 불을 붙이고 담담하게 말했다.

"루스는 뭐라고 하던가요?"

"루스는 내 말대로 하겠다고 했네." 반 올딘이 말했다.

"정말입니까?"

"자네는 그것밖에 할 말이 없나?" 반 올딘이 날카롭게 따졌다.

케터링은 벽난로 연료받이에 재를 떨었다. 그러고는 자신 있는 투로 말했다.

"저는 루스가 지금 큰 실수를 하고 있다고 생각합니다."

반 올딘이 조롱하듯이 말했다.

"자네 입장에서 보면 당연히 그렇게 생각하겠지."

"오, 좋습니다." 상대방이 말했다.

"그렇게 편파적으로 생각하지 마십시오. 장인어른께서는 제가 제 생각만 한다고 생각하시겠지만, 사실 루스를 생각하고 있는 겁니다. 아시겠지만, 늙은 제 아버님은 얼마 사시지 못합니다. 의사들이 모두 그렇게 말했습니다. 루스가 앞으로 2년만 참으면, 저는 르콘베리 경이 되고, 그녀는 르콘베리의 안주인이 됩니다. 그렇게 되면 그녀가 저와 결혼한 목적이 이루어지는 거죠."

"그런 뻔뻔스러운 말은 듣고 싶지 않네." 반 올딘이 소리쳤다.

디렉 케터링은 이미 예상하고 있었다는 듯이 그를 향해 미소 지었다.

"저도 장인어른과 동감입니다. 그런 건 이미 낡은 생각이죠." 그가 말했다.

"요즘에는 귀족 칭호가 별로 의미가 없어요. 그렇지만 르콘베리는 유서 깊은 훌륭한 곳입니다. 더구나 우리 집안은 영국에서 가장 오래된 가문 중 하나죠. 루스가 저와 이혼한 뒤 다른 여자가 르콘베리에서 여왕처럼 군림하는 모습을 보면 속이 좀 뒤틀릴 겁니다."

"이보게, 나는 지금 농담할 기분이 아니야." 반 올딘이 말했다.

"오, 그건 저도 마찬가지입니다." 케터링이 말했다.

"저는 요즘 돈이 바닥났습니다. 루스가 만일 저와 이혼하게 되면 저는 큰 곤경에 빠질 겁니다. 그런데 10년 동안이나 견뎌 왔으면서 조금 더 참지 못하겠다는 이유가 뭔지 모르겠습니다. 저의 명예를 걸고 말하지만, 아버님은 18개월 이상 사시지 못합니다. 그렇게 되면 제가 말씀드린 대로 루스는 저와 결혼한 목적을 이루게 되는 거죠."

"내 딸이 자네의 그 귀족 칭호나 사회적인 지위 때문에 자네와 결혼했다는 건가?"

디렉 케터링은 미소 짓긴 했지만, 그것은 전혀 즐거워 보이는 것이 아니었다.

"서로 사랑했기 때문에 결혼했다고는 생각하시지 않는군요."

"10년 전 파리에서 자네는 그렇게 말하지 않았나!"

반 올딘이 천천히 말했다.

"제가 그랬나요? 그랬는지도 모르죠. 루스는 매우 아름다웠으니까요—그때는 천사나 성녀처럼 보였고, 성모 마리아가 다시 태어난 듯했었죠. 제 기억으로는, 그때 저는 저를 사랑하는 아름다운 아내와 함께 영국의 전통적인 가정을 이루려는 희망에 부풀어 있었습니다."

그는 다시 웃었지만, 어딘지 어색해 보였다.

"그렇지만 장인어른은 믿지 않으시겠죠?" 그가 물었다.

"난 자네가 분명히 돈 때문에 루스와 결혼했다는 것을 알고 있네."

반 올딘이 차갑게 말했다.

"그렇다면 루스는 사랑 때문에 저와 결혼했습니까?"

상대는 비꼬듯이 물었다.

"물론이지." 반 올딘이 말했다.

디렉 케터링은 잠시 그를 바라보며 생각에 잠겨 고개를 끄덕였다.

"장인어른은 그녀의 말을 믿으시겠죠." 그가 말했다.

"저도 그 당시에는 믿었습니다. 분명히 말씀드리지만, 저는 곧 제가 속았다는 것을 깨달았습니다."

"자네가 무슨 말을 하고 있는지 모르겠군." 반 올딘이 말했다.

"그건 중요하지 않아. 자네는 루스에게 너무 모질게 대했어."

"오, 그건 저도 부인하지는 않겠습니다." 케터링은 순순히 인정했다.

"그렇지만 아내에게도 문제가 있습니다. 그녀는 장인어른의 딸입니다. 분홍과 흰색이 조화된 부드러운 얼굴 밑에는 화강암과 같은 억센 고집이 있습니다. 장인어른이 고집 센 분으로 알려졌지만, 루스는 어떤 때는 장인어른보다 더하다는 생각이 들곤 합니다. 장인어른은 자신보다도 그녀를 더욱 소중하게 생각하겠지만, 루스는 그렇지 않았고 앞으로도 그렇지 않을 겁니다."

"이제 그만하게." 반 올딘이 말했다.

"나는 자네에게 내 생각을 정확하게 밝히려고 불렀네. 내 딸은 행복해야 하네. 그 애 뒤엔 내가 있다는 것을 잊지 말게."

디렉 케터링은 일어나 벽난로 쪽으로 다가갔다. 그는 담배꽁초를 내던졌다.

그러고는 매우 조용하게 말했다.

"결국 무슨 말씀을 하시려는 겁니까?" 그가 물었다.

"이혼에 합의해 주는 편이 좋을 거란 말일세." 반 올딘이 말했다.

"협박하시는 겁니까?" 케터링이 말했다.

"좋을 대로 생각하게." 반 올딘이 말했다.

케터링은 탁자 쪽으로 의자를 당겨 앉아서 백만장자와 마주 보았다.

"저의 정당성을 주장하기 위해서 소송을 건다면?"

그가 부드러운 목소리로 말했다.

반 올딘이 어깨를 으쓱했다.

"자네에게는 그럴 만한 근거가 없네. 자네 변호사에게 물어봐도 대답은 뻔할 걸세. 자네의 난잡한 행동은 런던 전체에 알려졌으니까."

"루스가 미렐에 대해서 얘기했나 보군요. 어리석은 여자예요. 전 그녀의 친구에 대해선 간섭하지 않습니다."

"그게 무슨 말인가?" 반 올딘이 날카롭게 물었다.

디렉 케터링이 웃었다.

"장인어른은 사실을 잘 모르시는군요." 그가 말했다.

"당연하겠지요. 편견을 가지고 계시니까요."

그는 모자와 지팡이를 집어들고 문쪽으로 향했다.

"충고를 하는 건 별로 좋아하지 않습니다만ㅡ."

그는 마지막 말을 던졌다.

"이런 경우에 있어서는 아버지와 딸 사이에 숨기는 것이 없어야 할 겁니다."

디렉이 방을 나가고 문이 닫히자 백만장자는 벌떡 일어났다.

"도대체 저 녀석이 무슨 말을 하는 거지?" 반 올딘은 다시 의자에 앉았다.

그는 안절부절못했다. 분명히 자신이 모르는 사실이 있는 것이다. 그의 팔꿈치 옆에 전화기가 있었다. 그는 전화기를 들고 딸 집의 전화번호를 돌렸다.

"여보세요! 여보세요! 메이페어 81907이죠? 케터링 부인 있소? 오, 외출했다고? 점심식사 하러? 언제 돌아오지? 모른다고? 오, 알았소 알았소 전할 말은 없소"

그는 수화기를 '쾅' 하고 내려놓았다. 2시가 되자, 그는 방 안을 서성이며 고비 씨가 오기를 애타게 기다리고 있었다. 그는 2시 10분에 왔다.

"어떻게 됐소?" 백만장자가 다급하게 물었다.

그러나 침착한 고비는 서두르지 않았다. 그는 의자에 앉자, 볼품없는 수첩을 꺼내어 단조로운 목소리로 읽었다. 백만장자는 주의 깊게 귀를 기울였으며, 점점 만족해하는 것 같았다. 읽는 것을 끝낸 고비 씨는 이번에는 휴지통에 시선을 고정했다.

"음!" 반 올딘이 말했다.

"의심할 여지가 없군. 소송은 무리 없이 통과될 거요. 호텔의 증거는 완벽하겠지?"

"물론입니다." 고비 씨는 도금한 의자를 떨떠름하게 쳐다보며 말했다.

"그는 돈이 바닥난 상태요. 계속 돈을 빌리려고 할 거요. 사실 그가 자기 아버지에게서 빼낼 만한 돈은 더 이상 없소. 그가 이혼했다는 소식이 퍼지면, 그는 돈을 빌리지 못할 것이고 빚쟁이들이 들이닥치면 자기 재산을 처분할 수밖에 없을 거요. 그러면 그의 땅도 어떻게 될지 모르지. 됐소, 고비. 그 녀석을 혼내줄 수 있게 됐소"

그는 주먹으로 탁자를 내리쳤다. 그의 엄숙한 얼굴에는 승리자의 표정이 떠올라 있었다.

"이 정보는 믿을 만한 겁니다." 고비 씨가 가는 목소리로 말했다.

"그러면 당장 커즌 가로 가봐야겠군." 백만장자가 말했다.

"고맙소, 고비, 정말 수고했소"

고비의 얼굴에 엷은 미소가 번졌다.

"고맙습니다, 반 올딘 씨." 그가 말했다.

"최선을 다할 뿐입니다."

반 올딘은 바로 커즌 가로 가지 않았다. 먼저 시내로 가서 두 사람과 얘기를 나눈 그는 더욱 만족해했다. 거기에서 그는 지하철을 타고 다운 가(街)로 갔다. 그가 커즌 가를 걷고 있을 때, 160번지 쪽에서 어떤 사람이 나오더니 뒤

쪽의 거리로 사라졌다. 그들은 서로 지나쳤다. 그 순간 백만장자는 그 사람이 디렉 케터링이 아닌가 하고 생각했다. 키와 몸집이 비슷했다. 낯선 얼굴도 아니었다. 적어도 처음 만나는 사람은 아니었다. 분명히 뭔가 짚이는 점이 있었다. 그렇지만 유쾌한 기억은 아닌 듯했다. 그는 기억해 내려고 애썼지만, 끝내 떠오르지 않았다. 그는 짜증스럽게 머리를 흔들며 다시 걸었다. 공연히 쓸데없는 생각은 하고 싶지 않았다.

루스 케터링은 눈이 빠지게 아버지가 오기를 기다리고 있었다. 그가 들어서자 그녀는 달려와서 키스했다.

"어떻게 되었어요, 아버지?"

"잘되고 있다. 그런데 루스, 네게 할 말이 있다."

그는 루스의 안색이 변하는 것을 어렴풋이 느낄 수 있었다. 인사할 때와는 달리 그녀는 뭔가 숨기고 주저하는 기색이었다. 그녀는 커다란 안락의자에 앉았다.

"무슨 말씀이세요, 아버지?" 그녀가 물었다.

"오늘 아침에 네 남편을 만났다." 반 올딘이 말했다.

"디렉을 만나셨다고요?"

"그래, 뻔뻔스럽게도 이것저것 늘어놓더구나. 그런데 그가 떠나기 직전에 한 말을 도저히 이해할 수가 없더구나. 그는 내게 아버지와 딸 사이에 숨기는 것이 없어야 한다고 충고하던데. 도대체 그게 무슨 말이냐, 루스?"

케터링 부인은 의자에서 움찔했다.

"저, 저는 몰라요. 제가 어떻게 알겠어요?"

"너는 알고 있어." 반 올딘이 말했다.

"디렉은 자기에게 친구가 있긴 하지만, 네 친구에 대해서는 간섭하지 않는다고 말했다. 그게 도대체 무슨 뜻이냐?"

"저는 몰라요." 루스 케터링이 다시 말했다.

반 올딘이 자리에 앉았다. 그는 화가 난 듯 입을 꾹 다물고 있었다.

"애야, 루스 이 일은 분명히 짚고 넘어가야 한다. 네 남편이 문제를 일으키지 않는다고는 아무도 장담할 수 없다. 물론 그가 그렇게까지 하지는 않겠지만 말이다. 나는 그의 입을 막을 수 있도록 만반의 준비를 갖춰 놓았다. 그렇지만 만의 하나 예상하지 못했던 일이 생길지도 모르잖니. 네 친구라니, 도대체 무슨 말이냐?"

케터링 부인은 어깨를 으쓱했다.

"제겐 친구가 많아요." 그녀가 모호하게 말했다.

"저도 그 말이 무슨 뜻인지 도대체 모르겠어요. 정말이에요."

"너는 알고 있어." 반 올딘이 엄격하게 말했다.

"좋아, 간단하게 말하자. 그 남자가 누구냐?"

"어떤 남자 말이에요?"

"디렉이 말했던 바로 그 사람 말이다. 네 친구들 중에서 너와 특별한 관계에 있는 사람—두려워할 필요는 없다, 얘야. 그가 쓸데없는 말을 했다는 것은 알고 있지만 법정에서 문제가 될 수 있는 것에 대해서는 모두 대비해 둬야 한다. 잘 나가던 일이 꼬일지도 모르니까. 너와 그렇게 가깝게 지내는 남자가 누구인지 어서 말해보렴."

루스는 말하지 않았다. 그저 초조한 듯 손가락만 주무르고 있었다.

"자, 얘야." 반 올딘이 부드럽게 말했다.

"이 아비를 두려워하지 마라. 그때 파리에서 그랬던 것처럼 난 그리 완고한 사람이 아니잖니? 맞았어!"

그는 벼락이라도 맞은 듯 갑자기 말을 멈추었다.

"바로 그 녀석이었구나." 그는 낮은 목소리로 말했다.

"어쩐지 낯이 익더라니."

"무슨 말씀을 하시는 거예요, 아버지? 이해할 수 없군요."

백만장자는 딸에게 다가가서 그녀의 손목을 꽉 잡았다.

"루스, 그 녀석을 다시 만나고 있는 거지?"

"누구 말이에요?"

"몇 년 전에 그 일을 일으켰던 그 녀석 말이다. 너도 누구인지 잘 알 게다."

"아버지는—" 그녀는 머뭇거렸다.

"로슈 백작을 말씀하시는 거예요?"

"그래, 로슈 백작!" 그는 소리쳤다.

"나는 그때 네게 그 녀석이 사기꾼이라고 말했었지. 너는 그 녀석의 꾐에 말려들었고, 그래서 내가 너를 구해 냈지."

"그러셨죠." 루스가 씁쓸하게 말했다.

"그래서 전 디렉 케터링과 결혼했고요."

"그건 네가 원한 거잖니?" 백만장자가 소리쳤다.

그녀는 어깨를 으쓱했다.

"그런데 이제 와서ㅡ." 반 올딘이 천천히 말했다.

"그렇게 말했는데도 그 녀석을 다시 만나다니, 그 녀석이 오늘 이 집에 왔었지? 밖에서 그 녀석과 마주쳤는데, 그 순간 누구인지 기억이 나질 않았다."

루스 케터링이 자세를 가다듬었다.

"한 가지 말씀드릴 게 있어요, 아버지. 아버지는 아르망 로슈 백작에 대해 잘못 알고 계세요. 그가 젊었을 때 몇 가지 후회스러운 일을 저지른 것은 사실이에요. 그는 그 일을 제게 숨기지 않고 얘기해 주었어요. 어쨌든 그는 변함없이 저를 좋아하고 있어요. 아버지가 파리에서 우리 사이를 갈라놓았을 때 그는 가슴이 찢어질 듯이 아팠대요. 그렇지만 이제는ㅡ."

아버지가 분노에 찬 목소리로 그녀의 말을 끊었다.

"그래서 다시 그놈한테 빠진 게냐? 네가, 내 딸인 네가? 하나님 맙소사!"

그는 손을 내저었다.

"여자들이란 어쩔 수 없군."

제6장

미렐

반 올던의 방에서 나오던 디렉 케터링은 정신없이 걷다가 복도를 지나던 여자와 부딪혔다. 그가 사과하자, 그녀는 살짝 미소를 짓고는 그의 앞을 지나 갔다. 아름다운 회색 눈을 가진 그녀는 부드러운 성격의 소유자 같았다.

겉으로는 태연한 척했지만, 그는 장인과 이야기하면서 속으로는 크게 당황하고 있었다. 혼자 점심을 먹고 나서 그는 찌푸린 얼굴로 미렐이라고 알려진 여자가 살고 있는 집으로 갔다. 단정한 프랑스 여자가 웃으면서 그를 맞이했다.

"어서 오세요, 선생님. 아씨는 쉬고 계십니다."

그는 동양 물건들로 장식된 낯익은 방으로 들어갔다. 미렐은 많은 쿠션에 기댄 채 긴 의자에 누워 있었는데, 그녀의 노란색 옷과 황갈색의 쿠션 색깔이 잘 조화를 이루고 있었다. 그녀는 아름다움을 타고난 여자였다. 약간 갸름하면서 노란빛이 도는 얼굴은 독특한 아름다움을 풍기고 있었다. 디렉 케터링을 보자 그녀의 오렌지빛 입술이 웃음 지었다.

그는 그녀에게 키스하고는 의자에 털썩 주저앉았다.

"혼자 뭐하고 있었어! 방금 일어났나?"

그녀는 오렌지빛 입술을 커다랗게 벌리며 미소를 지었다.

"아니에요. 연습하고 있었어요."

그녀는 길고 흰 손으로 피아노를 가리켰다. 피아노 주위에는 악보들이 흩어져 있었다.

"앰브로스가 왔다 갔어요. 내게 새 오페라를 작곡해줬어요."

케터링은 관심이 없다는 듯이 고개만 끄덕였다. 그는 클로드 앰브로스나 그가 작곡한 입센의 '페르귄트' 오페라에는 별로 관심이 없었다. 미렐도 마찬가지였다. 그녀는 음악보다는 자신이 아니트라('페르귄트'에 등장하는 추장의 딸로

출연할 기회를 더 중요히 여기고 있었다.

"놀랄 만한 공연이 될 거예요." 그녀는 말했다.

"모든 정열을 다 쏟을 거예요. 보석을 달고 춤을 추는 거지요. 아! 그런데 어제 본드 가(런던의 고급 상가)에서 봐둔 진주가 있어요—흑진주인데."

그녀는 말을 멈추고 갈망하는 시선으로 그를 바라보았다.

"이것 봐." 케터링이 말했다.

"내게 흑진주 같은 건 말해도 소용없어. 지금 나는 발등에 불이 떨어졌단 말이야."

미렐은 그의 말에 금방 반응을 나타냈다. 그녀는 까만 눈을 크게 뜨고 자리에서 일어났다.

"무슨 말이에요, 디렉? 무슨 일이 생겼어요?"

"나의 친애하는 장인어른께서—." 케터링이 빈정거렸다.

"드디어 끝장을 내실 모양이야."

"예?"

"루스와 이혼해 달라는 거지 뭐."

"말도 안 돼요." 미렐이 말했다.

"그녀가 당신과 이혼해야 할 이유가 있나요?"

디렉 케터링이 씁쓸하게 웃었다.

"모두 당신 때문이지." 그가 말했다.

미렐이 어깨를 으쓱했다.

"바보 같은 생각이군요." 그녀는 일의 사정을 알게 된 것 같았다.

"정말 바보 같은 생각이지." 디렉이 맞장구쳤다.

"그래서 어떻게 할 생각이에요?" 미렐이 물었다.

"어떻게 해야 좋을지 모르겠어. 돈이라고는 한 푼도 없고 빚만 잔뜩 남았는데—정상에 올라서려던 사람이 몰락하는 거지."

"그 미국 사람들 정말 이상하네요." 미렐이 말했다.

"당신 부인이 당신을 좋아하지 않는 모양이죠?"

"글쎄, 그건 그렇고, 이제 우리는 어떻게 되는 거지?" 디렉이 말했다.

그녀는 다음 말이 궁금하다는 듯이 디렉을 쳐다보았다. 그가 그녀에게 다가와서 손을 잡았다.

"당신은 내 곁에 있겠지?"

"무슨 말이에요?"

"빚쟁이들이 늑대처럼 나를 덮치더라도 말이야. 나는 미치도록 당신을 좋아해, 미렐. 당신은 나를 버리지 않을 거지?"

그녀는 얼른 손을 뺐다.

"내가 당신을 좋아한다는 걸 알잖아요, 디렉?"

그는 그녀의 말투가 바뀐 것을 알 수 있었다.

"그래, 당신도 마찬가지군. 돈이 없다니까 모두 내 곁을 떠나는 거야."

"아, 디렉!"

"연극은 그만해." 그가 소리쳤다.

"당신도 나를 떠날 거야, 그렇지?"

그녀는 어깨를 으쓱했다.

"난 당신을 좋아해요. 당신은 정말 매력적인 사람이에요. 하지만 현실을 부정할 수는 없는 것 아니에요?"

"당신은 돈 많은 사람의 사치품이군, 그렇지?"

"마음대로 생각하세요."

그녀는 쿠션에 기댄 채 머리를 뒤로 젖혔다.

"어쨌든 나는 당신을 좋아해요, 디렉."

디렉은 창가로 가서 그녀에게 등을 돌린 채 한동안 밖을 바라보고 있었다. 잠시 뒤 그녀는 몸을 일으켜 팔꿈치로 기댄 채 궁금한 듯이 그를 바라보았다.

"무슨 생각을 하고 있어요?"

그는 돌아보며 씩 웃었다. 그 이상한 웃음은 왠지 그녀를 불안하게 했다.

"얼마 전에 보았던 어떤 여자를 생각하고 있었어."

"여자?"

그녀는 알겠다는 듯이 목소리를 높였다.

"그새 다른 여자가 생겼군요, 그렇죠?"

"오, 질투할 필요는 없어. 단지 환상 속의 인물일 뿐이니까. 회색 눈을 가진 여인이었지."

미렐이 날카롭게 말했다.

"언제 그 여자를 만났어요?"

디렉 케터링은 조롱하는 투로 말했다.

"사보이 호텔 복도에서 그 여자와 부딪쳤지."

"어머! 그녀가 뭐라고 말했는데요?"

"내게 기억나는 건, 내가 '미안합니다.'라고 말했더니 그녀가 '괜찮아요.'라고 말한 것뿐이야."

"그러고 나서는?" 발레리나가 따지고 들었다.

"그러고는ᅳ, 아무것도 없어. 그게 전부야."

"당신이 무슨 말을 하는 건지 한마디도 이해할 수 없어요."

발레리나가 말했다.

"회색 눈을 가진 여인이었어ᅳ." 디렉이 혼잣말로 중얼거렸다.

"다시는 그녀를 만나지 않는 게 좋을 거야."

"왜요?"

"그녀는 불운을 가져올 것 같거든. 여자들은 대개 그렇지만."

그녀는 앉아 있던 의자에서 일어났다. 그녀는 디렉에게 다가와서 뱀같이 긴 팔로 그의 목을 휘감았다.

"당신은 바보예요, 디렉." 그녀가 중얼거리듯이 말했다.

"당신은 정말 바보예요. 당신은 멋진 사람이에요. 나는 당신을 좋아해요. 하지만 나는 가난하게 살 순 없어요. 그래요, 분명히 말하지만, 나는 가난하게 살지는 않을 거예요. 잘 들어요. 결론은 간단해요. 당신이 부인과 화해하면 되는 거예요."

"그건 현실성 없는 말이야." 디렉이 차갑게 말했다.

"어째서죠? 이해할 수 없군요."

"반 올딘이 어떤 말도 받아들이지 않을 테니까. 그는 한 번 마음먹으면 끝까지 밀고 나가는 사람이야."

"나도 그 사람에 대한 소문은 들었어요." 발레리나가 고개를 끄덕였다.

"그 사람은 굉장한 부자라죠? 아마 미국에서 제일가는 부자일 거예요. 며칠 전 파리에서 세계에서 가장 훌륭한 루비를 샀다더군요. '불의 심장'이라는 것을."

케터링은 아무 말도 하지 않았다. 그녀는 황홀한 듯 계속 말했다.

"그건 정말 멋진 보석이에요—나 같은 여자에게나 어울릴 보석이죠. 나는 보석을 좋아해요, 디렉. 보석은 내게 뭔가를 얘기해 주거든요. 아, '불의 심장' 같은 루비를 달아 봤으면!"

그녀는 짧게 한숨을 쉬고 다시 현실로 돌아왔다.

"당신은 남자니까 이해하지 못할 거예요, 디렉. 반 올딘은 아마 그 루비를 딸에게 줬을 거예요. 그녀는 외동딸인가요?"

"그래."

"그렇다면 그 남자가 죽으면 그녀가 전 재산을 물려받겠군요. 그녀는 엄청난 부자가 되겠군요."

"그녀는 이미 부자야." 케터링이 냉랭하게 말했다.

"결혼할 때 2백만 달러를 물려받았지."

"2백만 달러! 굉장하군요. 그런데 그녀가 갑자기 죽으면? 모두 당신 차지가 되는 거 아닌가요?"

"지금 상태라면 그렇게 되겠지." 케터링이 천천히 말했다.

"그녀가 아직 유언장을 만들어 두지는 않았을 테니까."

"어머나!" 그녀가 외쳤다.

"만일 그녀가 죽는다면 이혼 문제가 어떻게 될지 궁금하군요."

잠시 침묵이 흐른 뒤 디렉 케터링이 웃음을 터뜨렸다.

"당신은 일을 단순하고 실질적으로만 생각하는군. 그렇지만 당신의 그런 생각은 이루어지지 않을 거야. 내 아내는 지극히 건강한 사람이니까."

"그렇지만 뜻밖의 사고도 있을 수 있잖아요."

그는 미렐을 날카롭게 바라보았지만, 아무런 응답도 하지 않았다.

그녀는 계속 말했다.

"당신 생각이 옳아요. 불가능한 생각은 더 이상 하지 않는 편이 좋지요. 그렇다면, 디렉, 이혼에 대한 말도 중지시켜야 해요. 부인이 그 생각을 포기하도록 하는 거예요."

"그렇지 않는다면?"

미렐의 눈이 가늘어졌다.

"그녀는 그렇게 할 거예요. 그녀는 다른 사람의 눈을 두려워하지 않는 사람이 아니니까요. 그녀는 친구 얘기가 신문에 실리는 걸 싫어할 거예요."

"무슨 말이지?" 케터링이 날카롭게 물었다.

미렐은 머리를 뒤로 젖히고 웃었다.

"사실이에요. 로슈 백작이라는 사람 말이에요. 나는 그에 대해서 잘 알고 있어요. 나는 파리 사람이잖아요. 그는 그녀가 당신과 결혼하기 전 연인이었어요, 맞죠?"

"그건, 빌어먹을 거짓말이야." 케터링은 그녀의 어깨를 잡았다.

"그리고 어쨌든 간에 내 아내에 대해서는 그렇게 얘기하지 마."

디렉은 곧 냉정을 되찾았다.

"당신네들 영국인은 정말 이상해요." 그녀는 투덜거렸다.

"그래요, 당신이 옳을지도 모르죠. 그 미국 사람들이 그렇게까지 하지 않을지도 모르니까. 그렇지만 그녀가 결혼하기 전에 그와 사랑하는 사이였다는 것은 사실이에요. 그녀의 아버지가 끼어들어서 두 사람 사이를 갈라놓았죠. 그녀는 정말 많이 울었대요. 하지만 그녀는 아버지의 명령에 복종해야 했어요. 자, 이래도 내가 괜한 얘기를 한다고 생각하지는 않겠죠, 디렉? 그녀는 거의 매일 그와 만나고 있어요. 그리고 14일에는 그를 만나러 파리로 갈 거예요."

"당신이 어떻게 그런 것을 알고 있지?" 케터링이 물었다.

"나요? 파리에 로슈 백작을 잘 알고 있는 친구들이 있어요. 그들은 모든 계획을 세워 두었어요. 당신 아내는 리비에라로 간다고 하지만, 사실은 백작을 만나러 파리로 가는 거예요—누가 알겠어요? 그래요, 그래. 내 말을 믿어야 해요. 모두 계획된 거라고요."

디렉 케터링은 꼼짝하지 않고 서 있었다.

"잘 들어요." 발레리나가 말했다.

"당신이 조금만 머리를 쓴다면 그녀를 당신 손아귀에 움켜쥘 수 있어요. 그녀를 곤란한 입장에 빠뜨릴 수 있다고요."

"오, 제발 그만 해." 케터링이 외쳤다.

"그 입 닥치지 못해!"

미렐은 웃으면서 다시 소파에 몸을 던졌다.

케터링은 모자와 코트를 집어들고 문을 거칠게 '쾅' 닫고는 밖으로 나갔다.

발레리나는 여전히 소파에 앉은 채 혼자 미소 짓고 있었다. 그녀는 자신이 한 일에 만족해하는 것 같았다.

제7장

편지들

새뮤얼 하필드 부인이 캐서린 그레이 양에게 어떤 사실을 알려주기
위해서 이렇게 편지를 씁니다. 지금 상황에서 그레이 양이 모르고 있
을지도 모르는 것을 지적해 주고 싶어요……

하필드 부인은 거침없이 편지를 써 내려가다가 제3자의 입장에서 사실을 설명해야 하는 어려운 부분에 이르러서는 손을 멈추었다.

잠시 머뭇거리던 하필드 부인은 쓰던 편지를 찢어 휴지통에 버리고 다시 쓰기 시작했다.

친애하는 그레이 양
당신이 사촌 언니 제인을 잘 돌봐준 데 대해 진심으로 고맙게 생각합
니다. 제인의 죽음은 우리 모두에게 커다란 충격이었어요. 내가 그렇
게 느끼지 않을 수 없는 것은―

하필드 부인은 다시 멈췄다. 그리고 그 편지도 휴지통에 내던져 버렸다. 넉장을 망친 뒤에야 하필드 부인은 만족할 만한 편지를 쓸 수 있었다. 그녀는 편지를 봉투에 넣고 우표를 붙인 뒤 캐서린 그레이 양의 주소를 썼다.

'켄트 군 세인트 메리 미드 시 리틀 크램프턴.'

편지는 다음 날 아침 식사시간에 그레이 양의 접시 옆에 놓여 있었다. 그 편지는 푸른색의 봉투 색깔 때문에 다른 편지들보다 훨씬 중요한 것처럼 보였다.

캐서린 그레이 양은 하필드 부인의 편지를 제일 먼저 뜯었다.

내용은 다음과 같았다.

친애하는 그레이 양

당신이 불쌍한 제인 사촌언니를 보살펴 준 데 대해 남편과 나는 진심
으로 감사인사를 드립니다. 언니의 건강이 근래에 악화된 것은 알고
있었지만 언니의 죽음은 우리에게 커다란 충격이었어요. 언니가 남긴
유언장은 법정에서 전혀 유효하지 않은 특별한 문제가 있다는 것을
나는 알고 있어요. 당신은 판단력이 있는 사람이니까 이 사실을 이미
알고 있으리라고 생각합니다. 이런 문제는 당사자들끼리 해결하는 것
이라고 남편이 말하는군요. 당신이 그러한 은총을 받게 된 것을 우리
는 즐겁게 생각해요. 우리의 작은 선물을 받아 주길 바랍니다.
나를 믿어요, 친애하는 그레이 양.

메리 앤 하필드

케서린 그레이 양은 편지를 다 읽고 난 뒤 미소를 지으며 다시 읽었다. 두
번째로 읽고 나서 편지를 내려놓았을 때 그녀의 표정은 밝아져 있었다. 그녀
는 다음 편지를 집어들었다. 한 번 대충 훑어본 뒤에 그녀는 앞을 빤히 바라
보았다. 이번에 그녀는 미소 짓지 않았다. 조용하고 생각에 잠긴 듯한 그녀의
표정 뒤에 어떤 감정이 숨어 있는지는 아무도 알 수 없는 일이었다.

캐서린 그레이 양은 서른세 살이었다. 그녀는 훌륭한 가문 출신이지만, 그
녀의 아버지가 재산을 탕진했기 때문에 어릴 때부터 캐서린은 자신의 생계를
스스로 꾸려 나갈 수밖에 없었다. 그녀가 늙은 하필드 부인의 시중을 들기 위
해 이곳에 왔을 때, 그녀의 나이는 스물셋이었다.

하필드 부인의 성격이 괴팍스럽다는 것은 널리 알려진 사실이었다. 시중들
사람들이 여러 명 왔지만, 그때마다 그들은 도망치듯 가버렸다. 그들은 희망
에 부풀어 도착했다가는 대개의 경우 눈물을 머금고 떠나갔다. 그렇지만 10년
전 캐서린 그레이가 발을 들여놓은 이후로 리틀 크램프턴에는 완전한 평화가
유지되었다. 어떻게 그렇게 되었는지는 아무도 몰랐다. 사람들은 뱀을 부리는
사람은 만들어지는 것이 아니라 타고나는 모양이라고들 했다. 캐서린 그레이
는 늙은 부인들과 개들, 그리고 꼬마들을 다루는 힘을 타고난 것 같았고, 그

일을 별로 힘들이지 않고 해냈다.

스물세 살 때의 그녀는 아름다운 눈을 가진 얌전한 처녀였다. 서른세 살의 그녀는 아무도 침범하지 못할 고요한 빛을 발산하는 회색 눈을 가진 얌전한 여자다. 더구나 그녀는 타고난 유머 감각을 가지고 있었다.

그녀가 아침식사를 하기 위해 탁자 앞에 앉아서 앞을 바라보고 있을 때 벨이 울리더니 누군가 문을 '쾅쾅' 두드렸다. 잠시 뒤 키 작은 하녀가 문을 열고 숨찬 목소리로 말했다.

"해리슨 박사님이세요."

몸집이 커다란 중년 의사는 문을 두드릴 때와 마찬가지로 힘차게 휘파람을 불면서 들어왔다.

"안녕하십니까, 그레이 양?"

"안녕하세요, 해리슨 박사님."

"이렇게 일찍 찾아온 것은―." 의사가 말을 시작했다.

"혹시나 하필드의 사촌들에게서 연락이 왔을까 궁금해서요. 새뮤얼 부인이라는 여자 말입니다―아주 지독한 사람이죠."

아무 말 없이 캐서린은 탁자에서 편지를 집어들어 그에게 건네주었다. 그녀는 해리슨 박사가 절대로 용납할 수 없다는 듯이 눈썹을 찡그리고 씩씩거리며 편지를 읽는 모습을 재미있다는 표정으로 바라보았다. 의사는 탁자 위로 편지를 내던졌다.

"뻔뻔스러운 사람이군요." 그가 숨을 몰아쉬며 말했다.

"걱정할 필요 없습니다. 허튼소릴 하고 있는 겁니다. 하필드 부인도 당신이나 나처럼 멀쩡한 정신을 가지고 있으니까 그 말에 반박할 필요도 없습니다. 그들이 아무 권리도 없다는 걸 그들 자신이 더 잘 알고 있을 겁니다. 법정이니 어쩌니 하는 소리는 모두 허풍일 뿐입니다. 더구나 당신을 속이려고 이런 편지를 보내다니. 잘 들어요. 그 사람들 말은 한마디도 귀담아들을 필요가 없습니다. 행여 현금을 양도하는 것이 당신의 의무라고 생각하거나, 그들에게 양심의 가책을 느끼지는 말아요."

"그런 일은 없을 거예요." 캐서린이 말했다.

"그 사람들은 하필드 부인의, 남편의 먼 친척일 뿐이에요. 하필드 부인이 살아 있을 때는 그녀를 찾아오거나 돌본 적이 한 번도 없었어요."

"당신은 현명한 여잡니다." 의사가 말했다.

"나는 당신이 지난 10년간 어렵게 지내 온 사정을 누구보다 잘 알고 있습니다. 당신은 노부인의 전 재산을 물려받을 만한 권리가 충분히 있어요."

캐서린은 생각에 잠겨 미소를 지었다.

"전부 다 말이죠?" 그녀가 말했다.

"그 액수가 얼마나 되는지 알고 계세요, 의사 선생님?"

"글쎄요, 연간 500파운드 정도는 충분히 되지 않을까요."

캐서린이 고개를 끄덕였다.

"저도 그렇게 생각했어요." 그녀가 말했다.

"그런데 이걸 읽어보세요."

그녀는 길고 푸른 봉투에 넣어진 편지를 그에게 건네주었다.

의사는 편지를 읽으면서 놀란 듯이 말했다.

"말도 안 돼." 그가 낮은 목소리로 말했다.

"세상에—."

"하필드 부인은 모털스의 주주였어요. 40년 전부터 그녀는 매년 8천에서 만 파운드 정도의 수입을 올렸죠. 그렇지만 그녀는 절대로 1년에 400파운드 이상을 쓴 적이 없어요. 그녀는 언제나 돈에는 지나칠 정도로 인색했으니까요. 그녀는 동전 한 푼에도 벌벌 떨었어요."

"그리고 그동안 그 적립금이 복리로 계속 늘어난 거죠. 그레이 양, 당신은 이제 부자가 된 겁니다."

캐서린 그레이 양이 고개를 끄덕였다.

"그래요." 그녀가 말했다.

"물론이죠."

그녀는 지극히 담담하고 객관적인 어조로 말했다. 마치 자기와는 상관없는 일을 구경하는 사람처럼.

"어쨌든—." 떠날 채비를 하며 의사가 말했다.

"진심으로 축하합니다."

그는 엄지손가락으로 새뮤얼 하필드 부인의 편지를 튀겼다.

"이런 뻔뻔스러운 편지에는 신경 쓰지 마십시오."

"그렇게 뻔뻔스러운 것만도 아니에요." 그레이 양이 너그럽게 말했다.

"이런 상황이라면 누구라도 그렇게 생각할 수 있죠."

"당신은 가끔 알다가도 모를 사람이군요." 의사가 말했다.

"왜요?"

"이런 일을 당연하게 여기고 있으니 말입니다."

캐서린 그레이 양은 웃었다.

해리슨 박사는 점심을 먹으면서 그 이야기를 자기 부인에게 했다. 그녀는 그 사실에 매우 흥분했다.

"하필드 노부인과 그 많은 돈을 생각해봐요. 그녀가 캐서린 그레이 양에게 돈을 남겨 줘서 천만다행이에요. 캐서린은 성자 같은 여자예요."

의사는 얼굴을 찡그렸다.

"내가 상상하는 성자는 까다로운 사람인데, 캐서린 그레이 양은 성자로서는 너무 인간적이오."

"그녀는 유머 감각이 있는 성자예요." 의사 부인이 눈을 반짝이며 말했다. "그리고 당신은 눈치채지 못한 것 같은데, 그녀는 굉장한 미인이에요."

"캐서린 그레이 양이?" 의사는 깜짝 놀란 것 같았다.

"눈이 아름답다는 것은 알고 있지만—."

"오, 당신도 정말!" 그의 부인이 소리쳤다.

"눈으로 뭘 보고 다니는 거예요? 캐서린은 아름다움의 조건을 모두 갖추고 있어요. 그녀에게 필요한 것은 옷뿐이에요!"

"옷이라고? 그녀의 옷이 어때서? 항상 깔끔하게 입고 다니던데."

해리슨 부인이 깊은 한숨을 내쉬었다. 의사는 왕진 준비를 하기 위해서 일어났다.

"그녀를 한 번 찾아가 보는 것이 어떻겠소, 폴리?" 그가 제안했다.

"그럴 참이었어요." 해리슨 부인은 남편의 말이 끝나기 바쁘게 대답했다.

그녀는 3시쯤 그레이 양을 찾아갔다.

"나는 정말 기뻐요." 그녀는 캐서린의 손을 잡고 따뜻하게 말했다.

"그리고 마을 사람들도 모두 기뻐할 거예요."

"이렇게 일부러 찾아와 주셔서 정말 고마워요." 캐서린이 말했다.

"사실 조니에 대해서 물어볼 것이 있어서 오시기를 기다리고 있었어요."

"오! 조니라, 글쎄요―."

조니는 해리슨 부인의 막내아들이다. 잠시 침묵을 지키던 그녀는 조니의 선(腺)증식 비대증 편도선에 대해서 장황하게 늘어놓기 시작했다. 캐서린은 잠자코 듣고만 있었다. 버릇은 정말 떨쳐버리기 어려운 것이다. 지난 10년간 남의 말을 들어주는 것이 그녀의 일이었다.

"애야, 내가 포츠머스에서 있었던 수상 파티에 대해 얘기했었니? 찰스 경이 내 가운을 칭찬해줬던 일 말이다."

그러면 캐서린은 짐짓 부드러운 표정으로 이렇게 대답했다.

"하신 것 같아요, 하필드 부인. 그렇지만 잊어버렸어요. 다시 한 번 얘기해 주세요."

그러면 노부인은 처음부터 끝까지 빠뜨리지 않고 다시 얘기를 한다. 그리고 캐서린은 노부인이 말을 멈출 때마다 기계적으로 응답하면서 마음속으로는 다른 생각을 하곤 했다.

지금도 그녀는 지금까지 익숙해진 이중적인 이상한 감정을 느끼며 해리슨 부인의 말을 듣고 있었다.

30분 동안 얘기를 하던 그녀는 갑자기 제정신으로 돌아왔다.

"지금까지 내 얘기만 하고 있었군요." 그녀가 말했다.

"당신 계획에 대해 들어보려고 왔으면서 말이에요."

"아직 아무런 계획도 없어요."

"어쨌든 여기에 계속 머물러 있지는 말아요."

캐서린은 상대방의 말에 미소를 지었다.

"내 생각도 그래요. 여행을 하고 싶어요. 지금까지 세상 구경을 못했거든요."

"그럴 거예요. 당신이 여기서 보낸 세월은 정말 끔찍했을 테니."

"정말 끔찍했는지 잘 모르겠어요." 캐서린이 말했다.

"그동안 자유롭게 지냈거든요."

그녀는 상대방의 놀라는 얼굴을 보자 얼굴을 약간 붉혔다.

"내가 이렇게 말하는 것이 이상하게 들리실 거예요. 물론 육체적인 면에서는 별로 자유롭지 못했지요."

"물론 그럴 거예요."

캐서린이 휴일조차 제대로 즐기지 못했던 것을 상기하면서 해리슨 부인이 숨을 내쉬며 말했다.

"그렇지만 어떤 면에서는 육체적인 속박이 정신적으로 안정을 가져다줄 수 있어요. 부인은 모든 것이 자유롭겠지만, 나는 정신적인 자유만을 즐겼어요."

해리슨 부인은 고개를 저었다.

"이해할 수 없군요."

"오! 부인이 제 입장이라면 이해하실 수 있을 거예요. 그렇지만 지금 제게는 변화가 필요해요. 저는—저는 어떤 일이라도 일어났으면 좋겠어요. 오! 제 스스로에게는 말고요. 그저 흥미 있는 일에 끼어들고 싶어요. 구경꾼이라도 좋아요. 세인트 메리 미드에서는 그럴 만한 일이 일어나지 않을 거예요."

"물론 그렇죠." 해리슨 부인이 힘주어 말했다.

"먼저 런던으로 가야겠어요." 캐서린이 말했다.

"변호사를 만나봐야 하니까요. 그리고 나서 외국 여행을 할 예정이에요."

"아주 좋은 생각이군요."

"그렇지만 가장 먼저 해야 할 것은—."

"예?"

"옷을 사야겠어요."

"어머! 오늘 아침에 아서에게도 바로 그 얘기를 했는데요."

의사 부인이 소리쳤다.

"당신도 알겠지만, 캐서린, 조금만 신경 쓴다면 훨씬 더 예뻐질 거예요."

그레이 양의 미소에는 별 감정이 나타나지 않았다.

"오! 그렇다고 제가 미인이 될 수는 없을 거예요."

그녀가 진지하게 말했다.

"그렇지만 예쁜 옷을 입으면 정말 신날 것 같아요. 어쩌면 제게 그런 옷이 어울리지 않을지도 모르지만요."

해리슨 부인은 재빨리 그녀를 훑어보았다.

"당신에게는 정말 좋은 경험이 될 거예요." 그녀가 담담하게 말했다.

캐서린은 마을을 떠나기 전에 작별인사를 하기 위해 나이 많은 비너 양을 찾아갔다. 비너 양은 하필드 부인보다 두 살이 많았는데, 자기가 그녀보다 오래 살았다는 승리감에 가득 차 있었다.

"너는 내가 제인 하필드보다 오래 견디리라고는 생각도 못했지?"

그녀는 의기양양하게 물었다.

"그녀와 나는 함께 학교를 다녔어. 그런데 그녀는 떠났고, 나는 여기에 이렇게 살아 있단다. 누가 상상이나 한 일이겠니?"

"저녁식사로 늘 갈색 빵을 드신다면서요?" 캐서린이 기계적으로 말했다.

"네가 그것을 기억하고 있구나. 그건 사실이다. 제인 하필드가 음식에 조금만 신경을 써서 매일 저녁으로 갈색 빵을 한 조각씩 먹었더라면, 그녀도 지금 이 자리에 있을지도 모르지."

노처녀는 만족스럽게 고개를 끄덕였다. 그러고는 갑자기 기억났다는 듯이 말했다.

"그런데, 엄청난 돈을 물려받았다면서? 그래, 그래. 항상 조심해야지. 런던으로 가서 재미있게 지내보는 것도 괜찮지 않겠니? 그렇다고 결혼할 생각은 말거라. 네게는 남자를 끄는 매력은 없는 것 같으니까. 물론 네가 알아서 하겠지만, 지금 몇 살이지?"

"서른셋이에요." 캐서린이 말해 주었다.

"음―." 비너 양이 의심스럽다는 듯이 말했다.

"그리 많지도 않은데 벌써 싱싱한 기운이 없어졌구나."

"그래서 저도 걱정이에요."

캐서린은 오히려 재미있다는 표정으로 말했다.

"하지만 너는 좋은 여자야." 비너 양이 부드럽게 말했다.

"세상에는 조물주가 바라던 대로 여자를 부드럽게 대하는 사람들보다는 여자를 한낱 노리개로 생각하는 사람들이 더 많단다. 잘 가거라. 이제는 네 생활을 즐길 때가 온 거야. 그러나 세상일이란 겉보기와는 다를 수가 있다는 것을 꼭 명심해라."

그녀는 이 충고로 마음이 울적해져서 그곳을 떠났다. 마을 사람 반 정도가 그녀를 전송하러 역으로 나왔다. 잡다한 일을 도맡아 하던 하녀 앨리스는 꽃다발을 들고 와서 울음을 터뜨렸다.

"저런 분은 없을 거예요." 마침내 기차가 출발하자 그녀가 말했다.

"저는 찰리가 농장에서 그녀를 데리고 오던 때를 똑똑히 기억하고 있어요. 그때는 누구도 그레이 양이 그렇게 친절할 줄은 몰랐죠. 사람들이 모두 싫어하는 일도 정성을 기울였어요. 저 같은 사람은 그녀의 발끝도 못 따라갈 거예요. 그레이 양이야말로 진정한 숙녀지요."

캐서린은 이렇게 해서 세인트 메리 미드를 떠났다.

제8장

탬플린 부인의 편지

"거참." 탬플린 부인이 말했다.

"거참."

그녀는 데일리 메일 지(紙)를 내려놓고 지중해의 푸른 물결을 바라보았다. 황금빛 미모사 가지가 그녀의 머리 위에서 나부끼며 아름다운 모습을 연출하고 있었다. 그녀의 금발과 푸른 눈이 입고 있는 네글리제와 잘 조화를 이루고 있었다. 분홍색과 흰색이 조화된 얼굴과 마찬가지로 금발도 인공적으로 치장한 것이지만, 푸른색 눈은 자연 그대로였다. 탬플린 부인은 마흔다섯 살의 나이에도 여전히 아름다움을 과시하고 있었다.

탬플린 부인은 매력적인 여자였지만 한 번도 자기 자신이 그렇다고 생각해 보지 않았다. 그녀는 외모보다는 다른 중요한 문제에 관심이 더 많았다.

탬플린 부인은 리비에라에서는 잘 알려진 인물이며, 그녀가 마거릿 별장에서 여는 파티는 특히 유명했다. 그녀는 지금까지 결혼을 네 번이나 한 경력의 소유자였다. 첫 번째 남편은 분별력이 없는 사람이었기 때문에 그녀는 그에 대해서 거의 언급하지 않았다. 그녀는 그가 죽자 마치 기다렸다는 듯이 부유한 단추 공장 주인과 결혼했다. 그러나 두 번째 남편도 결혼한 지 3년 만에 재미있는 친구들과 저녁을 보내다가 갑작스럽게 세상을 떠났다. 다음 남편이 탬플린 자작이었는데, 그는 그녀가 바라던 사회적인 지위를 보장해 주었다. 그녀는 네 번째 결혼을 한 뒤에도 자작부인이라는 호칭은 그대로 유지하고 있었다. 네 번째 결혼은 순전히 즐기기 위한 것이었다. 찰스 에반스는 비록 가진 돈은 없지만, 스물일곱의 젊은 나이에다가 훤칠한 미남이었다. 게다가 세련된 매너와 스포츠에 대한 날카로운 감각, 그리고 세상 돌아가는 일에 대해서 남달리 정통했다.

탬플린 부인은 생활에는 대체로 만족하고 있었지만, 돈 버는 일이라면 물불을 가리지 않았다. 단추 공장 주인이 상당한 유산을 그녀에게 물려주었는데도 탬플린 부인은 입버릇처럼 이렇게 말하곤 했다. "두 가지 이유 때문에 돈이 별로 없어요."(하나는 전쟁 때문에 주식 가격이 떨어졌고, 또 하나는 죽은 탬플린 경의 낭비벽이다.) 그녀는 지금의 생활에 만족을 느끼고 있었지만, 단순히 부족한 것이 없다는 것만으로는 그녀의 성미에 차지 않았다.

그래서 그 1월의 아침, 신문에서 어떤 기사를 읽으면서 무의식적으로 '거참!'이라는 말을 연발하고 있었던 것이다. 그때 발코니에는 그녀와 탬플린 경과의 사이에 난 딸 레녹스가 있었다. 사실 그녀에게 레녹스는 눈엣가시와 같은 존재였다. 싹싹한 면이라고는 조금도 없고, 실제 나이보다 더 들어 보이는 그녀의 딸이 가끔 빈정거리듯이 하는 말은 그녀를 영 불편하게 만들곤 하는 것이었다.

"얘야, 이게 꿈인지 생시인지 모르겠구나." 탬플린 부인이 말했다.

"무슨 일인데요?"

탬플린 부인은 데일리 메일 지를 집어들어 딸에게 건네주고는 떨리는 손가락으로 한 구절을 가리켰다.

레녹스는 신문을 읽고 나서 전혀 동요된 기색 없이 신문을 돌려주었다.

"뭐가 어쨌단 말이에요?" 그녀가 물었다.

"흔히 있는 일이잖아요. 친척도 없는 늙은 여자가 고향의 불쌍한 친구들에게 막대한 유산을 물려준다는 것은—"

"그래, 그건 그렇지." 그녀의 어머니가 말했다.

"그렇지만 기사에 난 것처럼 그렇게 많지는 않을 거야. 가끔 신문도 사실과 다르게 보도할 경우가 있으니까. 그러나 그 액수의 반만 된다고 해도—"

"어쨌든 우리에게 준 게 아니잖아요." 레녹스가 말했다.

"꼭 그렇다고는 말할 수 없지." 탬플린 부인이 말했다.

"사실 캐서린 그레이는 내 사촌이란다. 에지워스의 워스터셔 그레이 중 한 명이지. 내 사촌이! 이럴 수가!"

"아하!" 레녹스가 알겠다는 듯이 말했다.

"그런데 궁금한 간一." 탬플린 부인이 말했다.

"혹시 우리에게 무엇이 돌아오기라도 할 것인가一."

레녹스는 그녀의 어머니로서는 도저히 이해하지 못하는 미소를 지으며 말했다.

"오, 애야." 약간 나무라는 투로 탬플린 부인이 말했다.

그 말에는 힘이 없었다. 로절린 탬플린은 딸이 솔직하게 말하는 것으로 느끼는 불편함에 익숙해져 있었다.

"궁금한 간一." 연필로 그린 눈썹을 찌푸리며 탬플린 부인이 말했다.

"혹사一오, 잘 잤어요, 처비? 테니스 하러 가는 모양이군요. 정말 멋진데요!"

처비라고 불린 사람은 그녀에게 상냥하게 웃으며 형식적인 말을 했다.

"복숭아색 옷을 입으니 멋져 보이는군"

그러고는 그들을 지나쳐 계단을 내려갔다.

"오, 어서 계속해 보세요. 그 말은 벌써 세 번씩이나 하셨잖아요"

"좋다, 애야." 남편의 모습을 정감 어린 시선으로 바라보면서 그녀가 말했다.

"캐서린에게 편지를 써서 그녀가 이곳으로 찾아오도록 요청하면 어떨까 하고 생각 중이란다. 그녀는 한동안 사교계와는 담을 쌓고 지냈을 테니까. 그래서 그녀가 사람들과 접촉하게끔 해주는 거야. 그러면 그녀에게도 우리에게도 모두 이익이 될 게 아니겠니?"

"얼마나 내놓게 할 생각이시죠?" 레녹스가 물었다.

그녀의 어머니가 나무라는 듯한 시선으로 그녀를 바라보다가 조용한 목소리로 말했다.

"우리도 재산을 정리할 때가 됐어. 그놈의 전쟁과 바보 같은 네 아버지 때문에一."

"처비도 마찬가지예요." 레녹스가 말했다.

"그 사람도 낭비가 심하잖아요."

"내 기억으로는一, 그녀는 정말 좋은 여자였어."

과거를 더듬는 듯한 조용한 목소리로 탬플린 부인이 말했다.

"얌전하고 자신을 드러내지 않는 여자였지. 그다지 아름답지는 않았지만 남자를 유혹하려고 하지는 않았어."

"그렇다면 처비 걱정은 안 해도 되겠군요—." 레녹스가 말했다.

탬플린 부인이 딸을 노려보았다.

"처비는 절대 그럴 사람이 아니다."

"그래요. 저도 그럴 거라고 생각은 하지만, 그분은 잡다한 것을 너무 많이 보아 온 사람이라서요."

"얘야, 너무 말을 함부로 하는 것 같구나." 탬플린 부인이 꾸짖었다.

"미안해요." 레녹스가 말했다.

탬플린 부인은 데일리 메일 지와 네글리제, 그리고 화장품 가방과 편지들을 모아들었다.

"당장 캐서린에게 편지를 써야겠다." 그녀가 말했다.

"에지워스에서 즐거웠던 옛 기억을 그녀에게 회상시켜 줘야지."

탬플린 부인은 욕심이 가득 찬 눈으로 집 안으로 들어갔다.

그녀는 새뮤얼 하필드 부인과는 달리 편지를 술술 써 내려갔다. 쉬지 않고 넉 장을 채운 그녀는 다시 읽으면서도 단어 하나 바꾸지 않았다.

캐서린은 런던에 도착한 날 아침에 그 편지를 받았다. 그녀가 편지 속의 숨은 뜻을 파악했건 하지 못했건 그건 큰 문제가 아니었다. 그녀는 편지를 핸드백에 집어넣고 하필드 부인의 변호사 사무실로 갔다.

사무실은 링컨 법학협회의 오래된 건물에 있었다. 몇 분 뒤에, 그녀는 빈틈 없는 인상을 풍기는 푸른 눈을 가진 예절 바르고 친절한 변호사와 마주 보고 있었다.

하필드 부인의 유서와 그에 대한 법적인 문제에 대해 잠깐 얘기한 뒤 캐서린은 새뮤얼 부인의 편지를 변호사에게 건네주었다.

"이 편지를 보여 드리는 게 좋을 것 같아서요." 그녀가 말했다.

"조금 우스꽝스럽긴 하지만 말이에요."

그는 희미하게 미소를 지으며 편지를 읽었다.

"유치한 장난입니다, 그레이 양. 굳이 말할 필요도 없이 이 사람들은 유산에 대해서는 아무런 권리도 없습니다. 유언장에 이의를 제기해도 법정에서는 소용없을 겁니다."

"저도 잘 알고 있어요."

"사람은 늘 현명하지는 않은가 봅니다. 내가 새뮤얼 부인이라면, 당신의 관용에 호소하겠습니다."

"제가 말하려고 했던 것 중 하나가 바로 그거예요. 이 사람들에게 제 몫을 조금 나눠주고 싶어요."

"그럴 의무는 없습니다."

"알고 있어요."

"그 사람들은 당신의 호의를 잘못 해석할지도 모릅니다. 그 사람들은 물론 거절하지도 않을 것이며, 당신이 그들에게 뇌물을 준다고 생각할 겁니다."

"저도 잘 알아요. 그렇지만 그렇게 하고 싶군요."

"충고하는데, 그레이 양, 그 생각은 포기하는 게 좋을 것 같군요."

캐서린은 머리를 흔들었다.

"당신 말이 옳다는 걸 알지만, 그래도 저는 그렇게 하고 싶어요."

"그들이 일단 돈을 움켜쥐면 계속 당신을 괴롭힐지도 모릅니다."

"좋을 대로 하라죠." 캐서린이 말했다.

"어쨌든 그들은 하필드 부인의 친척들이니까요. 그들은 부인이 살아 계실 때 그녀를 업신여기고 돌봐주지 않았다고 해도, 나는 그들이 한 푼도 상속받지 못한다는 건 정당한 일이 아니라고 생각해요."

변호사는 못마땅했지만, 캐서린은 그 말을 다시 한 번 더 강조한 뒤, 이제는 돈을 자유롭게 쓰면서 미래의 계획을 세울 수 있다는 홀가분한 마음으로 거리로 나섰다. 그녀는 먼저 유명한 의상실을 찾았다.

꿈을 꾸는 듯한 공작부인 같은 얼굴을 가진 호리호리하고 나이가 지긋한 프랑스 여자가 그녀를 맞았다.

캐서린은 순진하게 말했다.

"당신이 알아서 해주세요. 지금까지 가난하게 살았기 때문에 옷에 대해서는 잘 몰라요. 그런데 이제는 돈이 좀 생겼기 때문에 옷에도 신경을 쓰고 싶군요."

프랑스 여인은 그녀가 마음에 들었다. 이른 아침 평범한 옷은 자신의 우아한 아름다움에는 어울리지 않는다는 듯한 아르헨티나의 여왕 같은 여자를 만나자, 그녀의 예술적인 감각이 유감없이 발휘되는 것 같았다. 그녀는 날카롭게 반짝이는 눈으로 캐서린을 살펴보았다.

"그래요, 정말 좋아요. 당신은 아주 훌륭한 몸매를 가졌군요. 단순한 선이 잘 어울리겠어요. 영국적이에요. 어떤 사람들은 내가 그렇게 말하면 언짢아하지만, 사실은 그게 좋은 거예요. 영국적인 것이 얼마나 아름다운지 모르는 사람들이 그런 불평을 하지요."

꿈을 꾸는 듯한 공작부인 같은 얼굴을 한 여자가 갑자기 말을 멈췄다.

그녀는 여러 개의 마네킹을 가리키며 말했다.

"클로실드, 버지니—이게 밝은 회색 옷이고, 이게 '가을의 한숨'이라는 이브닝드레스예요. 오, 마셀, 이건 미모사색의 비단 옷이죠."

좋은 아침이었다. 그들은 마네킹 주위를 천천히 걸어 다녔다.

공작부인은 캐서린 옆에 서서 작은 노트에 기록하고 있었다.

"정말 잘 고르셨어요, 마드모아젤. 마드모아젤은 정말 고상하군요. 올겨울 리비에라에 가도 이것보다 훌륭한 옷들은 없을 거예요."

"저 이브닝드레스를 다시 보고 싶어요." 캐서린이 말했다.

"연한 자주색 옷 말이에요."

그녀는 버지니라는 이름의 마네킹 주위를 천천히 돌았다.

"저 옷이 가장 예쁘군요."

자주색과 회색, 그리고 파란색이 잘 조화된 옷을 본 뒤 그녀가 말했다.

"뭐라고 부른다고 했죠?"

"'가을의 한숨'이에요. 마드모아젤에게 잘 어울리겠군요."

의상실을 나오면서 캐서린의 마음에 왠지 모를 슬픈 기분이 드는 것은 무슨 이유에서일까?

"'가을의 한숨'이에요. 마드모아젤에게 잘 어울리겠군요."

가을—그렇다. 그녀에게는 가을이었다. 지금까지 그녀에게는 봄과 여름이 없었고, 앞으로도 그럴지 모른다. 그녀가 잃어버린 것을 다시는 찾지 못할지도 모른다. 세인트 메리 미드에서 보냈던 희생의 세월 동안 그녀의 청춘이 이미 지나가 버린 건지도 모른다.

"난 바보야." 캐서린이 말했다.

"내가 바라는 게 뭐야? 한 달 전만 해도 지금보다 훨씬 더 만족스러웠잖아."

그녀는 가방에서 아침에 받은 탬플린 부인에게서 온 편지를 꺼냈다. 캐서린은 바보가 아니었다. 그녀는 그 편지의 의미를 이해하고 있었고, 오랫동안 소식도 없던 탬플린 부인이 갑작스럽게 다정한 체하는 이유도 잘 알고 있었다. 탬플린 부인이 자기 사촌임을 강조한 것은 어떤 이익을 생각했기 때문일 것이다. 글쎄, 상관없지 않은가? 양쪽에 이득이 되는 일일지도 모르니까.

"가겠어." 캐서린이 결심한 듯이 말했다.

그때 그녀는 피커딜리 광장을 걷고 있다가 그 문제를 당장 실행에 옮기려고 쿡의 사무실로 방향을 돌렸다. 그녀는 잠시 기다려야 했다. 그곳 직원과 얘기하고 있던 사람도 리비에라로 간다고 했다. 모두 리비에라로 가는 모양이라고 그녀는 생각했다. 그녀에게는 '모든 사람이 하는' 일을 자신도 하는 건 처음 있는 일이었다.

그녀 앞에 있던 남자가 몸을 돌리자 그녀는 그가 있던 자리로 갔다. 그녀는 그 직원과 얘기하면서도 마음은 다른 것을 생각하고 있었다. 그 남자의 얼굴이 낯설지 않았던 것이다. 어디에서 만난 적이 있는 것 같은데? 갑자기 기억이 났다. 그건 그날 아침 사보이 호텔 그녀의 방 앞에서였다. 그와 복도에서 부딪쳤었다. 하루에 두 번이나 만나다니 좀 묘한 인연이었다. 어깨너머로 그 남자를 바라보자 뭔지 모를 불안감이 들었다. 문가에 서 있는 그 남자가 자기를 쳐다보고 있다는 느낌이 들었다. 캐서린은 몸이 오싹했다. 불행한 일이 곧 일어날 것 같은 예감이 들었다.

그러나 곧 그녀는 그런 기분을 떨쳐 버리고 안정을 되찾아 직원이 말하는 것에 정신을 집중시킬 수 있었다.

제9장

거절된 제안

디렉 케터링은 화를 내는 법이 거의 없었다. 화를 냈다가도 금방 풀어지는 것이 그의 특징이었는데, 그런 점이 그가 곤경에 처했을 때 큰 도움이 되곤 했다. 미렐의 집을 나온 때도 그러했다. 그는 냉정함을 되찾아야 했다. 지금 그가 처한 곤경은 지금까지의 어떤 경우보다 심각한 것이었다. 게다가 보이지 않는 문제들이 많이 도사리고 있을 것 같았다.

그는 깊은 생각에 잠겨 길을 걸었다. 그의 이마에는 주름이 잡혀 있었고, 지금까지의 그와는 달리 명랑하고 밝은 기운은 없었다. 몇 가지 가능성이 그의 마음에 떠올랐다. 사람들은 디렉 케터링이 보기보다 훨씬 바보 같다고 말할지도 모른다. 그는 자기가 선택할 수 있는 몇 가지 방법을 생각해 보았다. 피하는 것은 순간적인 해결책밖에는 되지 않을 것이다. 절망적인 병에는 지독한 치료가 필요한 법이다. 그는 자기 장인이 어떤 사람인지 정확히 알고 있다. 디렉 케터링과 루퍼스 반 올던의 싸움은 오직 한 가지 방법으로만 해결될 수 있다. 그는 돈과, 그 돈의 힘을 저주했다.

그는 세인트 제임스 가(街)로 올라갔다가 피커딜리 광장을 가로질러 피커딜리 서커스 쪽으로 걸어갔다. 그는 '토머스 쿡 앤드 선스'의 사무실 앞에서 잠시 걸음을 멈추었다. 이내 그는 속으로 궁리하면서 계속 걸음을 옮겼다. 마침내 그는 짧게 고개를 끄덕이고는 몸을 갑자기 돌렸다. 너무 급하게 몸을 돌렸기 때문에 그의 뒤에서 걸어오던 두 명의 행인과 부딪칠 뻔했다. 그는 오던 길을 다시 걸어갔다. 이번에는 쿡 사무실을 그냥 지나치지 않고 안으로 들어 갔다. 사무실은 한산한 편이라서 금방 상담할 수 있었다.

"다음 주에 니스로 가려고 하는데 구체적인 사항을 얘기해 주겠소?"

"며칠입니까?"

"14일이오. 어떤 기차가 좋겠소?"

"물론 사람들이 말하는 '푸른 열차'죠. 칼레(프랑스 북단 도버해협 연안의 도시)에서 그 짜증스런 통관절차를 거치지 않아도 되니까요."

디렉은 고개를 끄덕였다. 그는 누구보다도 그 사실을 잘 알고 있었다.

"14일이라ㅡ." 직원이 말했다.

"조금 늦게 오셨군요. 푸른 열차는 예약이 거의 끝났는데요."

"침대칸이 남았는지 봐주시오." 디렉이 말했다.

"만일 없다면ㅡ." 그는 야릇한 미소를 지으며 말을 멈추었다.

직원은 잠깐 자리를 떠나더니 곧 돌아왔다.

"됐습니다. 아직 세 개가 남아 있군요. 그중 하나로 예약해 드리겠습니다. 성함이 어떻게 되시죠?"

"페이베트요." 디렉이 말했다.

그는 저민 가(街)에 있는 자신의 집 주소를 가르쳐 주었다.

직원은 고개를 끄덕이며 이름을 적고 그에게 정중하게 인사를 하고는 곧 다음 손님을 맞았다.

"니스로 가려고 하는데요, 14일에요. '푸른 열차'라는 기차가 있나요?"

디렉은 황급히 뒤를 돌아보았다.

우연치고는 정말 이상한 우연이었다. 그는 미렐에게 반쯤 농담으로 한 말이 기억났다. '회색 눈을 가진 여인이야. 그녀를 다시 만나지 않는 편이 좋을 거야.' 그러나 여기서 그녀를 다시 만나고 말았다. 더욱 이상한 것은 그녀가 그와 같은 날 리비에라로 여행한다는 사실이었다.

바로 그 순간 디렉은 온몸에 소름이 끼쳤다. 그는 미신을 믿는 편이었다. 그는 이 여자가 불운을 가져올 것 같다고 농담 삼아 얘기했다. 혹시 그 말이 사실이 될지도 모른다. 문가에서 그는 직원과 얘기하는 그녀를 돌아보았다. 한 번도 그의 기억이 틀린 적이 없었다. 그야말로 숙녀다운 여자였다. 그리 젊지도 않았고, 특별히 아름답지도 않았다. 그러나 무언가가 있었다ㅡ회색 눈이 그 이상의 무엇을 풍기고 있었다. 문밖으로 나오면서 그는 자기가 그 여인을 두려워하고 있는지도 모른다고 생각했다. 그는 별로 좋지 않은 예감이 들었다.

디렉은 저민 가에 있는 집으로 돌아와서 하인을 불렀다.

"페이베트, 내일 아침 이 수표를 현찰로 바꿔서 피커딜리에 있는 쿡 사무실로 가게. 자네 이름으로 예약된 표를 줄 테니까 대금을 지급하고 그 표를 가져오게."

"알겠습니다, 주인어른."

페이베트는 물러갔다.

디렉은 옆에 있는 탁자에서 편지를 한 움큼 집어들었다. 모두 그에게 낯익은 것들이었다. 크고 작은 것들 모두 지급해야 할 청구서들이었다. 지급을 요구하는 말투가 아직은 친절했다. 소문이 알려지게 되면 그 정중한 말투가 삽시간에 바뀐다는 것을 디렉은 잘 알고 있었다.

그는 가죽 덮개가 씌워진 큰 의자에 몸을 던졌다. 그는 망할 놈의 덫에 걸린 것이었다. 그래, 덫에 걸린 거야! 그 덫에서 빠져나갈 가능성은 거의 없어 보였다.

페이베트가 조심스럽게 기침 소리를 내며 나타났다.

"어떤 신사분이 만나 뵙고 싶다는군요. 나이튼 소령님이라고 하던데요."

"나이튼이?"

그는 갑자기 긴장되어 얼굴을 찌푸리고 의자에서 일어났다. 그는 자기만이 들을 수 있는 듯한 낮은 목소리로 말했다.

"나이튼이라―, 도대체 무슨 일이지?"

"들여보낼까요, 주인어른?"

그의 주인이 고개를 끄덕였다. 나이튼이 방으로 들어왔을 때는 매력적이고 친절한 주인이 그를 기다리고 있었다.

"이렇게 찾아 줘서 고맙소." 디렉이 말했다.

나이튼은 초조한 듯이 보였다.

상대방의 날카로운 눈이 그 점을 즉시 눈치챘다. 비서가 그를 찾아온 것은 분명히 그에게는 좋지 않을 것이다. 나이튼은 기계적으로 그의 인사말을 받았다. 그는 술을 사양했다. 디렉은 그의 태도가 평소보다 훨씬 딱딱하다는 것을 알아차렸다.

"좋소." 그가 쾌활하게 말했다.

"존경하는 장인어른께서 내게 무엇을 원하시는 거요. 당신은 그분이 보내서 왔을 텐데?"

대답하는 나이튼의 얼굴에는 웃음기라고는 찾아볼 수 없었다.

"물론입니다." 그는 신중하게 말했다.

"나는 반 올딘 사장님이 다른 사람을 보내길 바랐습니다."

디렉은 짐짓 눈썹을 치켜들었다.

"그렇게 나쁜 일이오? 분명히 밝혀 두지만, 나이튼 씨, 나는 그리 뻔뻔스러운 사람은 아니오."

"알고 있습니다." 나이튼은 잠시 망설였다.

"그렇지만 이 일은─." 그는 말을 멈추었다.

디렉이 그를 날카롭게 노려보았다.

"자, 다 털어놔 보시오." 그가 부드럽게 말했다.

"장인어른이 바라는 것이 내게는 좋지 않은 것이란 걸 이미 짐작하고 있소."

나이튼이 목청을 가다듬었다. 그는 전혀 당황하는 기색 없이 형식적인 말투로 얘기했다.

"사장님이 당신에게 분명한 제안을 하라고 지시하셨습니다."

"제안?"

잠시 디렉은 놀란 표정을 지었다. 나이튼의 입에서 나온 말은 그의 예상과는 전혀 다른 것이었다. 그는 나이튼에게 담배를 권하고, 자기도 한 대 불을 붙이고, 의자에 조용히 앉았다.

그는 퉁명스러운 목소리로 낮게 말했다.

"제안이라? 그것참 재미있는 말이군."

"계속할까요?"

"그렇게 하시오. 놀란 모습을 보여서 미안하오. 그렇지만 오늘 아침 그런 이야기를 나눈 뒤에 장인어른이 그 문제에 주춤하는 것 같았소. 금융계의 나폴레옹에게는 양보란 있을 수 없는 일이지. 나는 그 양반이 생각보다는 자신의 위치를 지키려고 노력하는 사람이라고 생각하오."

나이튼은 조롱하는 듯한 말을 묵묵히 들으면서, 굳은 얼굴에 아무런 감정도 나타내지 않았다. 그는 디렉의 말이 끝나기를 기다렸다가 조용히 말했다.

"가능한 한 간단히 말하겠습니다."

"어서 하시오"

나이튼은 상대방의 얼굴을 쳐다보지 않은 채 말을 이어나갔다. 그의 목소리는 당당했다.

"내용은 이렇습니다. 이미 짐작하시겠지만, 케터링 부인이 이혼을 청구할 겁니다. 소송이 예상대로 진행된다면 판결이 나는 날 10만을 받게 될 겁니다."

담배에 불을 붙이고 있던 디렉은 깜짝 놀랐다.

"10만!" 그가 소리쳤다.

"달러로?"

"파운드입니다."

잠시 동안 죽은 듯한 정적이 흘렀다. 케터링은 눈썹을 찌푸린 채 생각에 잠겨 있었다. 10만 파운드, 그 돈만 있으면 미렐과 함께 아무런 걱정 없이 넉넉하게 살 수 있다. 반 올딘도 그 사실을 알고 있을 것이다. 반 올딘은 이유 없이 돈을 줄 사람이 아니다. 그는 일어나서 벽난로 옆으로 다가갔다.

"그 친절한 제안을 거절한다면?"

그의 물음은 정중했지만, 차갑고 비아냥거리는 말투였다.

나이튼은 애원하는 듯한 몸짓을 했다.

"케터링 씨, 분명히 말씀드리지만—." 그가 진지하게 말했다.

"나는 정말 마지못해 이 말을 전하러 온 겁니다."

"괜찮소" 케터링이 말했다.

"그렇게 생각할 필요는 없소. 당신 잘못은 아니니까. 그런데 방금 한 질문에 대답해 줄 수 있겠소?"

나이튼이 일어났다. 그는 지금까지보다 더 달갑지 않은 투로 말했다.

"당신이 이 제안을 거절한다면—." 그가 말했다.

"사장님은 그냥 담담한 목소리로 당신을 파멸시킬 것이라고 전하라고 했습니다."

케터링은 이 말에 눈썹을 치켜들었지만, 이내 명랑하고 쾌활한 태도를 되찾았다.

"좋아요, 좋아!" 그가 말했다.

"장인어른이라면 능히 할 수 있는 일이지. 나는 미국의 백만장자와 맞붙어 싸울 능력이 없소. 10만이라! 누구에게도 그 정도를 줘서 안 되는 일은 없을 거요. 만일 장인어른이 원하는 대로 하는 대가로 내가 20만을 요구한다면 어떻게 하겠소?"

"그 말씀을 그대로 사장님께 전해 드리겠습니다."

나이튼이 담담하게 말했다.

"그게 대답입니까?"

"아니오." 디렉이 말했다.

"우습지만, 그 정도로는 모자라오. 장인어른께 돌아가서 그런 돈은 한 푼도 받지 않겠다고 전해 주시오. 그리고 그런 뇌물을 가지고 지옥에나 가라고 하시오, 알겠소?"

"그대로 전하죠." 나이튼이 말했다.

그는 머뭇거리더니 얼굴을 붉혔다.

"나는―이런 말을 해도 좋을지 모르겠습니다만, 케터링 씨, 생각하고 있는 그대로를 얘기해줘서 대단히 기쁩니다."

디렉은 대답하지 않았다. 나이튼이 나간 뒤에도 그는 한동안 깊은 생각에 잠겨 있었다. 야릇한 미소가 디렉의 입술에 번졌다.

"바로 그거야."

그가 조용히 말했다.

제10장

푸른 열차에서

"아버지!"

케터링 부인은 놀라서 외쳤다. 오늘 아침 그녀는 무척 들떠 있었다. 기다란 밍크코트와 중국식의 작고 빨간 모자를 쓰고 사람들로 붐비는 빅토리아 역의 플랫폼을 걷다가 예상치도 못하게 아버지를 만난 것이다.

"루스, 그렇게도 좋으니?"

"이런 곳에서 만날 줄은 생각도 못했어요, 아버지. 어젯밤에 작별인사를 하면서 아버지는 오늘 아침에 회의가 있다고 하셨잖아요."

"물론 그랬었지." 반 올딘이 말했다.

"그렇지만 어떤 회의보다도 네가 더욱 소중하니까. 한동안 못 볼 것 같아서 이렇게 나왔단다."

"정말 잘하셨어요, 아버지. 저도 어쩌면 아버지가 오실지도 모른다고 은근히 기대했거든요."

"나도 따라가면 어떻겠니?"

그 말은 순전히 농담이었다. 그러나 루스의 뺨이 금방 빨개지는 것을 보고 그는 적지 않게 놀랐다. 딸의 눈에 실망의 빛이 감도는 것 같았다. 그녀는 초조함을 감추려는 듯이 공허하게 웃었다.

"정말인 줄 알았잖아요." 그녀가 말했다.

"기분은 좋으니?"

"물론이에요." 그녀가 과장된 몸짓을 하며 말했다.

"좋아." 반 올딘이 말했다.

"그렇다면 다행이구나."

"그리 오래 있지는 않을 거예요, 아버지." 루스가 계속 말했다.

"아버지도 다음 달에 오실 거잖아요."

"그럼!" 반 올딘이 무표정하게 말했다.

"나도 때로는 할리 가(街)의 유명한 의사에게 가서, 내게도 햇빛과 기분 전환이 필요하다는 얘기를 듣고 싶다."

"그렇게 한가한 말씀 마세요." 루스가 말했다.

"그곳은 이번 달보다는 다음 달이 더 좋을 거예요. 그리고 그때쯤이면 아버지의 복잡한 일들도 정리될 테니까요."

"글쎄, 아마 그렇게 되겠지." 한숨을 쉬며 반 올딘이 말했다.

"어서 기차를 타야겠구나, 루스. 네 자리가 어디지?"

루스 케터링은 손으로 열차의 한쪽을 가리켰다. 특별칸 문 앞에 검은 옷을 입은 몸이 야위고 키가 큰 여자가 서 있었다—루스 케터링의 하녀였다. 그녀는 루스가 다가가자 옆으로 비켜섰다.

"의자 밑에 옷가방을 놔두었어요, 마님. 필요할 때 꺼내세요. 무릎덮개를 가지고 갈까요?"

"아니, 필요 없어. 네 자리나 찾아가도록 해, 메이슨."

"알겠습니다, 마님."

하녀는 자리를 떠났다.

반 올딘은 루스와 함께 특별칸으로 들어갔다. 그녀가 자리에 앉자 반 올딘은 여러 종류의 신문과 잡지들을 그녀 앞의 탁자에 놓았다. 그녀의 맞은편 자리에는 이미 사람이 앉아 있었다. 미국의 백만장자는 지나가는 시선으로 그 사람을 바라보았다. 그는 그 사람의 매력적인 회색 눈과 깔끔한 여행복 차림에 마음이 끌렸다. 그는 전송나온 사람들이 흔히 하듯이 루스와 잡다한 얘기를 나누느라 정신이 없었다.

이윽고 호루라기 소리가 나자 반 올딘은 시계를 보았다.

"이제 그만 가야겠구나. 잘 가거라, 얘야. 내가 알아서 할 테니 너는 아무 걱정 말거라."

"오, 아버지!"

그는 등을 돌렸다. 그는 루스의 목소리에서 지금까지와는 다른 어떤 것을 느끼고는 몹시 놀랐다. 그것은 어떤 절망적인 외침 같았다. 그녀는 그에게 충동적으로 다가섰다.

"다음 달까지 안녕히 계세요." 명랑한 태도로 그녀가 말했다.

2분 뒤에 열차는 출발했다.

루스는 입술을 깨물며 터져 나오는 울음을 억지로 참고서 꼼짝 않고 앉아 있었다. 그녀는 갑자기 무서운 외로움을 느꼈다. 당장 기차에서 뛰어내려 더 이상 늦기 전에 돌아가고 싶은 강한 충동이 일었다. 애써 마음을 진정시킨 그녀는 생전 처음으로 자신이 바람에 휩쓸린 나뭇잎 같다고 느꼈다. 만일 아버지가 이런 기분을 아신다면—뭐라고 하실까?

미친 짓이다! 그래, 바로 그거야. 미친 짓이야! 바보 같고 무모한 짓이라는 걸 잘 알고 있으면서도 그것을 선택한 그녀는 이상한 감정에 휩싸여 있었다. 루스는 반 올던의 딸답게 자신의 어리석음을 깨닫고, 자신의 행위의 결과도 예측하고 있었다. 그리고 어떤 의미에서 그녀는 반 올던과 같은 데가 있었다. 자신이 원하는 것은 무슨 일이 있어도 손에 넣었고, 일단 마음먹으면 절대로 물러서지 않는 강철 같은 의지가 그녀에게도 있었던 것이다. 어릴 때부터 루스는 자신의 행동을 스스로 선택할 수 있었다. 그녀의 주위 환경이 그녀에게 그런 의지를 키워 주었지만, 지금은 그 때문에 괴로움을 당하고 있는 것이다. 어쨌든 주사위는 던져졌다. 되든 안 되든 끝까지 밀어붙여야 한다.

루스가 고개를 들자 맞은편에 앉은 여자와 눈이 마주쳤다. 그녀는 갑자기 앞에 앉은 여자가 자신의 마음을 읽었을지도 모른다는 생각을 해보았다. 그녀의 회색 눈을 보자 더욱 그런 느낌이 들었다.

하지만 그것은 스쳐 가는 인상이 그렇다는 것뿐이다. 두 여자는 굳은 표정으로 말없이 앉아 있었다. 케터링 부인은 잡지를 집어들었고, 캐서린 그레이는 창밖으로 펼쳐지는 교외의 풍경을 바라보고 있었다.

루스는 눈앞의 책에 도무지 정신을 집중할 수 없었다. 자신도 모르게 오만 가지 생각이 다 떠올랐다. 지금까지 나는 얼마나 어리석었던가! 지금은 또 얼마나 어리석은 행동을 하고 있는가! 냉정하고 자존심이 강한 사람들이 그렇듯이 그녀도 자제심을 잃을 때는 철저히 잃어버리고 행동했다. 너무 늦었다……

정말 너무 늦은 건가? 오, 얘기를 나눌 사람이 있었으면, 충고해 줄 사람이 있으면 얼마나 좋을까? 지금까지 루스는 그런 생각을 해본 적이 없었다. 자기 자신이 아닌 다른 사람의 의견에 의지한다는 것을 그녀는 극도로 혐오해 왔다. 그런데 지금은―내가 어떻게 되어 버린 건가? 불길하다. 그래, 그 말이 가장 어울리는 말이야. 불길해. 루스 케터링은 완전히 불안한 예감에 사로잡혔다.

그녀는 몰래 맞은편의 여자를 훔쳐보았다. 친절하고 차분하며 조용하고 동정심이 많은 사람이라면―그런 사람이라면 속을 내보여도 좋을 것이다. 그렇지만 처음 만나는 사람에게 그럴 수는 없는 일이다. 그녀는 다시 잡지로 눈을 돌렸다. 이제는 자기 자신을 억제해야 한다. 결국은 그녀 자신이 처리해야 할 문제니까. 그녀는 마음을 굳게 먹었다. 지금까지 나는 얼마나 많은 행복을 누려 왔는가? 그녀는 자신에게 이렇게 타일렀다. "내가 행복하지 못할 이유가 어디 있어? 앞으로 일은 아무도 모르는 거야."

곧 도버해협에 도착할 때가 된 것 같았다. 루스는 치밀한 여자였다. 그녀는 추위를 싫어했기 때문에 곧 자기가 전보로 부탁한 따뜻한 객실에 도착한다는 생각이 들자 기뻤다. 스스로는 인정하려 하지 않겠지만 루스는 미신을 믿는 편이었다. 우연의 일치 따위에 마음이 흔들리는 사람이었다. 그녀는 칼레에서 기차를 내린 뒤에, 하녀와 함께 푸른 열차 안의 두 개로 연결된 객실에 자리를 잡고 나서 식당칸으로 갔다. 작은 탁자에 앉아 무심코 앞을 바라보고 있던 루스는 특별칸에서 같이 탔던 그 여자가 맞은편 의자에 앉아 있는 것을 보고는 깜짝 놀랐다. 두 여인의 입술에 엷은 미소가 떠올랐다.

"정말 우연이네요." 케터링 부인이 말했다.

"그렇군요. 이상한 일이네요." 캐서린이 말했다.

국제 침대차 회사의 식당칸에서 시중을 드는 속도는 놀랄 만큼 빨랐다. 수프 두 접시가 금방 그들 앞에 놓여졌다. 수프에 이어 오믈렛이 나왔을 때 두 여인은 다정하게 얘기를 나누고 있었다.

"햇볕을 쬐어 봤으면 좋겠어요." 루스가 한숨을 내쉬었다.

"나도 마찬가지예요."

"리비에라를 잘 아세요?"

"아니에요. 초행길인 걸요."

"그럴 수가……."

"당신은 해마다 가나 보죠?"

"예, 런던의 1월과 2월은 지긋지긋하거든요."

"나는 시골에서만 살았어요. 그곳의 1, 2월도 마찬가지예요. 진흙투성이죠."

"왜 갑자기 여행할 생각을 하게 되었어요?"

"돈 때문이죠." 캐서린이 말했다.

"지난 10년 동안 튼튼한 신발을 사 신을 정도의 보수를 받고 말상대 역할을 했어요. 그러다가 당신에게는 그렇게 보이지 않겠지만, 나로서는 많은 유산을 물려받았답니다."

"왜 그런 말을 하는지 알 수 없군요. 왜 내게는 많은 돈으로 보이지 않을 거라는 거죠?"

캐서린은 웃었다.

"나도 잘 모르겠어요. 그냥 그런 인상을 받았어요. 당신은 세계에서 제일가는 부자 중 한 명일 거라는 생각이 들었어요. 인상이 그랬다는 거죠. 내가 틀린 건지도 모르겠군요."

"아니에요. 당신 말이 맞아요." 루스가 갑자기 심각하게 말했다.

"그밖에 또 내게서 받은 다른 인상을 말해 줄 수 있나요?"

"나는—."

루스는 상대방이 당황해 하는 것에는 아랑곳하지 않고 계속 말했다.

"오, 제발 격식 차릴 거 없어요. 나는 알고 싶어요. 우리가 빅토리아 역을 떠난 이후 나는 계속 당신을 지켜보면서 당신이 내 마음속의 복잡한 사정을 읽을 수 있는 사람이라는 느낌을 받았거든요."

"나는 다른 사람의 마음을 읽는 재주는 없어요." 캐서린이 웃으면서 말했다.

"그럴지도 모르죠. 그렇지만 당신이 무슨 생각을 하고 있는지는 말해 줄 수 있잖아요."

루스가 너무 간절히 바랐기 때문에 그녀는 입을 열었다.

"당신이 원한다면 얘기하죠. 그렇지만 주제 넘는다고 생각지는 마세요. 어떤 이유에서인지는 모르지만, 당신은 굉장한 마음의 고통을 받고 있다고 느껴졌어요. 그래서 당신에게 동정이 갔어요."

"당신 생각이 맞아요. 바로 그대로예요. 나는 고통스러운 문제에 빠져 있어요. 가능하다면 당신에게 그 문제에 대해서 얘기하고 싶군요."

'맙소사!' 캐서린은 속으로 생각했다.

'여기나 저기나 다를 게 없군. 세인트 메리 미드에서도 사람들은 항상 내게 얘기를 하고 싶어했지. 그런데 여기까지 와서도 그렇다니. 이제는 다른 사람들의 문제를 듣는 건 지긋지긋해!'

그렇지만 겉으로는 상냥하게 말했다.

"어서 말해 보세요."

점심식사를 거의 끝마칠 때였다. 루스는 커피를 단숨에 들이켜고, 캐서린이 아직 커피를 마시지 않았다는 건 상관없다는 듯이 자리에서 일어나며 말했다.

"내 객실로 같이 가요."

그들은 두 개의 객실이 연결된 루스의 객실로 갔다. 두 개의 객실 사이에는 문이 달려 있었다. 두 번째 객실에는 캐서린이 빅토리아 역을 떠날 때 보았던 몸이 마른 하녀가 꼿꼿이 앉아 있었다. 그녀는 'R. V. K'라고 첫 문자가 새겨진 진홍색 모로코 가죽상자를 들고 있었다. 케터링 부인은 두 객실을 연결하는 문을 닫고는 의자에 앉았다. 캐서린은 그녀 옆에 앉았다.

"나는 지금 곤경에 빠져 있는데, 어떻게 해야 할지 모르겠어요. 내가 좋아하는(아주 좋아해요) 남자가 있어요. 우리는 젊었을 때 서로 사랑했었지만, 비열하고 부당한 이유 때문에 헤어지게 되었죠. 그런데 다시 만나게 되었어요."

"예?"

"나는—나는 지금 그를 만나러 가는 거예요. 오! 당신은 아직 사정을 잘 모르기 때문에 내 행동이 옳지 않다고 생각할 거예요. 내 남편은 구제불능이에요. 그는 나를 모욕적으로 대해 왔어요."

"그랬군요." 캐서린이 말했다.

"내가 지금 괴로운 건 아버지를 속이는 거예요. 빅토리아 역으로 배웅나온 바로 그분 말이에요. 아버지는 내가 남편과 이혼하길 바라시죠. 하지만 내가 다른 남자를 만나기 위해 이 기차를 탔다는 건 모르고 계세요. 이 사실을 아신다면 바보 같은 짓이라고 야단치실 거예요."

"그러면 당신은 그렇게 생각하지 않나요?"

"나는—내가 생각해도 어리석은 짓이에요."

루스 케터링은 손을 내려다보았다. 양손이 몹시 떨리고 있었다.

"하지만 이제 와서 돌아갈 수도 없어요."

"왜죠?"

"나는—이미 약속을 했거든요. 내가 어긴다면 그 사람이 괴로워할 거예요."

"그런 생각은 잘못된 거예요." 캐서린이 정색하며 말했다.

"사람의 마음은 생각보다 강한 데가 있어요."

"그는 내가 용기도 의지도 없는 사람으로 생각할 거예요."

"당신이 지금 하고 있는 행동은 내게는 어처구니가 없을 정도로 어리석어 보여요. 당신 자신도 그 사실을 알고 있다고 생각해요."

루스 케터링은 손으로 얼굴을 감쌌다.

"모르겠어요—뭐가 뭔지 모르겠어요. 빅토리아 역을 떠난 뒤로는 줄곧 끔찍한 일이 벌어질 것만 같은 불길한 예감이 들어요. 머지않아 내게 피할 수 없는 일이 닥쳐올 것 같아요."

그녀는 캐서린의 손을 꽉 잡았다.

"이런 말을 한다면 나를 미친 여자라고 생각할지도 모르지만, 정말로 내게 끔찍한 일이 일어날 것 같은 예감을 똑똑히 느끼고 있어요."

"그런 생각 말아요." 캐서린이 말했다.

"이제 그만 진정해요. 전화 한 통이면 당장에라도 파리에서 달려올 아버지가 계시잖아요."

상대방의 얼굴이 밝아졌다.

"그래요. 그렇지요, 내게는 아버지가 있죠. 이상한 일이군요. 이 말을 하기 전까지는 내가 아버지를 얼마나 좋아하는지 깨닫지 못하고 있었다니 말이에요."

그녀는 손수건으로 눈물을 닦았다.

"지금까지 정말 어리석었어요. 내 말을 들어줘서 고마워요. 내가 왜 그렇게 이상하고 신경질적인 말을 했는지 모르겠군요."

그녀는 일어났다.

"이제는 마음이 좀 편안해졌어요. 내겐 속마음을 털어놓을 상대가 필요했던 모양이에요. 왜 그렇게 바보 같은 생각을 했었는지 모르겠어요."

캐서린도 일어났다.

"당신 마음이 편해졌다니 나도 기쁘군요."

그녀는 가능한 한 상대방에게 부담을 주지 않는 목소리로 말했다. 그녀는 낯선 사람에게 모든 것을 털어놓은 뒤의 당혹감에 대해 누구보다 잘 알고 있었다. 그녀는 재치 있게 말했다.

"이제 그만 내 객실로 가봐야겠어요."

그녀가 복도로 나왔을 때, 옆 객실에서 하녀가 막 나오는 중이었다. 캐서린이 어깨너머로 그녀를 보자, 하녀는 몹시 당황해 하는 표정을 지으며 뒤돌아섰다. 캐서린도 등을 돌렸다. 그러나 그때는 이미 하녀가 남자 객실인지 여자 객실인지 구별이 잘 안 되는 객실로 들어가 버리고 복도는 비어 있었다. 캐서린은 다음 열차에 있는 자신의 객실로 되돌아갔다. 그녀가 마지막 객실을 지날 때, 문이 열리고 한 여자가 얼굴을 내밀더니 곧 문을 거세게 닫았다. 다시 봐도 금방 알아볼 수 있을 정도로 쉽게 잊히지 않는 얼굴이었다. 달걀 모양의 가무잡잡한 얼굴을 가진 아름다운 그 여자는 기묘한 옷차림을 하고 있었다. 캐서린은 그 여자를 전에 어디선가 본 기억이 있는 듯했다.

별다른 일 없이 캐서린은 자기 객실로 돌아와서 한동안 그녀가 들은 얘기를 곰곰이 생각하며 앉아 있었다. 그녀는 밍크코트를 입은 여인이 누구인지 궁금해하면서―그녀의 이야기가 어떻게 끝이 날까 막연한 생각을 해보았다.

'누구에게든 그런 어리석은 일을 하지 못하도록 한 것은 정말 잘한 일이야.'

캐서린은 속으로 생각했다.

'그렇지만 누가 알아? 평생 자기 고집대로 이기적인 행동만 한 사람이 한 번쯤 남의 충고를 따르는 것도 좋은 경험이 될 거야. 오, 어쨌든 다시는 그녀를 못 볼지도 모르겠군. 그녀는 다시 나를 만나는 것을 꺼리겠지. 사람들 얘기를 들어주는 건 좋은데 그 점이 안 좋단 말이야. 다시는 그러지 말아야겠어.'

그녀는 저녁식사 때 루스와 같은 자리에 앉지 않게 되기를 바랐다. 유머가 있을 만한 분위기도 아니어서 둘 다 매우 어색할 것 같았다. 머리를 쿠션에 기대고 드러눕자 피곤이 몰려오면서 공연히 슬픈 기분이 들었다. 기차는 파리를 지난 뒤에 잠시 멈췄다가 다시 떠나는 지루한 반복을 계속했다. 리옹 역에 도착했을 때, 캐서린은 기차에서 내려 홀가분한 마음으로 플랫폼을 거닐었다. 난방된 기차 안에 있다가 맑고 시원한 공기를 마시니 기분이 상쾌해졌다. 캐서린은 밍크코트를 입은 그녀의 친구가 저녁식사 때의 어색함을 피하고자 애쓰는 모습을 웃으면서 바라보았다. 창문을 통해서 그녀의 하녀가 저녁식사가 든 바구니를 받고 있었다.

기차가 다시 출발했을 때, 벨이 요란스럽게 울리면서 저녁식사 시간을 알렸다. 캐서린은 한결 홀가분한 마음으로 식당칸으로 갔다. 오늘 밤 그녀와 함께 앉은 사람은 케터링 부인과는 전혀 다른 사람이었다. 한눈에 외국인임을 알 수 있는 키가 작은 남자였는데 잘 정돈된 윤기 나는 콧수염을 기르고 있었으며, 달걀 모양의 머리는 한쪽으로 약간 기울어져 있었다. 캐서린은 자리에 앉아서 독서에 몰두해 있었다. 그녀는 그 작은 남자의 눈이 자신의 책에 고정되어 있는 것을 알아차렸다.

"추리소설을 읽고 계시는군요, 부인. 이런 책을 좋아하십니까?"

"재미있어요." 캐서린이 대답했다.

키 작은 남자는 충분히 알겠다는 듯이 고개를 끄덕였다.

"요즘 추리소설이 아주 잘 팔린다는 말을 들었지요. 그런데 부인이 아니라 마드모아젤이죠? 그러면 내가 인간성을 연구하는 학생으로서 물어보지요, 마드모아젤. 추리소설이 왜 잘 팔릴까요?"

캐서린은 점점 기분이 즐거워졌다.

"사람들에게 일상적인 삶에서 벗어날 수 있는 환상을 주기 때문이겠죠."

그는 심각한 표정으로 고개를 끄덕였다.

"그래요. 그 말에도 일리가 있군요."

"물론 사람들도 실제로는 이런 일이 일어나지 않는다는 것을 잘 알고 있어요." 캐서린이 계속 말을 이었다.

갑자기 그가 끼어들었다.

"마드모아젤, 지금 마드모아젤에게 말하고 있는 내게는 때때로 그런 일이 일어난답니다."

그녀는 흥미있는 눈빛으로 그를 바라보았다.

"언젠가 당신도 그런 일에 휘말릴 때가 올지도 모릅니다." 그가 말을 이었다. "사람의 일이란 알 수가 없는 거니까요."

"그럴 것 같지는 않아요." 캐서린이 말했다.

"지금까지 그런 일은 없었거든요."

그는 앞으로 몸을 숙였다.

"하지만 사실은 마드모아젤도 그럴 수 있기를 바라고 있지 않습니까?"

그 물음에 깜짝 놀란 그녀는 숨이 막히는 듯했다.

"추측일 뿐입니다." 포크를 능숙하게 문지르면서 키가 작은 남자가 말했다.

"그렇지만 마드모아젤은 흥미있는 일이 일어나기를 바라는 것 같군요. 마드모아젤, 지금까지 살아오면서 내가 한 가지 터득한 것이 있습니다. '원하는 것은 뭐든지 얻을 수 있다.' 누가 압니까?"

그의 얼굴이 묘하게 일그러졌다.

"당신이 기대한 이상의 것을 얻을지도 모릅니다."

"예언인가요?" 자리에서 일어나며 웃는 얼굴로 캐서린이 말했다.

키가 작은 남자는 고개를 흔들었다.

"나는 예언은 하지 않습니다." 그는 의기양양하게 말했다.

"그렇지만 지금까지 내가 했던 말이 모두 들어맞았어요. 그렇다고 자랑하는 것은 아닙니다. 잘 가요, 마드모아젤. 푹 자도록 해요."

캐서린은 키가 작은 남자 덕분에 마음이 가벼워져서 기차 안을 걸었다. 그녀는 문이 열린 밍크코트를 입은 부인의 객실을 지나가다가 차장이 침대를 정리하는 모습을 보았다. 그녀는 서서 창 밖을 바라보고 있었다. 두 번째 객실에는 무릎덮개와 가방이 차곡차곡 정리되어 있었다. 하녀는 없었다.

캐서린은 자기 침대도 정리된 것을 알아차렸다. 그녀는 피곤했기 때문에 곧바로 침대에 누워 불을 껐다. 9시 30분경이었다.

캐서린은 소스라치게 놀라 벌떡 일어났다. 시간이 얼마나 흘렀는지 알 수 없었다. 그녀의 시계는 멈춰 있었다. 시간이 지날수록 이상한 불안감이 전신에 퍼졌다. 결국 침대에서 일어난 그녀는 가운을 어깨에 걸치고 복도로 나갔다. 승객들은 모두 잠이 든 것 같았다. 캐서린은 창문을 내리고 그 옆에 앉아 차가운 밤공기를 마시면서 막연한 불안감을 떨쳐 버리려 노력했다. 마침내 그녀는 맨 끝에 있는 객실로 가서 차장에게 정확한 시간을 물어서 시계를 맞추기로 결심했다. 그렇지만 차장은 자리에 없었다. 그녀는 잠시 망설이다가 다음 칸으로 걸어갔다. 길고 침침한 복도를 바라보던 그녀는 어떤 남자가 밍크코트를 입은 부인의 객실 문손잡이를 잡은 것을 보고 깜짝 놀랐다. 어쩌면 그 객실이 아닐지도 모른다. 그 남자는 그녀 쪽으로 등을 돌린 채 망설이는 듯한 태도로 잠시 서 있었다. 그가 천천히 몸을 돌렸을 때, 캐서린은 그를 두 번이나—한 번은 사보이 호텔의 복도에서, 또 한 번은 쿡 사무실이었다—만난 적이 있는 사람이라는 것을 알고 무엇에 홀린 듯한 기분이 들었다. 마침내 그가 객실문을 열고 안으로 들어가 문을 닫았다.

캐서린의 마음속에 문득 스치는 생각이 있었다. 혹시 저 남자가 그 여자가 여행 중에 만나기로 했다는 그 사람이 아닐까?

캐서린은 자신이 쓸데없는 생각을 하고 있다고 생각했다. 객실을 잘못 본 것이 틀림없다고 여겼다.

그녀는 자신의 객실로 돌아왔다. 5분 뒤에 기차가 속도를 늦추었다. 브레이크를 잡기 전에 일어나는 긴 파찰음이 들려오기 시작했다.

몇 분 뒤에 기차는 리옹 역에 멈춰 섰다.

제11장

살인

다음 날 아침에 캐서린은 밝은 아침 햇살을 맞으며 잠에서 깨어났다. 그녀
는 일찍 아침식사를 하러 갔지만, 전날 만났던 사람들은 보지 못했다. 그녀가
객실로 돌아왔을 때 턱수염을 기른 우울한 얼굴의 차장이 그녀의 객실을 정돈
하고 있었다.

"햇빛이 비치는 것을 보니 부인은 운이 좋으시군요." 그가 말했다.

"날씨가 흐린 아침에 도착하는 것만큼 승객들을 실망시키는 것도 없거든요."

"그랬다면 저도 실망했을 거예요." 캐서린이 말했다.

차장은 정돈을 끝냈다.

"조금 늦을 겁니다, 부인." 그가 말했다.

"니스에 도착하기 직전에 알려 드리겠습니다."

캐서린은 고개를 끄덕였다. 그녀는 창가에 서서 햇빛이 쏟아지는 바깥 풍경
을 바라보았다. 야자수, 짙은 푸른색의 바다, 밝은 노란색의 미모사 등은 14년
동안 영국의 우중충한 겨울만 알고 있었던 그녀에게는 고상한 매력을 느끼게
해주었다.

기차가 칸에 도착했을 때, 캐서린은 기차에서 내려 플랫폼을 거닐었다. 캐
서린은 밍크코트를 입은 친구가 궁금해서 그녀의 객실 창문을 올려다보았다.
열차 전체를 통틀어서 그녀의 객실 창문에만 블라인드가 여전히 내려져 있었
다. 캐서린은 이상한 생각이 들었다. 그녀는 기차에 다시 올라타서 복도를 걷
다가 그녀의 객실 문이 여전히 잠겨 있는 것을 발견했다. 밍크코트를 입은 부
인은 늦잠을 자는 사람인 모양이라고 생각했다.

잠시 뒤 차장이 와서 그녀에게 곧 기차가 니스에 도착한다고 알려주었다.
캐서린은 그에게 팁을 주었다. 차장은 그녀에게 고맙다는 인사를 하고 나서

아직 용무가 남아 있는 듯이 주저했다. 처음에는 팁이 적어서 그런 줄 알았던 캐서린은 그보다 더욱 중요한 뭔가가 있다고 확신했다. 그는 병색이 완연한 얼굴로 전신을 떨고 있었으며, 놀라움에 제정신이 아닌 사람처럼 보였다. 느닷없이 그가 말했다.

"죄송합니다만, 부인, 부인의 친구 분께서 니스에서 친구들을 만나기로 했습니까?"

"아마 그럴 거예요." 캐서린이 말했다.

"왜요?"

그러나 차장은 머리를 흔들며 캐서린이 알아들을 수 없는 낮은 목소리로 혼잣말처럼 중얼거리면서 가버렸다. 그러고는 기차가 역에 멈추고 나서야 나타나서 창문 아래로 그녀의 짐을 내려주었다.

캐서린이 어찌할 바를 모르고 플랫폼에서 머뭇거리고 있을 때 착한 인상을 풍기는 젊은 남자가 그녀에게 다가와 주저하며 말했다.

"그레이 양이 맞습니까?"

캐서린이 그렇다고 하자, 젊은이는 그녀에게 활짝 웃어 보이며 낮은 목소리로 말했다.

"난 처비라고 합니다. 탬플린 부인의 남편이죠. 아내에게 내 얘기를 편지에 쓰라고 했는데 혹시 잊어버렸는지도 모르겠군요. 그런데 물표는 갖고 있습니까? 내가 올해 물표를 잃어버린 적이 있는데, 물건을 찾는 데 얼마나 애를 먹었는지 모릅니다. 빨간 종이에 불어로 적혀 있죠."

캐서린이 물표를 꺼내어 그에게 건네주고, 그의 곁으로 몸을 움직이려고 할 때 그녀의 귀에 나직한 속삭임이 들렸다.

"잠깐만 시간을 내주시겠습니까, 부인?"

캐서린은 목소리의 주인공을 쳐다보기 위해서 몸을 돌렸다. 별로 크지 않은 체구에 금빛 줄이 쳐진 제복을 입고 있는 남자였다. 그 사람이 말했다.

"형식적인 절차가 있습니다. 부인이 저와 동행해 주셔야겠습니다. 경찰 규칙 상—"

그는 경례를 했다.

"번거로우시겠지만 잠깐이면 됩니다."

처비 에반스는 불어 실력이 짧았기 때문에 그의 말을 완전히 알아듣지는 못했다.

"프랑스 사람들은 저렇다니까요."

에반스가 투덜거렸다. 그는 외국 땅을 자기 소유로 만든 뒤 원주민들이 예절을 지키지 않는 데에 분개하는 애국적인 대영제국의 국민이었다.

"늘 쓸데없는 짓을 하지만 역에서 이런 적은 없었는데—이상한 일이군요. 당신이 가봐야 할 것 같습니다."

캐서린은 안내자를 따라갔다.

제복을 입은 남자는 그녀를 철로 쪽으로 데리고 갔다. 그녀는 객차 한량이 따로 떨어져 있는 것을 보고 깜짝 놀랐다. 그는 그녀에게 객차에 타라고 지시한 뒤, 그녀를 앞세워 복도를 걸어가 문이 열린 객실로 들어가게 했다. 거만해 보이는 관리와 서기로 보이는 남자가 그 안에 있었다. 거만한 인상의 관리가 일어나서 캐서린에게 정중하게 인사하고는 말했다.

"죄송합니다, 부인. 형식적인 절차가 남아 있어서요. 불어를 말할 수 있으리라고 믿습니다만?"

"대화 정도는 충분히 할 수 있어요." 캐서린이 불어로 대답했다.

"좋습니다. 앉으시죠, 부인. 나는 프랑스 경찰의 코 총경입니다."

그가 자랑스러운 듯이 가슴을 내밀며 말하자, 캐서린은 충분히 인정한다는 듯한 표정을 지었다.

"제 여권을 보고 싶으신 건가요?" 그녀가 물었다.

"여기 있어요."

총경은 그녀를 날카롭게 훑어보더니 불평하는 투로 말했다.

"고맙습니다, 부인." 그녀에게서 여권을 받으면서 그가 말했다.

그는 목청을 가다듬었다.

"우리가 정말 원하는 것은 정보입니다."

"정보요?"

총경은 천천히 고개를 끄덕였다.

"부인이 기차에서 함께 얘기했던 부인에 대해서 말입니다. 어제 그 부인과 점심을 함께하셨죠?"

"그녀에 관해서는 얘기할 게 아무것도 없는데요. 우리는 음식에 대해서만 얘기했을 뿐이에요. 그녀는 기차에서 처음 만난 사람이에요. 전에는 한 번도 만난 적이 없어요."

"좋습니다." 총경이 날카롭게 말했다.

"부인은 점심식사 뒤에 그 부인의 객실로 가서 한동안 얘기를 나누지 않았나요?"

"그랬었죠. 그건 사실이에요." 캐서린이 말했다.

총경은 그녀가 좀더 얘기하기를 바라는 눈치였다. 그는 기대가 담긴 시선으로 그녀를 바라보았다.

"그래서요, 부인?"

"그래서라니요?" 캐서린이 말했다.

"대화 중에서 혹시 기억나는 점이 있으면 말씀해 주시겠습니까?"

"물론 말씀드릴 수 있죠." 캐서린이 말했다.

"그렇지만 지금은 그렇게 할 이유가 없는 것 같군요."

그녀는 영국인 특유의 자존심이 상한 것을 느꼈다. 이 외국인 경찰이 그녀에게 불손하게 비쳤기 때문이다.

"이유가 없다고요?" 총경이 외쳤다.

"분명히 말씀드리지만 그럴 만한 충분한 이유가 있습니다."

"그렇다면 먼저 그 이유를 제게 말씀해 주실 수 있겠군요."

총경은 잠시 생각에 잠겨 턱을 쓰다듬었다.

"부인―." 그가 마침내 입을 열었다.

"그 이유는 간단합니다. 문제의 그 부인이 오늘 아침 객실에서 시체로 발견되었습니다."

"죽었다고요?" 캐서린이 숨이 차서 말했다.

"사인(死因)이 뭐죠? 심장마비인가요?"

"아닙니다." 총경이 뭔가를 더듬어 생각하는 듯한 목소리로 말했다.

"아닙니다. 그녀는 살해당한 겁니다."

"살인!" 캐서린이 소리쳤다.

"이제는 왜 우리가 정보를 원하는지 아시겠죠, 부인?"

"그렇지만 분명히 그녀에겐 하녀가 있었는데요."

"하녀는 사라졌습니다."

"오!" 캐서린은 생각을 가다듬기 위해 말을 멈췄다.

"부인이 그 죽은 부인과 그녀의 객실에서 함께 얘기하는 것을 봤다고 차장이 경찰에게 진술했기 때문에 부인을 이곳으로 오시라고 한 겁니다."

"정말 죄송하군요." 캐서린이 말했다.

"사실 저는 그녀의 이름조차 모르고 있거든요."

"그 부인의 이름은 케터링 부인입니다. 우리도 여권과 화물에 붙어진 물표를 보고 알았습니다. 만일 우리가—."

객실 문에서 노크 소리가 났다. 총경이 이마를 찌푸리고는 문을 6인치 정도 열었다.

"무슨 일이오?" 그가 거만하게 말했다.

"방해받고 싶지 않소."

캐서린과 저녁을 함께했던 달걀 모양의 머리를 가진 남자가 문 앞에 서 있었다. 그의 얼굴은 밝은 미소로 가득 차 있었다.

"나는—." 그가 말했다.

"에르퀼 포와로라고 합니다."

"뭐라고요?" 총경이 말을 더듬었다.

"바로 그, '에르퀼 포와로'라는 말입니까?"

"그렇습니다." 포와로가 말했다.

"언젠가 파리경시청에서 만난 적이 있었죠, 코 씨. 설마 나를 잊지는 않았을 테지요?"

"그럴 리가 있습니까, 선생님." 총경이 부드럽게 말했다.

"어서 들어오시죠. 당신도 이 사건을—."

"예, 알고 있습니다." 에르퀼 포와로가 말했다.

"혹시 작은 도움이라도 될까 해서 이렇게 찾아왔습니다."

"별말씀을 다하시는군요." 총경이 재빨리 말을 받았다.

"당신에게 소개할 사람이 있습니다, 포와로 씨. 이쪽은―."

그는 여전히 손에 쥐고 있던 여권을 보았다.

"그레이 부인―아니, 양입니다."

포와로는 캐서린에게 미소를 보냈다.

"이상한 일이군요." 포와로가 작은 목소리로 말했다.

"내가 한 말이 이렇게 빨리 현실로 나타나다니 말입니다."

"부인은, 아차! 그레이 양은 할 말이 별로 없다더군요." 총경이 말했다.

"지금까지 설명했잖아요." 캐서린이 말했다.

"그 불쌍한 부인은 기차에서 처음 만난 사람이었다고요."

포와로가 고개를 끄덕였다.

"그렇지만 그녀는 당신과 오랫동안 얘기하지 않았습니까?"

그가 부드럽게 말했다.

"인상 같은 것이 남아 있을 텐데요?"

"그래요." 생각에 잠겨 캐서린이 말했다.

"분명히 남아 있죠."

"그러면 그 인상이―."

"예, 마드모아젤―." 총경이 앞으로 몸을 내밀었다.

"당신이 받은 인상을 자세히 얘기해 주십시오."

캐서린은 그녀와 함께 있던 때를 되새겨 보았다. 한편으로는 부담 없이 얘기할 수도 있을 것 같았지만, 귓가에 맴도는 '살인'이라는 말 때문에 쉽사리 입이 열리지 않았다. 그 단어가 그녀를 무겁게 내리눌렀다. 그녀는 죽은 여자와의 대화 중 기억나는 것을 가능한 한 모두 옮기려고 애썼다.

"재미있군요." 상대방을 흘긋 쳐다보며 총경이 말했다.

"어, 포와로 씨, 그렇지 않습니까? 그것이 이 사건과 관계가 있든 없든 간에―." 그는 말을 끝맺지 않았다.

"제 생각으로는 자살은 아닌 것 같아요."

캐서린이 궁금하다는 듯이 말했다.

"물론이죠." 총경이 말했다.

"자살일 수가 없죠. 까만 줄로 목이 졸렸거든요."

"오!" 캐서린은 몸서리를 쳤다.

코 총경은 미안하다는 듯이 손을 펼쳐보였다.

"그럴 생각은 아니었습니다. 우리나라의 열차 강도는 영국의 열차 강도보다는 훨씬 잔인할 겁니다."

"끔찍해요."

"예, 그렇죠." 그는 미안해하며 그녀를 진정시키는 말을 했다.

"그러나 당신은 굉장히 대담한 편입니다. 마드모아젤, 당신을 봤을 때 나는 이렇게 생각했습니다. '대담해 보이는 아가씨로군.' 그래서 이렇게 끔찍한 일을 얘기하는 겁니다. 거듭 말하지만, 당신의 도움이 꼭 필요합니다."

캐서린은 이해한다는 듯이 그를 바라보았다.

그는 사과한다는 투로 손을 내밀었다.

"부탁이 있는데요, 마드모아젤, 캐터링 부인의 객실로 함께 가주시겠습니까?"

"꼭 그래야 하나요?" 캐서린이 낮은 목소리로 말했다.

"누군가 그녀의 신원을 확인해줘야 합니다." 총경이 말했다.

"지금은 하녀도 없으나―." 그는 의미심장한 기침을 했다.

"기차를 탄 이후로 그녀를 가장 가까이에서 본 사람이 당신인 것 같으니까요."

"알았어요." 캐서린이 조용한 목소리로 말했다.

"꼭 필요하다면―."

그녀가 일어났다.

포와로는 그녀에게 동의를 구하듯이 고개를 약간 끄덕여 보였다.

"마드모아젤이 매우 예민해진 것 같군요." 그가 말했다.

"나도 같이 가도 되겠습니까, 코 씨?"

"물론입니다, 포와로 씨."

그들은 복도로 나갔다. 코 총경이 죽은 여자의 객실 문을 열었다. 반쯤 열린 블라인드 사이로 햇살이 비쳐 들어오고 있었다. 그들 왼쪽의 침대에 그 여인이 누워 있었는데, 마치 잠을 자는 듯한 모습이었다. 그녀의 몸에는 침대보가 덮여 있었고, 머리는 벽 쪽으로 향해 있어서 그녀의 빨간 고수머리만이 보였다. 코 총경은 그녀의 어깨를 아주 조심스럽게 잡고서 사람들이 볼 수 있도록 얼굴을 돌렸다.

캐서린은 두려운 듯 주춤 뒤로 물러나서 손톱으로 손바닥을 긁었다. 둔기에 얻어맞았는지 얼굴은 알아볼 수 없을 정도로 뭉개져 있었다.

포와로가 날카롭게 말했다.

"언제 그렇게 된 겁니까?" 그가 물었다.

"죽기 전입니까, 뒤입니까?"

"의사는 죽은 뒤라고 했습니다." 코가 말했다.

"이상한 일이군요." 눈썹을 모으며 포와로가 말했다.

그는 캐서린을 향해 몸을 돌렸다.

"겁내지 말아요, 마드모아젤. 저 여인을 잘 살펴봐요. 어제 열차에서 함께 얘기했던 사람이 맞습니까?"

캐서린은 정말 대담한 여자였다. 그녀는 마음을 진정시키고 뭉개진 얼굴을 주의 깊게 오랫동안 들여다보았다. 그러고는 몸을 숙여 죽은 여인의 손을 살펴보았다.

"맞아요." 마침내 그녀가 말했다.

"얼굴이 너무 뭉개져 있어 알아보기 어렵지만, 체구와 머리카락이 똑같아요. 그리고 이걸 보세요."

그녀는 죽은 여인의 팔목에 있는 사마귀를 가리켰다.

"그녀와 얘기하는 동안 눈여겨보았거든요."

"훌륭합니다." 포와로가 말했다.

"마드모아젤은 훌륭한 목격자입니다. 그렇다면 신원은 의심할 여지가 없습니다. 그래도 이건 이해할 수 없군요."

그는 인상을 찡그리고 죽은 여인의 처참한 얼굴을 내려다보았다.

코 총경은 어깨를 으쓱했다.

"살인을 하고 나서도 분이 풀리지 않았는지 모르죠." 그가 말했다.

"그녀가 맞아 죽었다면 이해가 가지만―." 포와로가 중얼거리듯이 말했다.

"범인은 뒤에서 몰래 다가가 그녀의 목을 졸랐습니다. 그녀는 단지 몇 번 기침 소리를 내다가 숨넘어가는 소리를 냈겠죠. 범인은 그 뒤에 다시 그녀의 얼굴을 짓이겼습니다. 이유가 뭘까요? 범인은 그녀의 얼굴을 알아볼 수 없게 된다면 그녀의 신원을 파악하지 못할 거라고 생각했을까요? 아니면, 그녀를 미워하는 마음이 너무 강했기 때문에 죽인 뒤에까지도 그렇게 했을까요?"

캐서린이 몸을 부르르 떨자 그는 그녀에게 상냥하게 말했다.

"당신을 괴롭힐 생각은 조금도 없습니다, 마드모아젤." 그가 말했다.

"당신에게 이런 끔찍한 사건은 처음 있는 일이겠죠. 하지만 나로선 늘 경험하는 일입니다. 이제 당신이 바라던 것이 이루어졌군요."

그들은 문을 등지고 서서 그가 민첩하게 객실의 여기저기를 살펴보는 것을 지켜보고 있었다. 그는 침대 끝 부분에 단정하게 개어진 옷과, 고리에 걸린 밍크코트, 그리고 선반 위에 놓인 빨간 모자를 유심히 바라보았다. 그러고 나서 그들은 캐서린이 하녀가 앉아 있는 모습을 보았다고 한 옆 객실로 갔다. 그곳의 침대는 정돈되어 있지 않았다. 의자 위에 서너 개의 무릎덮개가 어지럽게 흩어져 있었다. 그리고 모자를 넣는 상자와 옷가방 두 개도 그대로 놓여 있었다. 그가 갑자기 캐서린을 바라보았다.

"당신은 어제 이곳에 있었습니다." 그가 말했다.

"어제 보았을 때와 달라진 점이나 없어진 물건은 없습니까?"

캐서린은 두 객실을 주의 깊게 살펴보았다.

"있어요." 그녀가 말했다.

"없어진 물건이 있어요. 진홍색 모로코 가죽상자가 없어졌군요. 작은 옷상자나 커다란 보석함처럼 보이던데―'R. V. K.'라는 이니셜이 새겨져 있었어요. 하녀가 그 상자를 들고 있는 것을 보았어요."

"아!" 포와로가 외쳤다.

"글쎄―." 캐서린이 말했다.

"저는 잘 모르지만, 하녀와 상자가 동시에 없어졌다면 이제 사건의 범인은 명백해진 게 아닌가요?"

"도둑이 하녀란 말입니까? 아닙니다, 마드모아젤. 그렇지 않다는 근거가 있습니다." 코 총경이 말했다.

"그게 뭐죠?"

"하녀는 파리에서 내렸습니다."

그는 포와로를 향해 말했다.

"당신이 직접 차장의 말을 들어보는 게 좋겠군요." 그는 확신에 차서 말했다.

"그의 말은 여러 가지 의미를 시사해 줍니다."

"마드모아젤도 차장의 말을 듣고 싶겠죠?" 포와로가 말했다.

"당신도 반대하지 않으시겠죠, 총경?"

"좋습니다." 속으로는 탐탁지 않게 생각했지만 총경은 승낙했다.

"포와로 씨의 말을 거역할 수는 없지요. 이곳 조사는 끝났습니까?"

"그런 것 같기는 한데, 잠깐만요."

그는 무릎덮개를 뒤적거리다가 손으로 뭔가를 집어들고 창가로 가서 그것을 유심히 살펴보았다.

"그게 뭡니까?" 총경이 물었다.

"붉은 머리카락 네 가닥." 그는 죽은 여자를 향해 몸을 굽혔다.

"이 부인의 겁니다."

"그게 어때서요? 중요한 단서라도 되는 겁니까?"

포와로는 떨어진 침대보를 침대에 다시 올려놓았다.

"이 상황에서는 무엇이 중요하고, 무엇이 중요하지 않은지 아무도 얘기할 수 없습니다. 우리는 조그마한 일에도 주의를 기울일 필요가 있죠."

그들은 다시 처음의 객실로 갔다. 잠시 뒤 차장이 들어왔다.

"당신 이름이 피에르 미셸이죠?" 총경이 물었다.

"예, 총경님."

"이분께 다시 한 번 설명해 주시오." 그는 포와로를 가리켰다.

"파리에서 있었던 일에 대해서 내게 얘기했던 내용 말이오"

"알겠습니다, 총경님. 리옹 역을 출발한 뒤였습니다, 저는 부인이 저녁식사를 하러 간 줄 알고 침대를 정리하러 객실로 들어갔죠. 그런데 부인은 저녁식사 바구니를 받아놓았더군요. 부인은 제게 파리에서 하녀를 내리게 해야 한다고 말했습니다. 그래서 저는 침대 하나만 정돈하게 됐죠. 제가 침대를 정돈하고 있을 때 부인은 저녁식사 바구니를 들고 옆 객실로 들어갔습니다. 그러면서 푹 자고 싶으니까 아침에 일찍 깨우지 말라고 부탁하더군요. 제가 잘 알겠다고 하자, 부인이 제게 잘 자라는 인사를 했습니다."

"당신은 옆 객실로 들어가지는 않았습니까?" 포와로가 물었다.

"그렇습니다."

"그렇다면 혹시 저쪽 짐들 사이에 있던 진홍색 모로코 가죽상자를 보지 못했소?"

"못 봤습니다, 선생님."

"옆 객실에 남자가 숨어 있었을 수도 있을까요?"

차장은 곰곰이 생각해 보았다.

"문이 반쯤 열려 있었죠." 그가 말했다.

"어떤 남자가 문 뒤에 숨어 있었다면 제게는 보이지 않더라도 죽은 부인은 금방 알 수 있었을 겁니다."

"잘 알겠습니다." 포와로가 말했다.

"그밖에 우리에게 할 얘기는 없습니까?"

"이게 전붑니다. 그밖에 기억나는 것이 없습니다."

"오늘 아침은 어땠습니까?"

"부인이 부탁한 대로 저는 부인을 깨우지 않았습니다. 그러다가 칸에 도착하기 직전에 조용히 문을 두드렸죠. 대답이 없어서 제가 문을 열어 보았죠. 부인은 침대에서 자고 있는 것 같았습니다. 그래서 저는 부인을 깨우기 위해 어깨를 잡았죠. 그러자—."

"그러자 그 끔찍한 모습이 보인 거군요." 포와로가 나머지 말을 했다.

"좋습니다, 당신에게는 더 이상 물어볼 것이 없소"

"혹시 제가 직무태만죄를 짓지는 않았는지 모르겠군요, 총경님."

그가 겁에 질려서 말했다.

"이런 사건이 '푸른 열차' 안에서 일어나다니! 끔찍합니다."

"진정하시오." 총경이 말했다.

"사건의 해결을 위해서 가능한 한 비밀은 지켜 주시오. 당신에게 직무태만 죄는 없을 것 같소."

"그러면 총경님께서 회사에 그렇게 보고해 주시겠습니까?"

"물론이오. 걱정하지 마시오." 코 총경이 말했다.

"내가 알아서 처리할 테니."

차장이 물러갔다.

"검시 결과에 의하면—." 총경이 말했다.

"케터링 부인은 기차가 리옹 역을 출발하기 직전에 살해된 것 같다더군요. 그렇다면 살인자는 누구일까요? 마드모아젤의 얘기에 따르면 부인은 어딘가에서 남자를 만나기로 한 것 같은데—하녀를 파리에서 내리게 한 점이 중요합니다. 혹시 그 남자가 파리에서 타서 옆 객실에 숨어 있었던 것은 아닐까요? 그렇다면 두 사람이 싸우다가 화가 난 그 남자가 그녀를 죽였을 수도 있습니다. 이것도 하나의 가능성입니다. 그리고 다른 하나는—이것이 내게는 더욱 그럴듯한데요. 기차에 열차 강도가 들었을 경웁니다. 강도가 차장에게 들키지 않게 복도를 지나 그녀의 객실로 들어가서, 그녀를 죽이고 값진 물건이 들어 있을 진홍색 모로코 가죽상자를 훔친 겁니다. 그렇다면 그는 리옹 역에서 내렸겠죠. 그래서 도중에 기차에서 내린 사람들을 모두 조사하라고 전보를 쳐두었습니다."

"범인이 니스까지 왔는지도 모르죠." 포와로가 말했다.

"그럴지도 모르죠." 총경은 그 가능성을 인정했다.

"그렇다면 범인에게는 아주 위험할 텐데요."

포와로는 잠시 아무 말 없이 생각에 잠겨 있더니 이윽고 입을 열었다.

"이 사건이 당신이 두 번째 말한 경우라면 범인은 평범한 열차 강도일 뿐이란 말입니까?"

코 총경은 어깨를 으쓱했다.

"그럴 수도 있죠. 먼저 하녀를 만나 봐야 합니다. 하녀가 진홍색 모로코 가죽상자를 가지고 있을지도 모릅니다. 그렇다면 부인이 마드모아젤에게 말했던 그 남자가 이 사건에 관계가 있을 가능성이 커지는 거죠. 그 남자의 감정이 폭발해서 저지른 범죄인지도 모릅니다. 하지만 내 생각으로는 열차 강도의 짓일 가능성이 더 큰 것 같습니다. 그놈들이 요즘에는 부쩍 대담해졌거든요."

포와로는 갑자기 캐서린을 바라보았다.

"당신은 지난밤에 이상한 것을 보거나 듣지 못했습니까, 마드모아젤?"

포와로가 물었다.

"아무것도 없었어요." 캐서린이 대답했다.

포와로는 총경에게 몸을 돌렸다.

"더 이상 마드모아젤을 붙잡아 둘 필요가 없는 것 같군요."

상대방이 고개를 끄덕였다.

"주소를 적어 놓고 가시겠습니까?" 그가 캐서린에서 말했다.

캐서린은 탬플린 부인의 별장 주소를 가르쳐 주었다. 포와로가 그녀에게 가볍게 인사했다.

"다시 만날 수 있을까요, 마드모아젤?" 그가 말했다.

"마드모아젤에겐 다른 친구들이 너무 많아서 나를 만날 겨를이 없을지도 모르겠군요."

"별말씀을 다하시는군요." 캐서린이 말했다.

"저는 시간이 많아요. 저도 선생님을 다시 만난다면 대단히 기쁠 거예요."

"좋습니다." 포와로는 그녀에게 다정하게 고개를 끄덕이며 말했다.

"이 사건이 우리에게는 하나의 추리소설인 셈이죠. 우리 함께 이 사건을 조사해 봅시다."

제12장

마거릿 별장에서

"네가 정말 그 자리에 있었단 말이니!" 탬플린 부인이 부러운 듯이 말했다. "얼마나 흥미진진했을까!"

그녀는 반짝이는 푸른 눈을 크게 뜨고 낮은 한숨을 내쉬었다.

"진짜 살인사건이라―." 에반스도 부러운 듯이 말했다.

"물론 그때 처비는 일이 그렇게 될 줄은 꿈에도 몰랐을 거야."

탬플린 부인이 말을 이었다.

"이이는 경찰이 너를 찾는 이유를 아주 단순하게 생각했었거든. 얼마나 멋진 기회니! 내 생각으로는―그래, 이번 일로 뭔가 생길지도 모르겠구나."

그녀의 푸른 눈동자와 타산적인 냄새가 나는 얼굴은 전혀 어울리지 않았다.

캐서린은 약간 불편하다는 느낌이 들었다. 그들은 막 점심식사를 끝낸 뒤였다. 그녀는 식탁에 둘러앉은 세 사람을 차례로 바라보았다. 계산속이 빤히 드러나 보이는 탬플린 부인, 순진한 모습의 에반스, 가무잡잡한 얼굴에 야릇한 미소를 짓는 레녹스.

"굉장한 행운이군요." 처비가 작은 목소리로 말했다.

"나도 당신을 따라가서 그런 것을 구경할 걸 그랬습니다."

그의 어조는 명랑했고, 어린애가 말하는 것 같은 투였다.

캐서린은 아무 말도 하지 않았다. 경찰이 그녀에게 비밀을 지키라고 명령하지도 않았으며, 또 탬플린 부인 앞에서 비밀을 유지하는 것도 불가능한 일처럼 보였다. 그러나 그녀는 될 수 있는 대로 모든 사실을 다 얘기하지 않으려고 노력했다.

"그래―." 탬플린 부인은 갑자기 제정신으로 돌아온 듯이 말했다.

"분명히 무슨 일이 생길 거야. 네 말이 분명히 신문에 실릴 거라고 너는 목격자니까. '내가 죽은 여자와 한 얘기는 별로 생각나지 않지만—.' 뭐, 이런 식으로 말이야."

"터무니없는 소리 하지 마세요!" 레녹스가 한심한 듯이 말했다.

"너는 잘 모른다."

탬플린 부인이 부드럽고 갈망하는 듯한 목소리로 말했다.

"조그마한 기삿거리도 신문사에서 얼마나 많은 돈을 지불하는지 잘 모를 거다. 물론 사회적인 명성이 있는 사람들이 기사를 쓰겠지. 그런데 캐서린, 네 입으로 직접 말하고 싶지는 않겠지만, 내게는 솔직히 털어놔 봐. 내가 다 알아서 해줄 테니까. 드아르빌랑 씨는 나와 친분이 있는 사람이야. 우리는 서로 통하는 데가 있거든. 아주 재미있는 사람이란다—신문기자 티를 전혀 내지 않아. 내 생각이 어떠니, 캐서린?"

"그런 일은 하고 싶지 않아요." 캐서린이 퉁명스럽게 말했다.

탬플린 부인은 캐서린이 뜻밖의 반응을 나타내자 조금 당황했다. 그녀는 한숨을 내쉬더니 화제를 바꿨다. 그녀는 캐서린에게 좀더 자세히 설명해 보라고 재촉했다.

"굉장히 멋진 여자라고 했지? 도대체 누구인지 모르겠구나. 그녀가 이름을 말해 주지 않았니?"

"얘기를 해주긴 했는데—." 캐서린이 말꼬리를 길게 뺐다.

"기억이 나지 않아요. 좀 흥분되어 있었거든요."

"아마 그럴 겁니다." 에반스가 말했다.

"굉장히 놀랐을 테니까."

사실 캐서린은 그녀의 이름을 알고 있었지만 말하고 싶지 않았다. 탬플린 부인의 뻔뻔스러운 질문에 기분이 상해 있었던 것이다. 어머니의 그런 태도를 잘 알고 있는 레녹스는 캐서린에게 2층에 있는 그녀의 방을 보러 가자고 말했다. 그녀는 캐서린을 방에 데려다 주고 나가면서 말했다.

"엄마에게 신경 쓰지 마세요. 돌아가실 지경에 있는 할머니에게서 한 푼의 돈이라도 더 받아내려고 하는 분이니까요."

레녹스가 다시 2층에서 내려왔을 때, 그녀의 어머니와 양아버지는 캐서린에 대해 얘기하고 있었다.

"대단해요." 탬플린 부인이 말했다.

"정말 대단해요. 그렇게 좋은 옷을 입을 줄은 몰랐어요. 그 회색 옷은 이집트에서 발행되는 '야자수' 잡지에서 글레디스 쿠퍼가 입은 것과 똑같아요."

"그녀의 눈을 보았소—어떻소?" 에반스가 끼어들었다.

"눈에 신경 쓸 때가 아니에요, 처비." 탬플린 부인이 냉정하게 말했다.

"우리는 지금 중요한 문제를 앞에 두고 있잖아요."

"오, 그렇지." 에반스는 이렇게 말하고 나서 침묵을 지켰다.

"그렇게 호락호락한 애 같지는 않아요."

탬플린 부인은 적당한 단어를 생각해 내느라고 잠시 머뭇거리다가 말했다.

"그녀에겐 책에서 말하는 숙녀 감각 같은 느낌이 있어요."

레녹스가 비꼬는 듯이 말했다.

"하지만 소극적이야." 탬플린 부인이 말했다.

"물론 그런 환경에서는 그럴 수밖에 없었겠지만."

"엄마가 그녀를 적극적으로 만들 거잖아요?" 레녹스가 웃으면서 말했다.

"그렇지만 별로 기대하지 않는 것이 좋을 거예요. 엄마도 봤잖아요. 앞발을 얌전하게 모으고 귀를 쫑긋 세운 채 꼼짝도 안 했잖아요."

"어쨌든—." 탬플린 부인이 활기차게 말했다.

"그렇게 야비한 여자라고는 생각되지 않는다. 사람들은 수중에 돈이 생기면 얼마나 거드름을 피우는데."

"그러니까 엄마 마음대로 그녀를 요리할 수 있다는 거죠?" 레녹스가 말했다.

"결국 중요한 점은 그거겠죠. 그래서 그녀를 여기로 오게 한 거고요."

"그 애는 내 사촌동생이다." 탬플린 부인이 위엄 있는 목소리로 말했다.

"사촌동생이라고?" 에반스가 갑자기 말했다.

"그냥 캐서린이라고 부르면 안 되겠소?"

"당신이 그 애를 어떻게 부르건 그건 중요하지 않아요."

탬플린 부인이 말했다.

"좋아요." 에반스가 말했다.

"그러면 그렇게 부르도록 하지. 혹시 그녀가 테니스를 좋아하지 않을까?"

그는 들뜬 목소리로 말했다.

"전혀 못해요." 탬플린 부인이 말했다.

"전에도 말했던 것처럼 그 애는 지금까지 말상대로 일해 왔거든요. 말상대가 직업인 사람들이 어떻게 테니스나 골프를 치겠어요? 혹시 골프 크로켓은 할 수 있을지도 모르겠군요. 그런 사람들이 하는 일이라야 털실을 감거나 개를 씻거나 하는 일이 고작이지 뭐."

"오, 맙소사." 에반스가 말했다.

"그게 정말이오?"

레녹스는 다시 캐서린의 방으로 올라갔다.

"도와줄 일은 없나요?" 다소 형식적으로 레녹스가 물었다.

캐서린이 아무 말도 하지 않자 레녹스는 침대 모서리에 앉아 그녀를 빤히 쳐다보았다.

"왜 온 거예요?" 마침내 그녀가 말했다.

"우리 같은 사람에게 말이에요."

"오, 그건 사교계에 나가고 싶어서지."

"거짓말하지 마세요."

그녀의 미소에서 위선을 발견하고 레녹스가 재빨리 말했다.

"아줌마는 내가 말하는 뜻을 충분히 이해하고 계실 거예요. 아줌마는 내가 생각하고 있었던 모습과는 거리가 너무 멀어요. 옷만 해도 그래요. 아줌마는 정말 좋은 옷을 입고 있잖아요."

그녀가 한숨을 쉬었다.

"나는 좋은 옷을 입어도 전혀 어울리지 않아요. 그렇게 타고난걸요. 그렇지만 옷은 참 좋아해요."

"나도 그렇단다." 캐서린이 말했다.

"그렇지만 내가 좋아하는 것만큼 좋은 옷을 입어 보지는 못했단다. 이 옷이 좋아 보이니?"

그녀와 레녹스는 옷에 대해서 진지하게 이야기를 나누었다.

"아줌마는 참 좋은 사람이에요." 레녹스가 느닷없이 말했다.

"아줌마에게 엄마 계획에 넘어가지 말라는 충고를 하러 왔는데, 그럴 필요가 없는 것 같아요. 아줌마는 놀랄 정도로 성실하고 정직해서 바보같이 그런 우스꽝스러운 일에 속진 않을 거예요. 어머나! 이게 무슨 소리지?"

탬플린 부인의 목소리가 홀에서 똑똑히 들려왔다.

"레녹스, 디렉에게서 전화가 왔다. 오늘 밤에 저녁식사를 하러 오겠다는데, 괜찮겠지? 별 특별한 일은 없는 거지?"

레녹스는 괜찮다고 말하고 다시 캐서린의 방으로 돌아왔다. 그녀의 표정은 밝아졌으며, 음울한 기운이 사라져 있었다.

"디렉이 온다니 기뻐요." 그녀가 말했다.

"아줌마도 그를 좋아할 거예요."

"디렉이 누구지?"

"르콘베리 경의 아들이에요. 부유한 미국 여자와 결혼했죠. 여자들에게는 아주 인기가 많은 매력적인 사람이에요."

"어떤 점에서?"

"평범한 이유죠—잘생긴데다가 바람기도 약간 있으니까. 그 사람만 보면 여자들이 몸살을 앓는다고요."

"너도 그러니?"

"가끔은 그렇죠." 레녹스가 말했다.

"어떤 때는 괜찮은 목사와 결혼해서 시골에서 농사나 지으며 살고 싶은 때도 있어요." 그녀는 잠시 말을 멈추더니 덧붙여 말했다.

"에이레 목사라면 좋겠어요. 그러면 놓치지 않을 거예요."

잠시 뒤 그녀는 원래의 화제로 돌아갔다.

"그런데 디렉에게는 좀 이상한 면이 있어요. 그 집안사람들은 모두 도박을 좋아해요. 과거에는 도박에 미쳐서 부인과 땅까지 날려 버리는 몹쓸 짓을 한 사람도 있었대요. 디렉도 알거지가 될지 몰라요." 그녀는 문쪽으로 갔다.

"내려가고 싶으면 함께 가요."

혼자 남은 캐서린은 골똘히 생각에 잠겨 있었다. 그 순간 그녀는 몸이 아파지면서 자리가 불편해지기 시작했다. 기차 안에서 받은 충격과 별장에 와서 듣게 된 이야기들이 그녀를 더욱 안절부절못하게 한 것이다. 그녀는 죽은 여자에 대해 한동안 진지하게 생각해 보았다. 루스에게는 미안한 얘기지만, 그녀는 루스가 마음에 들지 않았다. 지나친 이기심 때문에 어차피 그렇게 될 운명이었는지도 모른다는 생각도 들었다.

캐서린은 가벼운 쾌감을 느꼈다. 하지만 그녀와 자기의 입장이 바뀌었을 때, 자기가 받게 될 고통을 생각하자 그녀에 대한 동정심이 생기는 것이다. 캐서린은 루스가 분명히 어떤 결론을 내렸을 거라고 생각했다. 하지만 그녀가 어떤 결정을 내렸든지 그녀가 죽은 지금에 와서 그 결정은 아무 소용이 없게 되어 버렸다. 운명적인 여행이 그런 잔인한 죽음으로 막을 내리게 된 사실에 캐서린은 왠지 이상한 느낌이 들었다. 그런데 갑자기 캐서린은 경찰에게 얘기했어야 했을 한 가지 사실이 떠올랐다—그때 깜박 잊고 있었던 것이 있었다. 그것에 중요한 의미가 있을까? 그녀는 죽은 여인의 객실로 어떤 남자가 들어가는 모습을 보았지만, 자기가 잘못 본 것으로 판단해 버렸었다. 그녀의 객실이 아니라 그 옆의 객실이었는지도 모르나, 그 남자는 분명히 열차 강도는 아니었다. 그 남자는 그전에 사보이 호텔과 쿡 사무실에서 본 적이 있었다. 그래, 분명히 잘못 본 걸 거야. 그 남자가 죽은 여자의 객실에 들어가지 않았다면 구태여 경찰에게 얘기할 필요는 없겠지. 그녀는 다른 사람에게 공연한 피해를 주고 싶지 않았다.

그녀는 테라스에 있는 사람들에게 내려갔다. 미모사 가지 사이로 푸른 지중해가 내다보였다. 탬플린 부인의 끝없이 재잘거리는 소리를 건성으로 들으면서 캐서린은 문득 이곳에 오길 잘했다는 생각이 들었다. 세인트 메리 미드보다는 훨씬 좋은 곳이었다.

그날 저녁 그녀는 '가을의 한숨'이라는 자주색 옷을 입고서 거울 속에 비친 자신의 모습을 보고 미소 지었다. 그녀는 생전 처음으로 수줍은 표정을 지은 채 아래층으로 내려갔다.

탬플린 부인의 손님들은 대부분이 도착해 있었다. 탬플린 부인의 파티가 늘 그렇듯이 방은 벌써 시끌벅적했다. 처비가 캐서린에게 다가와 칵테일 한 잔을 건네준 뒤, 그녀를 보호하듯이 데리고 다녔다.

"오, 어서 와요, 디렉."

마지막 손님을 맞기 위해 문을 열면서 탬플린 부인이 말했다.

"이젠 뭔가 먹을 수 있겠군요. 얼마나 배가 고팠다고요."

캐서린은 방 건너편을 보고는 깜짝 놀랐다. 저 사람이 디렉이라나─그렇지만 그리 놀랄 일도 아니란 생각이 들었다. 세 번이나 우연하게 마주친 사람이라 언젠가는 다시 만나리라는 것을 미리 예감하고 있었는지도 몰랐다. 그도 그녀를 알아보는 것 같았다. 그는 탬플린 부인과 얘기하다가 갑자기 말을 멈추더니 다시 억지로 말을 계속했다. 식사를 마친 뒤, 그는 캐서린 옆으로 와서 앉았다. 그는 그녀를 향해 얼굴을 돌리고 활짝 웃었다.

"당신을 다시 만나게 될 거라고 생각했습니다." 그가 말했다.

"그렇지만 여기에서 만날 줄은 꿈에도 생각지 못했지요. 당신도 알겠지만, 우리는 사보이 호텔과 쿡 사무실에서 만난 적이 있습니다. 이번이 세 번째로군요. 설마 나를 본 적이 없다거나, 기억하지 못한다고 말하지는 않겠죠. 당신은 분명히 내 얼굴을 알고 있어요."

"오, 물론이죠." 캐서린이 말했다.

"그런데 이번이 세 번째가 아니라 네 번째예요. 나는 당신을 푸른 열차에서 봤으니까요."

"푸른 열차에서!"

그는 뭐라고 말할 수 없는 어색한 표정을 지었다. 그녀는 그 말을 하지 않는 편이 나았을 거라는 생각이 들었다.

그는 잠시 주춤하는 듯하더니 조심스럽게 말했다.

"오늘 아침에 무슨 일이 있었죠? 누가 죽었다면서요?"

"그래요." 캐서린이 말했다.

"누가 죽었어요."

"당신은 기차 안에서는 죽지 마십시오." 디렉이 농담조로 말했다.

"온갖 종류의 법과 국제 협약에 대한 문제가 생길뿐더러, 기차가 연착하는 구실을 주게 되니까요."

"케터링 씨?"

맞은편에 앉아 있던 뚱뚱한 부인이 몸을 앞으로 숙이며 미국식 영어로 말했다.

"케터링 씨, 당신은 나를 잊어버렸겠지만, 나는 아직도 당신을 아주 멋진 사람으로 기억하고 있어요"

디렉도 몸을 앞으로 숙여 그녀의 말을 받았다.

캐서린은 갑자기 정신이 혼미해졌다.

케터링! 그래, 바로 그 이름이었어! 그녀는 이제야 기억이 났다—정말 이상한 인연이기도 해! 그녀는 그가 어젯밤에 자기 부인의 객실로 들어가는 모습을 보았던 것이다. 그런데 자기 부인이 어떻게 되었는지를 전혀 모르고 이렇게 한가하게 저녁을 들고 있다니. 그는 아직까지 모르고 있는 것이 틀림없다.

하인이 디렉에게 와서 쪽지를 전해 주며 그에게 귀엣말을 했다. 탬플린 부인에게 양해의 말을 하고 쪽지를 읽는 그의 얼굴에 놀라는 표정이 나타났다.

그는 탬플린 부인을 쳐다보며 말했다.

"세상에, 이럴 수가! 가봐야겠습니다, 로절린. 경찰 총경이 당장 만나고 싶답니다. 도대체 무슨 일인지 알 수가 없군요"

"당신의 무죄는 증명될 거예요." 레녹스가 말했다.

"그들은 분명히 말도 안 되는 소리를 늘어놓을 겁니다." 디렉이 말했다.

"총경에게 좀 따져야겠어요. 이런 일로 저녁식사를 망치게 하다니, 별일이 아니라면 그냥 있지 않을 겁니다."

그는 의자를 뒤로 빼면서 싱긋이 웃고는 일어나서 방을 나갔다.

제13장

반 올딘이 받은 전보

2월 15일 오후, 짙은 회색 안개가 런던을 뒤덮고 있었다. 루퍼스 반 올딘은 사보이 호텔의 사무실에서 평소보다 두 배의 시간을 일을 하면서 보냈다. 나이튼은 굉장히 즐거웠다. 최근에는 반 올딘이 일을 끝까지 손에 잡고 처리하는 경우가 드물었다. 그가 사장에게 어떤 일을 제시하면, 그는 한마디로 잘라 거절하곤 했다. 그러나 지금 반 올딘은 전보다 더욱 열심히 일에 몰두해 있으며, 비서는 그 기회를 최대한 이용했다. 그는 서류들을 교묘하게 쌓아 놓았기 때문에 사장은 그를 의심하지 않았다.

반 올딘은 일에 몰두하고 있었지만, 그의 마음속에는 조그만 사건 하나가 자리 잡고 있었다. 무심결에 튀어나온 비서의 말 한마디가 잠자고 있던 기억을 일깨워 주었던 것이다. 처음에는 대단찮게 생각했던 그 기억이 시간이 흐를수록 반 올딘의 의식 속으로 파고들었다. 마침내 그는 더 이상 일에 정신을 집중할 수가 없었다.

그는 나이튼의 보고를 평소와 같이 날카롭게 듣는 듯했으나, 사실 그의 머릿속에는 한마디도 들어오지 않았다. 그는 기계적으로 고개를 끄덕였고, 비서는 다른 보고서를 그에게 건네주었다. 그는 대충 훑어본 뒤에 말했다.

"다시 한 번 이야기해 주겠나, 나이튼?"

나이튼은 잠시 당황했다.

"이 일 말입니까, 사장님?" 그는 가까이에 있던 보고서를 집어들었다.

"아니, 그것이 아니고." 반 올딘이 말했다.

"자네가 어젯밤 파리에서 루스의 하녀를 봤다는 얘기 말이야. 도대체 알 수가 없군. 혹시 자네가 잘못 본 게 아닌가?"

"잘못 보았을 리가 없습니다. 직접 얘기도 했으니까요."

"그렇다면 다시 한 번 자세히 얘기해 보게."

나이튼은 그의 말대로 했다.

"제가 바르세메이르 회사와 문제를 해결하고서―." 그가 설명했다.

"짐을 찾고 저녁을 먹은 뒤 노르 역에서 출발하는 9시발 열차를 타기 위해 리츠 호텔로 돌아왔었습니다. 그런데 예약대에 케터링 부인의 하녀가 서 있는 게 아니겠습니까? 저는 그녀에게 가까이 가서 케터링 부인이 그곳에 묵고 있는지 물어봤지요."

"그래, 잘했네." 반 올딘이 말했다.

"물론 그렇게 물어봐야지. 그런데 하녀가 루스는 리비에라로 가면서 다른 말이 있을 때까지 리츠 호텔에서 기다리라고 했다고?"

"그렇습니다, 사장님."

"이상하군." 반 올딘이 말했다.

"정말 이상해. 하녀가 뻔뻔스럽게 혼자 돌아가겠다고 말하지는 않았을 테고"

"어쩌면―." 나이튼이 말했다.

"케터링 부인이 그녀에게 돈을 주면서 영국으로 돌아가라고 했을지도 모릅니다. 하지만 리츠 호텔로는 보내지 않았을 겁니다."

"아니야." 백만장자가 낮은 목소리로 말했다.

"사실일 거야."

그는 뭔가 더 얘기하려다가 입을 다물었다. 그는 나이튼을 좋아하고 신뢰하긴 하지만, 그에게 딸의 사생활에 대한 문제까지 의논할 수는 없는 노릇이었다. 그는 루스가 자기에게 진실을 털어놓지 않은 사실에 가슴이 아팠다. 더구나 우연히 알게 된 이 사실로 인해 왠지 불안한 마음이 들었다.

왜 루스는 파리에서 하녀를 내리게 했을까? 그 애가 왜 그런 일을 했을까?

그는 잠시 이상한 우연의 일치에 대해 곰곰이 생각해 보았다. 하녀가 파리에서 처음 만난 사람이 다름 아닌 자신의 비서라는 끔찍한 우연의 일치를 어떻게 설명해야 할까? 어쨌든 일은 그렇게 일어나고, 이렇게 드러나는 법이다.

그는 마지막 말에 잠시 주춤했다. 그 말은 자연스럽게 그의 머릿속에 떠올랐다. "분명히 알아야 할 문제?"

그는 이런 질문을 떠올린 자신이 원망스러웠다. 대답은 명백했다. 그는 그 대답이 '아르망 드 라 로슈'라는 것을 잘 알고 있었다.

자기 딸이 그런 형편없는 녀석에게 넘어갔다고 생각하자 반 올딘은 가슴이 아팠다. 그는 딸이 교육을 잘 받은 훌륭한 여자지만, 백작의 매력에 끌려든 어쩔 수 없는 여자의 속성을 지니고 있다는 사실을 느끼고 있었다. 남자는 다른 남자의 속성을 꿰뚫어볼 수 있지만 여자는 그렇지 못하다.

그는 비서가 품을지 모를 의혹을 풀어 주기 위해서 적당한 구실을 생각해 냈다.

"루스는 가끔 변덕을 부리는 일이 있네."

그는 말을 하고서, 그럴 수 있다는 듯한 어조로 덧붙였다.

"하녀가 계획이 변경된 이유에 대해서 뭐라고 말하지 않던가?"

나이튼도 될 수 있는 대로 자연스럽게 대답하려고 애썼다.

"그녀는 케터링 부인이 우연히 친구를 만나게 되었다고 했습니다, 사장님."

"그게 정말인가?"

비서는 사장의 평상시 어조 뒤에 숨은 팽팽한 긴장감을 느낄 수 있었다.

"오, 알았네. 남자라든가, 여자라든가?"

"남자라고 말했던 것 같습니다, 사장님."

반 올딘이 고개를 끄덕였다. 그가 걱정했던 일이 사실로 나타난 것이다. 그는 의자에서 일어나서 초조할 때면 하는 버릇대로 방 안을 왔다 갔다 했다. 도저히 감정을 억제할 수 없는지 그가 분노를 터뜨렸다.

"어떤 남자도 여자가 냉정함을 되찾도록 할 수는 없지. 도대체 제정신이 아니야. 여자의 본성이란, 사기꾼 같은 놈들에게 넘어가거나 하고. 도둑놈을 만나도 십중팔구는 알아보지 못할 거야. 미끈한 외모와 달콤한 목소리에 현혹당하기 마련이지. 내가 그런—."

그의 말이 끊어졌다. 사환이 전보를 가지고 들어왔기 때문이었다. 내용을 읽던 반 올딘의 얼굴이 하얗게 질렸다. 그는 의자등을 잡고 몸을 지탱하며 손을 흔들어 사환을 내보냈다.

"무슨 일입니까, 사장님?"

나이튼이 궁금해하며 몸을 일으켰다.

"루스가!" 감정을 주체하지 못하고 반 올딘이 목쉰 소리로 외쳤다.

"케터링 부인 말입니까?"

"죽었어!"

"네? 기차 사고입니까?"

반 올딘이 머리를 흔들었다.

"아니야. 이 전보에 의하면, 강도를 당한 것 같아. 직접적으로 표현하지는 않았지만, 나이튼, 불쌍한 내 딸이 살해당한 것 같네."

"오, 사장님!"

반 올딘은 손끝으로 전보를 두드렸다.

"니스 경찰에서 보냈어. 첫 기차로 그곳에 가야겠네."

나이튼은 역시 민첩했다. 그는 시계를 흘끗 쳐다보았다.

"빅토리아 역에서 출발하는 5시 기차가 있습니다, 사장님."

"좋아, 자네도 함께 가세, 나이튼. 내 하인인 아처에게 말해서 자네 짐도 꾸리도록 하게. 나는 커즌 가로 가봐야겠어."

전화벨이 시끄럽게 울렸다. 비서가 수화기를 들었다.

"그렇습니다. 누구시죠?"

그러고는 반 올딘에게 말했다.

"고비 씨입니다, 사장님."

"고비라고? 지금은 만날 수 없네. 아니야—기다려, 아직 시간이 많이 남았군. 올라오라고 하게."

반 올딘은 역시 강한 사람이었다. 이미 그는 평정을 되찾았다. 고비를 만나는 모습에는 아무런 동요의 빛도 보이지 않았다.

"시간이 별로 없소, 고비. 요점만 얘기해 주시오."

고비 씨가 기침을 했다.

"케터링 씨의 동태에 관한 겁니다, 사장님. 보고하라고 지시하셨잖습니까?"

"그랬지. 그런데?"

"케터링 씨는 어제 아침에 런던을 떠나서 리비에라로 갔습니다."

"뭐라고?"

그의 놀란 목소리에 고비는 깜짝 놀랐다. 상대방을 쳐다보지 않고 말하는 습관을 가진 유능한 신사는 관습을 깨고 백만장자를 흘끗 쳐다보았다.

"어떤 열차로 갔소?" 반 올던이 물었다.

"푸른 열차입니다, 사장님."

고비는 다시 기침을 하고는 벽시계를 쳐다보며 말했다.

"파르테논의 발레리나인 미렐 양도 같은 기차로 갔습니다."

제14장

애더 메이슨의 증언

"어떻게 위로의 말씀을 드려야 할지 모르겠습니다."

예심판사인 카레스가 반 올딘에게 말했다. 총경인 코도 목청을 가다듬고 위로의 인사를 했다. 반 올딘은 그런 인사엔 관심이 없다는 듯한 몸짓을 했다. 그곳은 니스에 있는 경찰 취조실이었다. 방 안에는 카레스와 총경, 그리고 반 올딘 이외에 한 사람이 더 있었다.

"반 올딘 씨는 조속한 수사를 원하고 계십니다." 그가 말했다.

"아차!" 코 총경이 생각난 듯이 말했다.

"깜빡 잊고 소개하지 않았군요. 반 올딘 씨, 이분은 에르퀼 포와로 씨입니다. 지금은 은퇴했지만, 아직도 가장 훌륭한 탐정으로 이름이 나 있죠."

"만나서 반갑습니다, 포와로 씨."

반 올딘은 몇 년 전에 버렸던 형식적인 태도로 그에게 말했다.

"은퇴하셨다고요?"

"그렇습니다. 지금은 세상을 즐기고 있지요."

키가 작은 남자가 과장된 몸짓을 했다.

"포와로 씨는 우연히 푸른 열차를 타고 계셨습니다." 총경이 말했다.

"이분이 친절하게도 많은 경험을 바탕으로 우리를 도와주시겠다고 하시는군요."

백만장자가 포와로를 유심히 바라보다가 느닷없이 이렇게 말했다.

"나는 아주 돈이 많습니다, 포와로 씨. 부자는 돈이면 모든 것을 살 수 있다는 생각을 가지고 있다고들 하지만, 나는 그렇진 않습니다. 나는 내 분야에서는 큰 성공을 거둔 사람입니다. 그래서 다른 분야에서 성공을 거둔 사람에게 부탁할 자격이 있다고 생각합니다."

포와로는 그의 말을 알아듣고 고개를 끄덕였다.

"잘 알았습니다, 반 올딘 씨. 당신을 위해서라도 최선을 다하겠습니다."

"그러면 하녀의 얘기를 들어봅시다." 카레스가 말했다.

"그녀를 여기로 데려왔겠죠?"

"그렇습니다." 반 올딘이 말했다.

"파리에서 같이 왔습니다. 딸아이가 죽었다는 얘기를 듣자 매우 놀라더군요. 그러나 침착하게 얘기를 합디다."

"그렇다면 이번에는 우리가 그녀를 만나봐야겠습니다."

카레스가 말했다. 그는 책상 위의 벨을 눌렀다.

잠시 뒤 애더 메이슨이 방으로 들어왔다. 그녀는 검은색 옷을 단정하게 차려입고 있었으며, 코끝이 빨갰다. 그녀는 여행할 때 끼는 회색 장갑 대신에 까만 장갑을 끼고 있었다. 그녀는 불안한 표정으로 취조실의 여기저기를 둘러보더니, 자기 고용주의 아버지가 그 방에 있는 것을 보고는 조금은 안심하는 듯했다. 예심판사는 그녀를 부드럽게 대하려 애썼다. 그는 그녀를 최대한 안심시키려는 것 같았다. 포와로도 옆에서 친절한 태도로 그 영국 여자를 안심시키는 데 한몫 거들었다.

"이름이 애더 메이슨, 맞습니까?"

"세례명은 애더 비어트리스예요, 선생님." 메이슨이 무뚝뚝하게 말했다.

"됐습니다. 이렇게 끔찍한 사건이 일어났다는 것은 정말 유감스러운 일이오, 메이슨."

"오, 정말 그래요, 선생님. 저는 지금까지 여러 마님을 모셔 왔고, 언제나 칭찬을 받았죠. 저한테 이런 사건이 일어날 줄은 꿈에도 생각지 못했어요."

"알겠소." 카레스가 말했다.

"물론 일요신문에서 이런 사건에 대해 읽어본 적은 있어요. 그때마다 외국 기차들에서—"

그녀는 자신에게 증언을 요구하는 사람의 국적이 기차의 국적과 똑같다는 사실을 상기하고는 말을 멈추었다.

"자, 그럼 사건에 대해 얘기해 봅시다." 카레스가 말했다.

"당신은 런던을 떠났을 때 파리에서 내릴 거라고는 생각하지 않았소?"

"그렇습니다, 선생님. 곧장 니스로 가는 거라고 생각했죠."

"그전에도 케터링 부인과 함께 외국에 간 적이 있었소?"

"없습니다. 마님을 모신 지 이제 겨우 두 달밖에 안 되었는걸요."

"여행을 떠날 때 케터링 부인의 태도가 여느 때와 같았소?"

"마님은 걱정거리가 있는 것 같았어요. 왠지 불안하고 초조해하는 모습이었죠."

카레스가 고개를 끄덕였다.

"그렇다면 메이슨, 파리에서 머무르고 있으라는 얘기는 언제 처음 들었소?"

"리옹이라는 곳이었습니다, 선생님. 마님은 플랫폼으로 내려가서 산책하려고 하셨을 거예요. 마님은 복도로 나가자마자 금방 놀란 표정으로 어떤 신사분과 함께 객실로 돌아오셨어요. 그러고는 마님 객실과 제 객실 사이의 문을 닫아버리셨기 때문에 저는 아무것도 볼 수도 들을 수도 없었습니다. 그런데 잠시 뒤 갑자기 마님이 문을 여시고는 계획이 변경되었다고 말씀하시더군요. 마님은 제게 돈을 주시면서 기차에서 내려 리츠 호텔로 가라고 하셨어요. 마님이 연락하실 때까지 거기에서 기다리고 있으라고 하셨습니다. 제게 시킬 일은 전보로 알리겠다고 하시면서요. 제가 급하게 짐을 챙겨 기차에서 내리자마자 기차가 떠나더군요. 굉장히 서둘렀죠."

"케터링 부인이 당신에게 그 말을 할 때 그 신사도 옆에 있었소?"

"그분은 다른 방에 서서 창밖을 내다보고 계셨습니다."

"그 신사의 모습을 설명해 줄 수 있겠소?"

"글쎄요, 그분의 얼굴은 제대로 보지 못했어요. 계속 제게는 등을 돌리고 있었으니까요. 키가 크고 피부가 가무잡잡하다는 것밖에는 드릴 말씀이 없군요. 그리고 다른 신사분들처럼 짙은 푸른색 코트에 회색 모자를 쓰고 있었어요."

"그 사람도 그 기차의 승객이었소?"

"그렇지는 않은 것 같았어요, 선생님. 마님을 만나려고 역에 나와서 기다리신 것 같았으니까요. 물론 승객 중 한 명이었는지도 모르죠. 그 점은 생각해 보지 않았어요."

메이슨은 그 질문에 잠시 당황하는 것 같았다.

"아!" 카레스는 가볍게 다음 문제로 넘어갔다.

"케터링 부인이 차장에게 아침에 일찍 깨우지 말라고 부탁했소. 당신 생각으로는 그분이 그런 부탁을 할 만한 이유가 있다고 생각하오?"

"물론이에요, 선생님. 마님은 밤에는 잠을 잘 못 이루셨기 때문에 아침식사를 거르고 그냥 주무시는 일이 많았거든요."

다시 카레스는 다른 문제를 물었다.

"짐 가운데 진홍색 모로코 가죽상자가 있었죠?" 그가 물었다.

"그것이 케터링 부인의 보석 상자인가요?"

"그렇습니다, 선생님."

"그 상자를 리츠 호텔로 가져갔소?"

"제가 마님의 보석 상자를 리츠 호텔로 가져갔느냐고요! 오, 아니에요. 절대로 아니에요, 선생님."

메이슨이 겁에 질린 목소리로 말했다.

"당신이 가죽 상자를 가져가지 않았단 말입니까?"

"물론이에요, 선생님."

"케터링 부인이 많은 보석을 가지고 있었다는 사실을 알고 있었습니까?"

"상당히 많이 가지고 계셨죠, 선생님. 이런 말을 해도 좋을지 모르겠지만, 외국에서 보석을 도둑맞았다는 얘기를 들을 때마다 불안했답니다. 제 생각에는 보석을 맡기지 않고 가지고 여행하는 것은 너무 위험한 일 같아요. 마님이 제게 이야기했던 그 루비만 해도 몇십만 파운드가 나간다고 하더군요."

"루비라고! 어떤 루비 말이지?" 갑자기 반 올딘이 물었다.

"사장님이 얼마 전에 마님께 주신 루비 말이에요."

"맙소사!" 반 올딘이 외쳤다.

"그 루비를 가지고 갔단 말이야? 은행에 맡겨 두라고 일렀는데."

메이슨은 귀부인의 하녀답게 얌전하게 헛기침을 몇 차례 했다. 그 기침은 많은 의미를 함축하고 있는 것이었다. 그 기침은 메이슨의 주인이 제멋대로 행동하는 사람이었다는 사실을 말보다 더 분명하게 전달해 주는 역할을 했다.

"루스가 제정신이 아니었던 것이 틀림없어." 반 올딘이 혼잣말을 했다.
"도대체 무엇에 홀려서 그런 짓을 했는지 모르겠군."

이번에는 카레스가 의미 있는 기침을 했다. 그 소리에 반 올딘이 그를 쳐다
보았다.

"지금은 더 이상 물어볼 게 없소." 카레스가 메이슨에게 말했다.

"옆방으로 가면 조서가 작성되어 있을 테니 서명해 주겠소, 아가씨?"

메이슨은 서기와 함께 방을 나갔다.

반 올딘이 예심판사에게 물었다.

"어떻습니까?"

카레스는 책상 서랍을 열고 편지 한 장을 꺼내 반 올딘에게 건네주었다.

"이 편지가 따님의 핸드백에서 발견되었습니다."

사랑하는 당신에게(편지 내용은 다음과 같았다)
당신의 의견에 따르겠소. 나는 신중하고도 분별력 있게 행동할 거요.
—이런 행동은 연인들이 가장 싫어한다는 것을 알지만 파리는 별로
좋은 곳이 못 될 것 같구려. 그러나 도르 섬은 세상으로부터 멀리 떨
어져 있기 때문에 그곳이라면 들킬 염려가 없으리라고 생각하오. 다
정다감한 당신은 지금 내가 쓰고 있는 유명한 보석에 대한 책에 무척
관심이 있을 거요. 그 역사적인 루비를 직접 보고 만질 수 있게 된다
면 대단한 영광이겠소. 지금 나는 '불의 심장'에 관한 내용에 몰두해
있소. 오, 내 사랑! 나와 떨어져 있던 때의 공허감을 곧 나의 사랑으
로 채워 주겠소—.

당신의 영원한 연인
아르망

제15장

로슈 백작

반 올딘은 말없이 편지를 다 읽었다. 그의 얼굴은 분노로 붉게 달아올랐다. 사람들은 그의 이마에 불끈 솟아오른 혈관을 그가 큰손으로 누르는 모습을 지켜보았다. 그는 아무 말도 하지 않고 편지를 돌려주었다. 코 총경은 천장만 쳐다보고 있었고, 에르퀼 포와로는 옷깃에 묻은 먼지를 열심히 털어내고 있었다. 그들은 반 올딘과 눈이 마주칠 때의 난처함을 요령 있게 피하고 있었던 것이다.

그 거북한 문제를 꺼낸 것은, 그럴 의무를 지닌 카레스였다.

"아마, 저─." 그가 말을 더듬거렸다.

"이 편지를 보낸 사람이, 음, 누구인지 알고 계시죠?"

"그렇소, 알고 있소" 반 올딘이 침통하게 말했다.

"누구입니까?" 궁금하다는 듯이 예심판사가 물었다.

"자칭 로슈 백작이라고 떠들고 다니는 건달 녀석이오"

잠시 침묵이 흘렀다. 드디어 포와로가 예심판사를 제치고 백만장자에게 직접적으로 얘기했다.

"반 올딘 씨, 우리는 모두 당신이 그 문제를 얘기할 때 얼마나 커다란 고통을 받을지 충분히 이해하고 있습니다. 그렇지만 감춘다고 해서 문제가 해결되지는 않습니다. 범인을 체포하기 위해서 우리는 모든 사실을 알아야 합니다. 조금만 생각해 보면 내 말이 무슨 뜻인지 아시리라 생각합니다만"

반 올딘은 잠시 생각에 잠겨 있다가 마지못해 포와로의 말이 옳다는 듯이 고개를 끄덕였다.

"당신 말이 맞습니다, 포와로 씨." 그가 말했다.

"괴롭기는 하지만, 내게는 아무것도 숨길 권리가 없소"

총경은 안도의 한숨을 내쉬었고, 예심판사는 의자에 등을 기대고 길고 가는 코에 걸린 안경을 똑바로 고쳐 썼다.

"반 올딘 씨, 그 사람에 대해 아는 것을 당신 입으로 직접 얘기해 주시는 것이 좋을 듯합니다." 포와로가 말했다.

"11년인가 12년 전 파리로 거슬러 올라갑니다. 그때 내 딸은 다른 처녀들과 마찬가지로 어리석고 로맨틱한 꿈으로 가득 차 있었지요. 그 애는 나 몰래 그 로슈 백작이라는 녀석을 사귀고 있었습니다. 모두 그 이름을 들어봤죠?"

총경과 포와로는 알고 있다는 듯 고개를 끄덕였다.

"그 녀석은 자기가 로슈 백작이라고 했지만―." 반 올딘이 말을 이었다.

"그 녀석이 진짜로 백작인지는 믿을 수 없습니다."

"그의 이름이 고타 연감에 실린 것을 보지 못한 모양이군요." 총경이 말했다.

"여러 번 봤죠." 반 올딘이 말했다.

"말쑥한 외모에다 여자들을 홀릴 만한 매력을 가진 녀석입니다. 루스가 그 녀석에게 빠진 것을 안 나는 즉시 제동을 걸었습니다. 그놈은 여느 사기꾼들과 다를 바가 조금도 없거든요."

"당신 말이 옳습니다." 총경이 말했다.

"로슈 백작은 우리에게는 잘 알려진 인물입니다. 가능하다면, 그를 잡아서 우리 앞에 무릎을 꿇게 하고 싶습니다. 그러나 그게 쉬운 일은 아닙니다. 그 친구는 교활하게도 상류사회의 부인들에게만 집적거린답니다. 그가 공갈이나 협박으로 돈을 뜯어내도, 내 참! 피해자들이 전혀 신고를 하지 않는 겁니다. 세상 사람들이 이상하게 생각하는 것도 무리는 아닐 거예요. 그는 여자들을 끄는 이상한 매력을 지녔나 봅니다."

"그렇습니다." 백만장자가 침통하게 말했다.

"아까 말했다시피, 나는 두 사람 사이를 당장 끝장냈습니다. 나는 루스에게 그 녀석의 정체를 알려주었고, 내 말을 믿어야 한다고 했지요. 몇 년 뒤에 딸아이는 지금의 남편을 만나서 결혼했습니다. 나는 그걸로 두 사람 사이가 끝난 거라고 알고 있었습니다. 그런데, 놀랍게도 1주일 전에 루스가 그 녀석과 다시 만나고 있다는 사실을 알게 된 겁니다. 가끔 런던과 파리에서 만났더군요. 내가 그 애의 이혼소송을 준비하고 있었기 때문에 그런 경솔한 행동을 심하게 꾸짖었습니다."

"그것참, 흥미있군요."

천장에 눈을 고정시키고 포와로가 낮은 목소리로 말했다.

반 올딘은 그를 노려보고 나서 말을 계속했다.

"딸아이에게 그런 상황에서 로슈 백작을 만나는 것이 얼마나 어리석은 일인지 아느냐고 야단을 쳤습니다. 그때는 그 애가 내 말에 따를 거라고 생각했었죠."

예심판사가 조심스럽게 기침을 했다.

"그렇지만 이 편지에 의하면—." 그가 말을 시작하려다가 멈추었다.

반 올딘의 표정이 더욱 굳어졌다.

"나도 알고 있습니다. 이제 와서 사실을 숨겨 봤자 소용없겠죠. 아무리 기분이 나쁘더라도 현실을 똑바로 봐야 하니까. 루스가 파리에서 로슈 백작을 만나기로 했던 것이 분명하군요. 내가 그렇게 주의를 줬는데도 딸아이는 약속 변경을 알리는 편지를 보냈던 거죠."

"도르 섬은 예르 바로 맞은편에 있습니다." 코 총경이 말했다.

"외지고 낭만적인 곳이죠."

반 올딘이 고개를 끄덕였다.

"빌어먹을! 루스가 그렇게 어리석은 짓을 하다니!" 그가 씁쓸하게 말했다.

"보석에 관한 책을 쓰고 있다는 것을 보면 그 녀석은 처음부터 보석을 노리고 있었던 것이 분명합니다."

"아주 유명한 루비들이 몇 가지 있지요." 포와로가 말했다.

"러시아 왕관에 박힌 루비는 모양이 독특할 뿐만 아니라 값도 엄청나다고 들었습니다. 최근에 어떤 미국인이 그 루비를 샀다는 소문을 들었는데, 혹시 당신이 사지 않았나요?"

"그렇습니다. 열흘 전 파리에서 샀습니다." 반 올딘이 말했다.

"이건 실례되는 질문이 되겠습니다만, 그 보석을 사기 위해 한동안 흥정을 했을 텐데요?"

"약 두 달 정도 흥정을 했습니다. 그건 왜 묻는 겁니까?"

"그렇다면 사람들의 귀에도 들어갔겠군요." 포와로가 말했다.

"보석만 전문적으로 노리는 도둑들이 있으니까요."

반 올딘의 얼굴에 경련이 일었다.

"내가 루스에게 했던 농담이 생각나는군요." 그가 고통스럽게 말했다.

"리비에라로 보석을 가져가지 말라고 했습니다. 보석 때문에 강도를 만나거나 피해를 입는 것을 보고 싶지 않다고 했었죠. 제기랄! 아무 생각 없이 했던 그 말이 이렇게 현실로 나타나다니!"

방 안의 사람들이 동정 어린 시선으로 그를 바라보았다.

포와로가 부드럽게 말했다.

"이제 우리가 알게 된 사실들을 차례로 정리해 봅시다. 지금까지 들은 바로는 다음과 같습니다. 로슈 백작은 당신이 그 보석을 산 사실을 알고 있었습니다. 그는 케터링 부인이 그 루비를 갖게 되리라고 쉽게 추측했을 겁니다. 그렇다면 열차에서 메이슨이 봤다는 남자는 바로 그 사람이겠죠."

나머지 세 사람이 그렇다는 듯이 고개를 끄덕였다.

"부인은 그를 만나자 무척 놀랐지만, 재빨리 그 상황에 대처했습니다. 메이슨을 내리게 하고 저녁식사 바구니를 객실로 갖다 달라고 부탁했던 거죠. 차장은 케터링 부인의 첫 번째 객실 침대는 정돈했지만, 두 번째 객실에는 들어가지 않았다고 했습니다. 그래서 그 남자는 무사히 두 번째 객실에 숨어 있을 수 있었던 거죠. 부인 말고는 아무도 그가 기차에 있었다는 사실을 모를 만큼 그는 감쪽같이 숨어 있을 수 있었습니다. 그는 하녀가 자기 얼굴을 보지 못하도록 세심한 주의를 기울였죠. 그건 하녀가 그에 대해 할 수 있는 말이 키가 크고 피부가 가무잡잡하다는 것뿐이라는 사실로 봐서 알 수 있습니다. 정말 완벽한 위장이었죠. 객실에는 그 두 사람만 있었습니다. 무심한 기차는 밤새 달렸습니다. 케터링 부인은 연인과 함께 있으니까 아무 문제도 일어나지 않을 거라고 생각했겠고요."

그는 반 올딘에게 몸을 돌렸다.

"지금까지의 사실을 종합해 보아 사건은 돌발적으로 일어난 것이 분명합니다. 백작은 쉽게 보석을 손에 넣었고, 그 직후에 기차는 리옹 역에 닿았습니다."

카레스가 그의 말을 이해한다는 듯이 고개를 끄덕였다.

"그렇습니다. 차장은 한 번도 기차에서 내리지 않았습니다. 그 남자가 들키지 않고 기차에서 내려 파리나 다른 어떤 곳으로 돌아가는 기차를 타는 것은 아주 쉬웠을 겁니다. 그러면 이 사건이 평범한 열차 강도의 소행으로 처리될 거라는 계산을 했겠죠. 부인의 가방에서 편지가 발견되지 않았더라면 백작의 이름은 거론되지도 않았을 겁니다."

"그의 입장에서는, 가방을 뒤져 보지 않은 것이 결정적인 실수였습니다. 그는 분명히 부인이 그 편지를 없앴을 거라고 생각했겠죠. 어쩌면 백작이 그 편지에 대해 미처 생각을 못했었는지도 모르겠군요." 총경이 말했다.

"그게 아니라면—." 포와로가 작은 목소리로 말했다.

"백작이 미리 계획해 둔 실수인지도 모르죠."

"무슨 뜻입니까?"

"우리가 모두 잘 알고 있듯이 로슈 백작은 여자에 대해서는 누구보다 잘 알고 있는 사람입니다. 그 정도로 여자의 속성에 대해 밝은 사람이 부인이 그 편지를 지니고 있으리라는 것을 예견하지 못했을 거라고 생각합니까?"

"그건 그렇군요." 예심판사도 의심스럽다는 듯이 말했다.

"당신의 말에도 일리는 있습니다. 그렇지만 아무리 대담한 사람이라도 그런 상황에서 침착할 수는 없을 겁니다. 차분하게 따져볼 여유가 없었던 거지요. 아, 저런!" 그가 어떤 생각이 난 듯 말했다.

"만일 범인이 치밀하게 계획을 세운 뒤 범행을 저질렀다면 어떻게 해야 하죠?"

포와로는 미소를 지었다.

"범인은 분명한 것 같은데—." 예심판사가 말했다.

"증명하기가 어려운 사건이군요. 백작은 미꾸라지 같은 사람인데, 게다가 하녀마저 그를 알아보지 못한다면—."

"그럴 가능성은 희박합니다." 포와로가 말했다.

"사실입니다." 예심판사가 턱을 쓰다듬었다.

"일이 어려워질 것 같군요."

"만일 그가 범행을 저질렀다면—."

포와로가 말을 꺼내자 코 총경이 끼어들었다.

"만일, 만일이라고 했습니까?"

"그렇습니다."

예심판사는 그를 한참 쳐다보더니 말했다.

"당신 말이 옳습니다. 속단하기에는 너무 이릅니다. 백작이 알리바이를 가지고 있을 가능성도 있으니까요. 그렇다면 우리가 바보 꼴이 되는 거죠."

"오, 이를테면—." 포와로가 말했다.

"그것은 별로 중요한 문제가 아닙니다. 만일 백작이 범인이라면 그는 분명히 알리바이를 만들어 두었을 겁니다. 경험이 풍부한 백작이라면 그 정도 준비는 당연한 게 아니겠습니까. 그렇지만 내가 만일이라고 말했던 것은 다른 이유에서였습니다."

"다른 이유란 건 뭡니까?"

포와로는 집게손가락을 흔들었다.

"심리적인 문제죠."

"예?" 총경이 말했다.

"심리적인 문제로 볼 때 틀렸다는 겁니다. 백작은 건달이다—그렇습니다. 백작은 사기꾼이다—맞습니다. 백작은 여자의 등을 치는 사람이다—맞는 말입니다. 그는 부인의 보석을 훔치려고 했다—물론 이 말도 맞습니다. 그런데 과연 그가 살인을 할 만한 인물일까요? 나는 아니라고 봅니다. 백작 같은 성격의 사람들은 대개 겁이 많습니다. 모험을 하려고 하지 않죠. 영국인들이 저질이라고 부르는, 비열하지만 안전한 게임을 하죠. 절대로 살인처럼 위험한 짓은 생각하지 않을 겁니다."

그는 불만에 가득 찬 표정으로 머리를 흔들었다.

예심판사는 포와로의 말에 수긍하지 못하겠다는 태도로 말했다.

"그런 귀족들도 이성을 잃고 평소와 다른 행동을 할 때가 있습니다. 분명히 이 사건도 그런 경우일 겁니다. 당신의 말을 부정하는 것은 아니지만, 포와로 씨—."

"그것은 단지 내 의견일 뿐입니다." 포와로가 서둘러서 해명했다.

"이 사건은 전적으로 당신이 맡아서 처리해야 하니 당신이 옳다고 생각하는 방향으로 수사를 진행하십시오."

"로슈 백작이 가장 유력한 용의자라고 확신합니다." 카레스가 말했다.

"당신도 그렇게 생각하죠, 코 총경?"

"물론입니다."

"당신은 어떻습니까, 반 올딘 씨?"

"나도 그렇게 생각합니다." 백만장자가 말했다.

"그렇습니다. 그 녀석은 쓰레기 같은 놈이죠. 의심할 여지가 없습니다."

"하지만 그의 행방을 찾아내는 건 무척 어려울 것 같습니다."

예심판사가 말했다.

"그렇지만 최선을 다해야지요. 곧 전문을 돌리겠습니다."

"내가 도와 드리고 싶은데―." 포와로가 말했다.

"어려울 것이 없습니다."

"예?"

나머지 사람들이 그를 쳐다보았다.

키 작은 남자는 그들을 향해 활짝 웃어 보였다. 그가 설명했다.

"그런 일을 알아내는 것이 내 전문이니까요. 백작은 영리한 사람이죠. 그는 앙티베의 마리나 별장을 빌려서 지내고 있습니다."

제16장

포와로의 추리

모두가 존경스러운 눈길로 포와로를 바라보았다. 역시 이 작은 남자의 명성은 헛된 것이 아니었다. 총경이 쑥스럽게 웃었다.

"당신이 우리가 할 일을 가르치시는군요." 그가 말했다.

"포와로 씨는 경찰보다 많은 것을 알고 있으니까요."

포와로는 겸손한 태도로 천장을 올려다보고 있었다.

"별거 아닙니다. 그냥 취미삼아 이것저것 캐묻고 다니죠."

그가 계속 말했다.

"책임지고 있는 일이 없으니 시간이 충분하지 않습니까?"

"아—." 총경이 부끄러운 듯이 고개를 저었다.

"나로 말하자면……."

그는 자신이 얼마나 많은 일을 하는지 과장된 몸짓으로 표현했다.

포와로가 갑자기 반 올딘을 향했다.

"당신도 로슈 백작이 살인범이라는 의견에 동의합니까?"

"글쎄, 그런 것 같기도 합니다만—그래요, 확신합니다."

그의 대답에서 뭔가 감추려는 기미가 있다는 것을 알아차린 예심판사가 이상한 표정으로 미국인을 쳐다보았다. 반 올딘은 예심판사의 그런 눈길을 의식하고 그의 궁금증을 풀어주려고 애써 말을 덧붙였다.

"내 사위에 대해서는 어떻게 생각하십니까?" 그가 물었다.

"사위도 소식을 들었겠죠? 지금 니스에 있는 것으로 아는데."

"그렇습니다." 총경이 머뭇거렸다. 그는 아주 신중하게 말했다.

"반 올딘 씨, 당신은 케터링 씨도 그날 밤에 푸른 열차를 타고 있었다는 사실을 알고 있겠죠?"

백만장자가 고개를 끄덕였다.

"런던을 떠나기 직전에 알았습니다." 그가 짤막하게 대답했다.

"그는 부인이 같은 기차에 타고 있었다는 사실을 전혀 몰랐다고 하더군요."
총경이 말했다.

"아마 그랬을 겁니다." 반 올딘이 딱딱하게 말했다.

"기차 안에서 딸아이를 만나는 것이 그에게는 불쾌했을 테니까요."

다른 세 사람이 의아한 시선으로 그를 쳐다보았다.

"사실을 숨기지는 않겠습니다." 그가 거칠게 말했다.

"불쌍한 내 딸이 견뎌야 했던 고통은 아무도 모를 겁니다. 그는 혼자가 아니었습니다. 그의 옆에는 애인이 있었단 말입니다."

"아!"

"미렐이라는 발레리나죠."

카레스와 총경은 서로 마주 보며, 미국인의 말이 이해가 간다는 듯이 고개를 끄덕였다. 카레스는 의자에 기대 손을 모으고 천장을 쳐다보았다.

"아!" 예심판사가 다시 외쳤다.

"그 여자에 대해서 소문을 들은 적이 있습니다." 그가 기침을 했다.

"별로 좋지 않은 소문이었죠." 코 총경이 말했다.

포와로가 낮은 목소리로 말했다.

"게다가—, 아주 사치스러운 여자죠."

반 올딘의 얼굴이 붉게 달아올랐다. 그는 주먹으로 책상을 거세게 내리쳤다.

"이봐요." 그가 소리쳤다.

"내 사위는 나쁜 놈이오."

그는 방 안 사람들의 얼굴을 차례로 둘러보았다.

"나도 알고 있습니다." 그가 말을 이었다.

"잘생긴데다가 매력적이고 매끄러운 태도를 가지고 있죠. 나도 한때는 그 점에 끌렸으니까요. 그 소식을 듣고서는 아마 굉장히 슬퍼하는 체했을 겁니다."

"오, 굉장히 놀라는 것 같았습니다."

"몹쓸 녀석 같으니라고." 반 올딘이 말했다.

"비탄에 빠진 표정을 지었겠죠?"

"그, 그게—." 총경이 조심스럽게 말했다.

"그렇다고 말할 수도 없군요. 음, 카레스 씨?"

예심판사는 손가락을 모으고 반쯤 눈을 감고 있었다.

"놀라고 당황하고 무서워했습니다—그랬습니다."

그가 마침내 말했다.

"슬픔이—아닙니다. 그런 표정이 아니었습니다."

에르퀼 포와로가 다시 말했다.

"한 가지만 묻겠습니다, 반 올딘 씨. 부인의 죽음으로 케터링 씨에게 돌아가는 이득이 있습니까?"

"그는 2백만을 상속받게 되지요." 반 올딘이 말했다.

"달러로 말입니까?"

"파운드입니다. 결혼할 때 내가 루스에게 줬죠. 아직 유언장도 만들지 않았고, 자식도 없으니 돈은 고스란히 남편이 갖게 되겠죠."

"그녀가 이혼하려고 했던 사람에게 말이죠." 포와로가 말했다.

"아, 그렇군요. 생각대로군요."

총경이 그에게 몸을 돌리고 날카롭게 쳐다보았다.

"당신 말은—."

"아무런 의미도 없는 겁니다." 포와로가 말했다.

"단지 사실을 알고 싶었을 뿐입니다."

반 올딘도 갑자기 호기심이 일었는지 그를 바라보았다.

키 작은 남자가 일어났다.

"더 이상 도움이 되지 않을 것 같군요, 예심판사."

그는 정중하게 말하면서 인사했다.

"수사의 진행상황을 계속 내게 알려 주신다면 대단히 고맙겠습니다만?"

"물론입니다."

반 올딘도 일어났다.

"나도 더 이상 이곳에 있을 필요가 없겠죠?"

"그렇습니다. 수사에 필요한 사항은 거의 알게 되었으니까요."

"그렇다면 포와로 씨와 함께 잠시 걷고 싶군요. 괜찮겠습니까?"

"영광입니다." 키가 작은 남자가 인사를 하며 말했다.

반 올딘은 커다란 시가에 불을 붙였다. 포와로는 그가 권한 시가를 사양하고, 작은 담배를 피워 물었다. 놀랄 정도로 강인한 성격을 가진 반 올딘은 이미 평소의 자신을 되찾았다.

잠시 말없이 걷다가 백만장자가 먼저 입을 열었다.

"포와로 씨, 다시 옛날 직업으로 돌아가지 않을 겁니까?"

"그렇습니다. 이젠 세상을 즐겨야지요."

"그런데 왜 이번 사건에 관여하게 되었습니까?"

"의사가 길을 걷고 있는데 사고가 일어났습니다. 그의 발 앞에서 사람이 피를 흘리며 죽어가고 있는데 그 의사가 '나는 이미 은퇴했으니까 신경 쓸 것 없이 계속 걸어가야지.'라고 말하겠습니까? 내가 니스에 도착했을 때 경찰이 도와 달라는 부탁을 했다면 나는 거절했을 겁니다. 그렇지만 이번 사건은 신이 내게 직접 떠맡긴 겁니다."

"당신은 현장에 있었다고 했습니다." 반 올딘이 생각에 잠겨서 말했다.

"객실을 조사해 봤습니까?"

포와로가 고개를 끄덕였다.

"당신이라면 분명히 사건 해결에 실마리가 될 만한 것을 발견했을 텐데요?"

"그럴지도 모르죠." 포와로가 말했다.

"내가 무엇을 궁금해하는지 당신은 알고 있을 겁니다." 반 올딘이 말했다.

"이 사건이 로슈 백작에게 결정적으로 불리하다는 건 명백합니다. 그러나 나는 바보가 아닙니다. 지난 한 시간 남짓 당신을 죽 지켜보면서 당신이 그 추측에 동의하지 않는다는 것을 깨달았습니다."

포와로가 어깨를 으쓱했다.

"내 생각이 틀릴 수도 있죠."

"그래서 내가 이렇게 당신에게 부탁하는 겁니다. 나를 위해서 이 사건을 해결해 주시지 않겠습니까?"

"당신 개인을 위해서 말입니까?"

"바로 그렇습니다."

포와로가 잠시 침묵을 지키다가 말했다.

"당신이 어떤 부탁을 하는 건지 알고 있습니까?"

"물론이죠." 반 올딘이 말했다.

"좋습니다." 포와로가 말했다.

"당신의 부탁을 받아들이죠. 그렇다면 내 물음에 솔직하게 대답해 줘야 합니다."

"물론이죠"

포와로의 태도가 갑자기 바뀌었다. 그는 다시 과거의 직업을 되찾은 듯이 말투가 무뚝뚝해졌다.

"이혼에 대해서인데—." 그가 말했다.

"바로 당신이 따님에게 이혼을 권유하지 않았습니까?"

"그렇습니다."

"그것이 언제였죠?"

"약 열흘 전이었습니다. 딸아이가 내게 사위의 행실에 대해 불평하는 편지를 보냈죠. 그래서 그 애에게 이혼밖에는 해결책이 없다고 충고해 주었습니다."

"그의 행실이 어떻다고 불평하던가요?"

"아주 소문이 좋지 않은 여자와 함께 다닌다는 겁니다. 조금 전에 우리가 잠깐 얘기한 적이 있죠. 미렐이라는 발레리나 말입니다."

"발레리나라, 아하! 그런데 케터링 부인이 이혼을 반대하지는 않았나요? 남편을 사랑하지 않은 모양이죠?"

"그렇다고 할 수 있죠." 반 올딘이 잠시 머뭇거리더니 말했다.

"그러니까 그녀의 마음이 아니라 그녀의 자존심이 손상되었다는 말이죠?"

"그렇습니다. 당신이 그렇게 말할 줄 알았습니다."

"그 결혼은 처음부터 행복하지 못했던 것 같군요"

"디렉 케터링은 철저하게 썩은 녀석입니다." 반 올딘이 말했다.

"여자를 행복하게 해줄 능력이 없어요."

"자기 행동에 책임을 질 줄 모르는 사람이란 말입니까?"

반 올딘이 고개를 끄덕였다.

"알겠습니다. 당신은 따님에게 이혼할 것을 종용했고, 그녀도 동의했습니다. 당신은 변호사에게 소송 준비를 하라고 했겠죠. 케터링 씨는 그런 소식을 언제 들었습니까?"

"내가 그 녀석을 불러서 내 계획에 대해 직접 이야기했습니다."

"그가 뭐라고 하던가요?" 포와로가 부드럽게 물었다.

반 올딘은 기억을 되살리자니 화가 나는 듯이 얼굴이 창백해졌다.

"여전히 뻔뻔스럽더군요."

"대단히 미안한 질문이지만, 그가 로슈 백작에 대해 얘기하던가요?"

"이름까지는 말하지 않았습니다." 마지못해 반 올딘이 말했다.

"그렇지만 자신만 나쁜 사람은 아니라고 말하더군요."

"혹시 그때 케터링 씨의 경제 사정이 어떠했는지 알고 있었습니까?"

"내가 그것에 대해 알고 있는지 어떻게 알았습니까?"

잠시 머뭇거리다가 반 올딘이 물었다.

"당신은 그 점에 분명히 관심을 뒀을 것 같았죠."

"글쎄요, 당신의 짐작이 옳습니다. 나는 케터링이 경제적으로 궁지에 몰려 있다는 것을 알고 있었습니다."

"그런데 이제 그가 2백만 파운드를 상속받게 된단 말이죠. 이상하지 않습니까?"

반 올딘이 그를 날카롭게 바라보았다.

"무슨 뜻이죠?"

"도덕적으로나 철학적으로 볼 때 공평하지 않다는 뜻입니다."

포와로가 말했다.

"하던 이야기를 계속합시다. 케터링 씨는 분명히 그 이혼소송에 순순히 굴복하려 하지는 않았겠죠?"

반 올딘은 잠시 침묵을 지키다가 말했다.

"그의 의도가 어땠는지는 나도 모르겠습니다."

"그 이후로는 그와 접촉이 없었습니까?"

반 올딘은 잠시 생각한 끝에 대답했다.

"없었습니다."

포와로는 그 말에 몸을 움찔하더니 잠시 뒤 모자를 벗고 그에게 손을 내밀었다.

"이제 작별인사를 해야겠습니다. 나는 당신에게 아무 도움이 되지 못할 것 같습니다."

"무슨 말을 하시는 겁니까?" 다소 화가 난 듯 반 올딘이 말했다.

"사실대로 얘기해 주지 않는다면 나는 아무것도 할 수가 없습니다."

"도대체 무슨 말인지 모르겠군요."

"아마 알고 있을 겁니다. 내가 이렇게 무례하게 행동하는 이유를 충분히 알고 있으리라고 생각합니다."

"잘 알겠습니다." 백만장자가 말했다.

"방금 내가 한 말이 사실이 아니란 것을 인정하죠. 그 이후에 나는 사위와 접촉을 가졌습니다."

"예?"

"사실은 비서인 나이튼 소령을 보내서 만일 이혼에 동의해 주면 현금으로 10만 파운드를 주겠다는 제의를 했었습니다."

"상당한 액수군요." 포와로가 감탄해서 말했다.

"그런데 당신 사위의 대답은 어땠습니까?"

"지옥에나 가라고 대답했다더군요." 불쾌한 표정으로 백만장자가 말했다.

"아!" 포와로가 말했다.

그는 자신의 감정을 숨기지 않았지만, 속으로는 사건의 진행을 차곡차곡 정리하고 있었다.

"케터링 씨는 영국을 떠나올 때 부인과 만난 적도 없고 연락도 한 적이 없다고 경찰에서 증언했는데, 그 말은 믿을 만합니까?"

"그럴 겁니다." 반 올딘이 말했다.

"아마 그는 딸아이와 부딪치지 않으려고 애썼을 겁니다."

"왜지요?"

"그 여자와 함께 있었을 테니까요."

"미렐 말입니까?"

"그렇습니다."

"어떻게 그 사실을 알게 되었죠?"

"사위에 대한 뒷조사를 부탁했던 사람이 그들 둘이서 함께 기차에 탔다고 말해 주었습니다."

"알겠습니다." 포와로가 말했다.

"그렇다면 그는 케터링 부인과 만나는 것을 피했다는 얘기가 되는군요."

키 작은 남자는 깊은 생각에 잠겨 있었다. 반 올딘은 그의 명상을 방해하지 않았다.

제17장

귀족 신사

"리비에라에 가본 적이 있나, 조지?"

다음 날 아침 포와로가 자신의 하인에게 물었다.

조지는 무뚝뚝한 인상을 풍기는 전형적인 영국인이었다.

"예, 주인어른. 2년 전 에드워드 프램튼 경의 집에서 일할 때요."

"그런데 지금은—." 그의 주인이 작은 목소리로 말했다.

"에르퀼 포와로와 함께 있다. 사람의 일이란 어떻게 될지 모르는 거지."

하인은 이 말에 아무 응답도 하지 않았다. 적당하게 시간을 끈 뒤에 그가 물었다.

"갈색 양복을 입으시겠습니까? 오늘은 바람이 좀 쌀쌀합니다."

"조끼에 기름 자국이 있네." 포와로가 반대했다.

"지난 화요일 리츠 호텔에서 점심 때 생선 조각이 옷에 튀었거든."

"이제는 그런 자국은 없습니다." 조지가 가슴을 내밀며 말했다.

"제가 지웠거든요."

"잘했네!" 포와로가 말했다.

"정말 마음에 들어, 조지."

"고맙습니다, 주인님."

잠시 침묵이 흐른 뒤, 포와로가 조용하게 말했다.

"조지, 만일 자네가 자네의 옛 주인이었던 에드워드 프램튼 경과 같은 사회적인 위치를 가지고 있다면, 돈은 한 푼도 없지만 지위 때문에 돈 많은 부인과 결혼했다고 가정했을 때, 명백한 이유를 들어서 부인이 자네에게 이혼을 요구한다면 어떻게 하겠는가?"

"제게 그런 일이 닥친다면—." 조지가 대답했다.

"그녀의 마음을 돌리도록 노력하겠습니다."

"부드러운 방법으로, 아니면 폭력을 써서?"

조지는 충격을 받은 것 같았다.

"이런 말을 해도 괜찮을지 모르겠습니다만, 주인님." 그가 말했다.

"귀족신사라면 부랑아처럼 행동하지 않을 거라고 생각합니다. 천박한 행동은 하지 않겠죠."

"그렇게 생각하나, 조지? 글쎄, 자네 말이 옳을지도 모르겠군."

문에서 노크소리가 났다. 조지가 문쪽으로 가서 문을 조금 열었다. 잠시 낮은 목소리로 뭐라고 주고받더니 하인이 포와로에게 되돌아왔다.

"메모입니다, 주인님."

포와로가 쪽지를 받았다. 총경에게서 온 것이었다.

로슈 백작을 심문하려고 합니다. 예심판사가 당신이 참석할 것을 바라고 있습니다.

"조지, 옷을 빨리 가지고 오게! 서둘러야겠어."

15분 뒤, 산뜻한 갈색 양복을 차려입은 포와로가 예심판사의 방으로 들어갔다. 코 총경은 벌써 도착해 있었다. 그와 카레스가 정중하게 인사했다.

"일이 점점 꼬여가고 있습니다." 코 총경이 힘없는 목소리로 말했다.

"백작은 살인사건이 일어나기 하루 전에 니스에 도착한 것으로 보입니다."

"그게 사실이라면, 수사는 처음부터 다시 시작해야겠군요."

카레스가 목청을 가다듬었다.

"신중하게 조사해 보지 않고 그 알리바이를 받아들일 수는 없습니다."

그는 이렇게 말하고 나서 책상 위에 있는 벨을 눌렀다.

잠시 뒤 키가 크고 얼굴이 검은 남자가 방으로 들어왔다. 멋진 옷차림에 바람기가 얼굴에 가득한 남자였다. 백작의 얼굴은 너무 귀족적으로 생겨서, 얼굴만 보고는 그의 아버지가 낭트에서 잡곡상회를 경영하던 사람이라는 사실이 믿어지지 않을 정도였다. 겉모습만 봐서는, 누구라도 그가 프랑스 혁명 때 단

두대에서 처형된 프랑스 귀족의 후예라고 생각할 것이다.

"자, 내가 왔습니다." 백작이 거만하게 말했다.

"왜 나를 만나자고 했는지 말씀해 주시겠습니까?"

"자리에 앉으시죠, 백작." 예심판사가 공손하게 말했다.

"케터링 부인의 죽음 때문입니다."

"케터링 부인의 죽음 때문이라고요? 이해할 수 없군."

"당신이—흐흠! 케터링 부인과 가깝게 지냈다는 것을 알고 있습니다."

"그건 사실입니다. 그것과 이 사건이 무슨 관계가 있죠?"

안경을 눈에 고정시킨 그는 싸늘한 시선으로 방 안 사람들을 차례로 돌아보았다. 그의 눈길은 덜렁거리는 자신의 모습을 능글능글한 시선으로 주시하고 있는 포와로에게 가장 오래 머물러 있었다.

카레스는 의자에 기대 목청을 가다듬었다.

"당신이 알고 있을지 모르겠습니다만." 그가 잠시 말을 멈추었다.

"케터링 부인은 살해되었습니다."

"살해되었다고요? 세상에! 끔찍한 일이군요."

그가 놀라고 슬퍼하는 표정은 아주 훌륭했으며—아주 자연스러웠다.

"케터링 부인은 파리와 리옹 사이에서 목이 졸려 죽었습니다."

카레스가 계속 말을 이었다.

"그리고 그녀의 보석도 도둑맞았습니다."

"그렇게 지독할 수가!" 백작이 정의의 수호자인 양 말했다.

"무슨 일이 있어도 경찰은 그 도둑을 잡아야 합니다. 요즘에는 안전한 곳이 없군요."

"부인의 핸드백에서—." 예심판사가 계속 말했다.

"당신이 그녀에게 보낸 편지를 발견했습니다. 부인은 당신과 만나기로 했던 것 같던데요?"

백작은 어깨를 으쓱하며 양손을 펼쳐보였다.

"숨겨 봤자 소용없겠군요." 그가 솔직하게 말했다.

"남자끼리니까 솔직하게 말하죠. 부인과의 관계는 인정합니다."

"파리에서 부인을 만나 함께 기차에 있지 않았나요?" 카레스가 물었다.

"원래는 그럴 계획이었습니다. 그런데 부인이 원했기 때문에 예르에서 만나기로 약속 장소를 바꿨죠."

"14일 저녁 리옹 역에서 기차를 타고 그녀를 만나지 않았습니까?"

"그러지 않았습니다. 나는 그날 아침 니스에 도착했으니까 당신의 말은 불가능하죠."

"그렇겠군요." 카레스가 말했다.

"그저 형식적인 질문입니다만, 당신이 14일 저녁부터 밤까지 어디서 무엇을 했는지 말씀해 주시겠습니까?"

백작은 잠시 생각하는 듯했다.

"몬테카를로에 있는 파리 카페에서 저녁식사를 했습니다. 그러고 나서 게임을 하러 갔습니다. 몇천 프랑을 땄죠." 그가 어깨를 으쓱했다.

"새벽 1시가 되어서야 집으로 돌아왔습니다."

"죄송합니다만, 뭘 타고 집으로 돌아왔습니까?"

"내 2인승 자동차를 타고 왔습니다."

"누구와 함께 타고 오지 않았습니까?"

"그렇지 않습니다."

"그것을 뒷받침해 줄 만한 증인들이 있습니까?"

"그날 저녁 혼자 식사하는 모습을 친구들이 봤을 겁니다."

"당신이 별장으로 돌아왔을 때 하인이 마중 나오지 않았습니까?"

"내가 직접 열쇠로 열고 들어갔습니다."

"아!" 예심판사가 낮은 목소리로 외쳤다.

다시 그는 책상 위의 벨을 눌렀다. 문이 열리고 사환이 나타났다.

"하녀인 메이슨을 들여보내게." 카레스가 말했다.

"알겠습니다, 예심판사님."

애더 메이슨이 들어왔다.

"이 사람을 잘봐요, 마드모아젤. 파리에서 기차가 섰을 때 객실로 들어왔던 사람이 이 신사분이오?"

그녀는 오랫동안 유심히 백작을 살펴보았다. 포와로는 백작이 속으로 불안해하고 있다고 생각했다.

"확실히 대답할 수가 없군요, 선생님." 메이슨이 마침내 말했다.

"그런 것 같기도 하고 아닌 것 같기도 해요. 뒷모습만 보았기 때문에 말씀드리기가 곤란하군요. 이 신사분 같기도 하네요."

"확실하지 않다면서?"

"그건─그래요." 메이슨이 마지못해 말했다.

"확실하게 말씀드리지는 못하겠어요."

"그전에 커즌 가에서 이분을 보지 못했소?"

메이슨은 머리를 흔들었다.

"집에 머무르지 않았던 손님은 알아보지 못할 것 같아요."

그녀가 해명했다.

"잘 알겠소. 그만하면 됐어요." 예심판사가 맥이 빠진 목소리로 말했다.

그는 실망한 빛이 역력했다.

"부탁이 있습니다." 포와로가 말했다.

"아가씨에게 물어볼 말이 있는데, 괜찮겠습니까?"

"물론입니다, 포와로 씨. 마음 놓고 하세요."

"차표들은 어떻게 되었죠?"

"기차표 말인가요?"

"그래요. 런던에서 니스까지 가는 기차표 말이오. 아가씨가 가졌소, 아니면 케터링 부인이 가졌소?"

"특등칸 차표는 마님이 갖고 계셨고, 나머지는 제가 가지고 있었어요."

"그 차표들을 어떻게 했죠?"

"프랑스 열차에서 차장에게 주었어요. 그게 관례라고 하더군요. 제가 잘못했나요?"

"오, 잘했어요. 난 좀 자세한 상황을 알고 싶었을 뿐이오."

코 총경과 예심판사는 이상하다는 듯이 그를 쳐다보았다. 메이슨은 잠시 멍청하게 서 있다가 예심판사가 짧게 고개를 끄덕여 용무가 끝났음을 알리자 방을 나갔다. 포와로는 종이에 뭔가를 열심히 적어서 건너편의 카레스에게 건네 주었다. 그는 쪽지를 읽자 얼굴이 밝아졌다.

"이보시오." 백작이 거만하게 말했다.

"내가 여기에 더 있을 필요가 있습니까?"

"이제 다 끝났습니다." 카레스가 미안한 듯이 서둘러 말했다.

"당신에 대해서는 조사가 끝났습니다. 케터링 부인의 핸드백에서 나온 편지 때문에 당신을 심문하지 않을 수가 없었습니다."

백작은 일어나 구석에서 자신의 멋진 지팡이를 집어들고는 가볍게 고개를 끄덕이고 방을 나갔다.

"바로 그겁니다." 카레스가 말했다.

"당신 말이 옳습니다, 포와로 씨—그에게 의심받지 않고 있다는 인상을 주는 겁니다. 부하 두 명이 그를 그림자처럼 따라다니면 그의 알리바이를 깨뜨릴 수 있을지도 모릅니다. 지금 당장은 백작의 말이 옳은지 확인할 수 없으니까요."

"그렇죠." 포와로가 생각에 잠겨 말했다.

"나는 오늘 아침에 케터링 씨에게 이곳으로 와달라고 부탁했습니다."

예심판사가 말을 계속했다.

"물어볼 것이 많지는 않지만, 한두 가지 의심스러운 점이 있거든요."

그는 말을 멈추고 자기 코를 쓰다듬었다.

"어떤 점에서요?" 포와로가 물었다.

"글쎄요." 예심판사가 기침했다.

"그와 함께 여행했다는 미렐 양 말입니다. 그녀와 케터링 씨가 각기 다른 호텔에 투숙했습니다. 좀 이상한 일 아닙니까?"

"그렇군요." 코 총경이 말했다.

"두 사람이 지나치게 몸을 사리는군요."

"바로 그 점입니다." 카레스가 의기양양하게 말했다.

"그들이 조심해야 할 이유가 뭘까요?"

"지나치게 조심한다는 말이죠?" 포와로가 말했다.

"그렇습니다."

"케터링 씨에게 한두 가지 물어봐야 할 것 같군요."

포와로가 낮은 목소리로 말했다.

예심판사가 지시를 내렸다.

잠시 뒤 언제나처럼 디렉 케터링이 활기차게 방으로 들어왔다.

"안녕하십니까?" 예심판사가 정중하게 인사했다.

"안녕하시오." 디렉 케터링이 짤막하게 대꾸했다.

"나를 불렀더군요. 새로운 사실이라도 발견했습니까?"

"앉으시죠."

디렉은 자리에 앉으면서 모자와 지팡이를 탁자에 놓았다.

"무슨 일이죠?" 그가 답답한 듯이 물었다.

"아직 새로운 사실이 발견되지는 않았습니다만."

카레스가 조심스럽게 말했다.

"그것참, 재미있군요." 디렉이 차갑게 말했다.

"그걸 말하려고 나를 이곳으로 부른 겁니까?"

"당신 부인의 일이기 때문에 당신이 이 사건 수사에 관심이 있을 거라고
생각해서요." 예심판사가 엄숙하게 말했다.

"수사에 진전이 없다고 했잖습니까?"

"몇 가지 물어볼 말이 있습니다."

"물어보시오."

"당신은 분명히 기차 안에서 부인과 만난 적도 얘기를 나눈 적도 없다고
했죠?"

"그 질문에 대해서는 이미 대답했잖습니까?"

"다시 한 번 대답해 주시겠습니까?"

디렉이 이상한 듯이 그를 노려보았다.

"나는, 그녀가, 기차에, 타고, 있었는지도, 모르고 있었소."

귀가 먹은 사람에게 얘기하듯이 그는 또박또박 말했다.

"그게 사실이란 말이죠."

카레스가 혼잣말로 중얼거리듯이 말했다.

디렉이 얼굴을 찌푸렸다.

"도대체 당신이 내게 바라는 것이 무엇인지 모르겠군요, 카레스 씨. 지금 내가 무슨 생각을 하고 있는지 압니까?"

"무슨 생각을 하고 있습니까?"

"프랑스 경찰은 참 멍청하다고 생각했습니다. 열차 강도들의 명단을 찾아볼 생각도 하지 않고 애꿎은 사람만 들볶아대니 말이오. 그렇게 호화로운 열차에서 강도 사건이 일어난 것은 어찌 보면 자연스러운 게 아니오? 프랑스 경찰은 참, 답답하게 수사를 하는군요."

"우리는 소신대로 수사할 뿐입니다."

"케터링 부인은 아직 유언장을 작성하지 않았더군요."

갑자기 포와로가 끼어들었다. 그는 손끝을 모으고 천장을 바라보고 있었다.

"나도 알고 있습니다." 케터링이 말했다.

"그런데 그걸 왜 말하는 겁니까?"

포와로의 시선은 천장에 고정되어 있었지만, 옆눈으로 디렉 케터링의 얼굴에 나타난 홍조를 보고 있었다.

"도대체 무슨 말을 하고 싶은 겁니까? 당신은 도대체 누구시죠?"

포와로는 꼬아 올려놓고 있던 발을 풀고 천장에서 시선을 떼어 젊은 남자의 얼굴을 똑바로 쳐다보았다.

"내 이름은 에르퀼 포와로요." 그가 조용히 말했다.

"세계에서 제일가는 탐정일 거요. 당신은 분명히 기차에서 당신 부인과 만난 적도 이야기한 적도 없다고 했죠?"

"도대체 무슨 말을 하는 겁니까? 당신은 내가 아내를 죽였다고 생각하는 겁니까?"

그가 갑자기 웃음을 터뜨렸다.

"내가 이래선 안 되지. 잘못하다간 창피를 당하겠군. 이봐요, 내가 아내를 죽였다면 그 보석을 훔칠 필요가 있었겠습니까?"

"그건 그렇겠군요." 조금 풀이 죽은 목소리로 포와로가 말했다.

"그 점을 미처 생각하지 못했소."

"이건 틀림없이 강도 살인사건입니다." 디렉 케터링이 말했다.

"불쌍한 루스, 이게 다 그 망할 놈의 보석 때문이오. 보석을 노리던 놈들의 소행이 분명할 겁니다. 전에도 바로 그 보석 때문에 비슷한 사건이 있었다고 알고 있습니다."

포와로가 갑자기 의자에서 일어섰다. 그의 눈에서 엷은 초록빛이 뿜어 나와 마치 먹이를 노리는 훈련을 잘 받은 고양이처럼 보였다.

"한 가지 더 물어봅시다, 케터링 씨." 그가 말했다.

"당신이 부인을 마지막으로 본 것이 언제였죠?"

"글쎄요." 케터링이 생각을 더듬어 보았다.

"약 3주일쯤 전이군요. 정확한 날짜는 기억나지 않습니다."

"알았습니다." 포와로가 냉랭하게 말했다.

"그 정도면 충분합니다."

"좋습니다." 디렉 케터링이 다급한 듯 말했다.

"다른 질문은 없습니까?"

그는 카레스 쪽으로 시선을 돌렸다. 예심판사는 포와로가 아주 희미하게 고개를 흔드는 것을 보았다.

"없습니다, 케터링 씨." 그가 정중하게 말했다.

"없습니다. 더 이상 당신에게 폐를 끼치지 않겠습니다. 안녕히 가십시오."

"안녕히 계십시오."

케터링은 인사를 하고 밖으로 나가서 문을 거세게 닫았다.

포와로는 젊은이가 방에서 나가자마자 몸을 앞으로 내밀며 또박또박 말했다.

"당신이 케터링 씨에게 루비에 대해서 언제 이야기해 주었습니까?"

"그에게 루비에 대해서 얘기한 적은 없습니다." 카레스가 말했다.

"어제 오후에 반 올딘 씨가 자세한 얘기를 해주기 이전까지 나도 루비에 대해서 잘 몰랐으니까요."

"그렇죠. 그렇지만 백작의 편지에는 루비에 대해서 쓰여 있었습니다."

카레스는 깜짝 놀란 듯했다.

"예의상 그 편지에 대해서는 케터링 씨에게 얘기하지 않았습니다."

그는 충격을 받았는지 더듬거렸다.

"하마터면 경솔하게 말을 해서 수사를 그르칠 뻔했군요."

포와로가 몸을 앞으로 내밀고 손으로 탁자를 두드렸다.

"그렇다면 그가 보석에 대해 어떻게 알게 되었을까요?" 그가 조용히 말했다.

"그는 부인과 3주일이나 만나지 못했다니까 부인이 그에게 얘기했을 리는 없을 겁니다. 반 올딘 씨나 그의 비서가 얘기했을 가능성도 희박합니다. 그들이 케터링 씨와 나눈 대화의 내용은 보석과는 무관한 것이었으니까요. 신문에도 보석에 대한 언급은 없었습니다."

그는 일어나서 모자와 지팡이를 집어들었다.

"그런데도—." 그는 혼잣말로 중얼거리듯이 말했다.

"그는 모든 사실을 알고 있습니다. 이상하군요. 정말 이상한 일입니다."

제18장

디렉의 점심식사

디렉 케터링은 곧장 네그레소로 가서 칵테일 두 잔을 시켜 단숨에 마셨다. 그는 눈부신 푸른 바다를 바라보았다. 그는 자신도 모르게 지나가는 사람들에게 눈길을 돌리고 있었다―촌스러운 옷에 표정이 없는 얼굴들이 멍청한 사람들처럼 보였다. 요즘에는 사람다운 사람을 보기가 어렵다고 그는 생각했다. 그러나 그와 조금 떨어진 탁자에 앉아 있는 한 여인을 보자 그 생각이 금방 바뀌었다. 그녀는 얼굴에 그늘을 드리운 조그만 모자를 쓰고, 오렌지색과 검은색이 잘 조화된 멋진 옷을 입고 있었다. 그는 세 번째 칵테일을 주문하고 다시 바다를 바라보았다. 익숙한 향수 냄새가 코를 자극하여 위를 올려다보니, 오렌지색과 검은색이 잘 조화된 옷을 입은 여자가 그의 앞에 서 있었다. 그녀의 얼굴을 보자, 그는 그녀가 누군지 알아차렸다. 그는 그 특유의 거만하고 유혹적인 웃음을 지었다.

"디렉!" 그녀가 부드럽게 말했다.

"나를 만난 것이 즐겁지 않나 보죠?"

그녀는 맞은편 의자에 사뿐히 앉았다.

"그래도 인사말 정도는 있어야 하잖아요?" 그녀가 빈정거리며 말했다.

"정말 뜻밖이군." 디렉이 말했다.

"언제 런던을 떠났지?"

그녀가 어깨를 으쓱했다.

"이틀 전에요."

"파르테논은 어떻게 하고?"

"눈치채지 못했나요? 그곳은 그만뒀어요."

"정말?"

"왜 이렇게 무뚝뚝해요, 디렉?"

"내가 상냥하게 대해 주길 바라나?"

미렐은 담배에 불을 붙이고 길게 연기를 뿜어낸 뒤 말했다.

"내가 경솔하게 너무 빨리 그만두었다고 생각하는 거예요?"

디렉은 그녀를 노려보더니, 어깨를 으쓱해 보이고는 형식적인 물음을 던졌다.

"여기서 식사할 건가?"

"물론이죠. 당신과 함께 식사해야죠."

"대단히 미안하군." 디렉이 말했다.

"나는 아주 중요한 약속이 있어."

"맙소사! 남자들은 꼭 어린애 같아요." 발레리나가 소리쳤다.

"당신은 런던의 우리 집에서 나간 이후로 철없는 어린애처럼 행동하고 있어요. 아, 남자들이란!"

"이봐, 미렐." 디렉이 말했다.

"당신이 지금 무슨 말을 하는 건지 모르겠어. 런던에서 우리는 같은 배를 탔다는 데 공감했잖아."

무심결에 한 말이었지만 그의 얼굴은 창백하게 굳어졌다.

"나를 속이지는 못해요." 그녀가 낮은 목소리로 속삭였다.

"당신이 나한테 어떤 일을 했는지 잘 알고 있어요."

그는 그녀를 날카롭게 노려보았다. 그녀의 목소리에 담긴 감정이 그를 긴장시켰다. 그녀는 알겠다는 듯이 그를 향해 고개를 끄덕였다.

"아! 걱정할 필요는 없어요. 나는 입이 가볍진 않으니까요. 정말 완벽했어요. 당신은 남들이 갖지 못한 용기를 가지고 있어요. 그렇지만 그런 열차 강도 사건이 가끔 일어난다는 아이디어를 제공한 것은 바로 나라는 사실을 명심해야 해요. 지금 곤란하진 않나요? 경찰이 당신을 의심하지 않던가요?"

"제기랄―."

"쉬!"

그녀는 새끼손가락에 커다란 에메랄드 반지를 낀 부드럽고 가는 손을 들어 올려서 입을 막았다.

"알았어요. 이렇게 사람들이 많은 곳에서는 얘기하지 말아야죠. 이제 그 문제는 꺼내지 않겠어요. 어쨌든 우리들의 어려움은 끝났어요. 우리의 인생이 활짝 열린 거예요."

디렉이 갑자기 웃음을 터뜨렸다. 공허하고 기가 막힌다는 듯한 웃음이었다.

"다시 내 주위로 사람들이 모인단 말이지? 2백만 파운드라면 사정이 달라지지. 내가 그 점을 미리 알았어야 하는 건데." 그가 다시 웃음을 터뜨렸다.

"당신이 그 2백만 파운드란 돈을 쓰는 것을 도와주겠지? 돈 쓰는 방법에 대해 당신보다 더 잘 아는 여자는 없으니까."

그가 다시 웃음을 터뜨렸다.

"쉬!" 발레리나가 외쳤다.

"무슨 일이 있었어요, 디렉? 봐요─사람들이 쳐다보고 있잖아요."

"나를? 무슨 일이 있는지 말해주지. 당신과 헤어지겠어, 미렐. 알겠어? 당신과는 끝났다고!"

그러나 미렐은 그가 예상했던 대로 행동하지 않았다. 그녀는 그를 잠시 쳐다보더니 부드럽게 미소 지었다.

"어린애 같군! 당신은 잠시 머리가 어떻게 됐어요. 내가 얼마나 타산적인 여자인 줄 알죠? 항상 당신에게 굽실거릴 것 같은가요?"

그녀는 몸을 앞으로 숙였다.

"나는 당신을 잘 알아요, 디렉. 나를 잘 봐요─당신에게 지금 얘기하고 있는 사람은 미렐이에요. 나는 당신이 나 없이는 못산다는 걸 알고 있어요. 나는 전에도 당신을 사랑했지만, 앞으로는 수백 배 더 당신을 사랑할 거예요. 내가 당신의 인생을 멋지게 만들어 주겠어요─그야말로 멋지게. 미렐 같은 여자는 어디에도 없어요."

그를 향한 그녀의 눈길은 타오르고 있었다. 그녀는 그의 얼굴이 창백하게 변하고, 호흡을 제대로 가누지 못하는 모습을 지켜보면서 만족한 웃음을 흘렸다. 그녀는 남자에게 마력을 발휘하는 자신의 힘을 잘 알고 있었다.

"자, 이제 됐어요." 그녀가 부드럽게 말하고 가벼운 한숨을 쉬었다.

"디렉, 점심 사줄 거죠?"

"안 돼."

그는 호흡을 가다듬고 일어났다.

"미안해. 아까 약속이 있다고 말했잖아."

"다른 사람과 함께 식사한단 말이죠! 이런, 믿어지지 않는군요."

"저기 있는 저 여자와 함께 식사하기로 했어."

그는 하얀색 옷을 입은 여자가 계단을 오르고 있는 쪽으로 다가갔다. 그는 호흡을 가다듬고 말했다.

"그레이 양, 나와 함께 점심식사를 하지 않겠습니까? 전에 탬플린 부인의 별장에서 만난 적이 있죠?"

캐서린은 뭔가를 말해 주는 듯한 그윽한 눈동자로 그를 한동안 쳐다보았다.

"고마워요." 잠시 말을 멈춘 뒤 그녀가 말했다.

"기꺼이 함께 하지요."

제19장

초대하지 않은 손님

로슈 백작은 풀코스의 정식을 먹었다. 냅킨으로 멋진 수염을 닦고 나서 그는 자리에서 일어났다. 그는 별장의 응접실을 지나면서 여기저기 흩어져 있는 몇 가지 진열품들을 하나하나 감상했다. 루이 15세의 코담뱃갑, 마리 앙투아네트가 신던 비단 신발 외에도 백작의 소장품으로 몇 점의 역사적인 유물이 더 있었다. 그는 그것들이 자기 가문의 유산이라고 방문객들에게 자랑스럽게 얘기하곤 했다. 테라스를 지나면서 백작은 가는 눈으로 지중해를 바라보았다. 사실 그는 한가하게 경치나 감상하고 있을 기분이 아니었다. 거의 이루어진 것이나 다름없던 계획이 원점으로 돌아가 버렸기 때문에 그는 계획을 새로 세워야 했다. 나무 의자에 길게 누워 흰 손가락에 담배를 낀 채 백작은 깊은 생각에 빠져 있었다.

이윽고 남자 하인인 이폴리트가 커피와 몇 가지 술을 가져왔다. 백작은 오래된 브랜디를 골랐다.

하인이 그 자리를 떠나려고 할 때 백작이 잠깐 기다리라는 몸짓을 했다. 이폴리트는 공손하게 주인의 명령을 기다리고 있었다. 그는 금방 눈에 띄는 얼굴은 아니었지만, 예절 바른 태도가 호감을 사기에 충분했다. 그는 이른바 충직한 하인의 표본이라고 할 만했다.

"다음 주에 낯선 사람들이 이 집에 찾아올지도 몰라." 백작이 말했다.

"그들은 자네와 마리를 만나려고 할 거야. 그리고 나에 대해서 이것저것 캐물을지도 모르지."

"알겠습니다, 백작님."

"벌써 그런 일이 있었던 것은 아닌가?"

"아닙니다, 백작님."

"모르는 사람이 찾아온 적이 없단 말이지. 확실한가?"

"확실합니다, 백작님."

"그렇다면 다행이군." 백작이 차갑게 말했다.

"하지만 그들은 분명히 올 거야—확실해. 그리고 자네에게 물어볼 걸세."

이폴리트는 시키는 대로 하겠다는 태도로 그를 쳐다보았다.

백작은 이폴리트를 쳐다보지 않은 채 천천히 말을 계속했다.

"자네도 알겠지만, 나는 지난 화요일 아침에 여기 도착했네. 만일 경찰이나 다른 어떤 사람이 와서 물어도 그렇게 대답하게. 나는 14일, 곧 화요일에 도착한 거야—15일 수요일이 아니란 말이지. 알겠나?"

"예, 백작님."

"어떤 숙녀와 관련된 사건이기 때문에 아주 주의해야 하네. 자네라면 잘할 수 있을 거야, 이폴리트"

"걱정하지 마십시오, 백작님."

"그런데 마리는?"

"마리에게는 제가 특별히 지시하겠습니다."

"그렇다면 됐네." 백작이 낮은 목소리로 말했다.

이폴리트가 물러간 뒤에 백작은 생각에 잠겨 블랙커피를 마셨다. 가끔 얼굴을 찡그리고 고개를 내젓다가는 이내 고개를 끄덕거리기도 했다. 그 사이에 이폴리트가 다시 그에게로 왔다.

"어떤 여자분이 찾아오셨습니다, 백작님."

"여자가?"

백작은 놀랐다. 마리나 별장에 여자가 찾아오는 것은 흔히 있는 일이지만, 그때처럼 특별한 때에 찾아오는 여자가 누구인지 백작은 짐작할 수 없었기 때문이다.

"백작님이 모르시는 여자분 같습니다." 하인이 덧붙여 말했다.

백작은 더욱 알 수가 없었다.

"이리로 모시게, 이폴리트" 그가 지시했다.

잠시 뒤 오렌지색과 검은색이 잘 조화된 화려한 옷을 차려입은 여자가 독

특하고 진한 향수 냄새를 풍기며 테라스로 왔다.

"로슈 백작님이세요?"

"그렇습니다, 마드모아젤." 백작이 인사를 하며 말했다.

"저는 미렐이라고 해요. 이름을 들어보셨는지 모르겠군요."

"아, 춤추는 모습을 보면 반하지 않는 사람이 없다는 그 미렐 양 아닙니까? 이거 정말 영광이군요."

발레리나는 그 찬사에 짧고 의례적인 미소로 답했다.

"갑자기 찾아와서 실례를 범하지나 않았는지 모르겠군요."

그녀가 말을 꺼냈다.

"별말씀을 다하십니다. 자, 의자에 앉으시죠."

의자를 앞으로 내밀며 백작이 말했다.

겉으로는 친절한 체했지만 백작은 내심 그녀를 살피고 있었다. 백작은 여자에 대해서라면 아주 능수능란한 사람이었다. 그러나 미렐처럼 남자를 사냥하는 부류의 여자에게는 많은 경험이 없었다. 그와 발레리나는 어떤 의미에서는 비슷한 종류의 인간이었다. 백작은 자기의 별장에 진열된 진귀한 물건들이 그녀의 마음을 끌 것이라는 사실을 의식하고 있었다. 그녀는 철두철미한 파리 여자였다. 그렇지만 백작이 그녀를 보는 순간 금방 알 수 있는 사실이 한 가지 있었다. 그는 그녀가 지금 매우 화가 난 상태라는 것을 눈치챘다. 화가 난 여자는 대개 평소보다 말이 많아지므로, 냉정함을 지킬 수 있는 남자라면 여자에게서 많은 이득을 볼 수 있다는 사실을 백작은 잘 알고 있었다.

"마드모아젤, 초라한 제 집을 방문해 주셔서 대단한 영광입니다."

"파리에는 당신의 친구이면서 제 친구인 사람들이 있어요." 미렐이 말했다.

"그들에게서 당신에 대한 이야기를 많이 들었죠. 그렇지만 오늘은 특별한 이유로 온 거예요. 제가 니스에 도착하고 나서 당신에 대한 이상한 얘기를 들었거든요."

"예?" 백작이 부드럽게 말했다.

"당신에게는 정말 안된 일이더군요." 발레리나가 말을 이었다.

"그렇지만 당신의 행복이 제 손에 달려 있다는 사실을 믿어야 해요. 백작님,

니스에서는 사람들이 영국인인 케터링 부인을 죽인 범인이 당신이라고 얘기하고 있답니다."

"내가—케터링 부인을 죽였다고요? 제기랄! 멍청한 사람들!"

그는 자신이 격분한 모습을 보이면 그녀에게 말려들 것을 잘 알고 있었기 때문에 되도록 감정을 억제하려고 애썼다.

"하지만 사람들은 그렇게 말하고 있어요." 그녀가 거듭 강조했다.

"어디서나 남의 말하기 좋아하는 사람들이 있죠."

백작이 관심 없는 태도로 말했다.

"그런 소문에 예민하게 반응하는 것은 제 체면에 문제 되는 겁니다."

"제 말을 이해하지 못하시는군요."

미렐이 몸을 앞으로 내밀고 까만 눈을 반짝이며 말했다.

"거리에서 떠도는 헛소문이 아니에요. 그 말은 경찰에서 나온 거라고요."

"경찰?"

백작은 놀라서 벌떡 일어났다.

미렐은 몇 번 고개를 절레절레 흔들었다.

"그래요. 이제야 제 말을 알아듣는군요. 제게는 어디에나 친구들이 있어요. 바로 그 사람이 제게—."

그녀는 우아하게 어깨를 으쓱해 보이고는 말을 멈췄다.

"아름다운 아가씨에게 친절하지 않은 사람이 어디 있겠습니까?"

백작이 상냥하게 말했다.

"경찰은 당신이 케터링 부인을 죽였다고 믿고 있지만, 저는 그들의 생각이 틀렸다는 것을 알고 있어요."

"그들은 분명히 잘못 생각하고 있는 겁니다." 백작이 가볍게 말했다.

"하지만 당신은 진상을 모르고 있을 거예요."

백작이 궁금한 듯이 그녀를 쳐다보았다.

"그럼, 당신은 케터링 부인을 죽인 범인을 알고 있다는 겁니까? 당신이 말하고 싶은 것이 바로 그겁니까?"

미렐이 고개를 끄덕였다.

"그래요."

"누굽니까?" 백작이 날카롭게 물었다.

"그녀의 남편이에요."

그녀는 백작에게 몸을 가까이 해서 분노로 떨리는 목소리로 말했다.

"그녀를 죽인 사람은 바로 그녀의 남편이에요."

백작은 의자에 등을 기댔다. 그의 얼굴은 굳어 있었다.

"그런데 당신은 그 사실을 어떻게 알게 되었죠?"

"제가 그 사실을 어떻게 알았느냐고요?" 미렐이 웃으면서 벌떡 일어났다.

"그가 내 앞에서 얘기했어요. 그는 파산한데다 지쳐 있었죠. 자기 부인의 죽음만이 자신을 구해 낼 수 있는 길이라고 했어요. 그렇게 얘기했단 말이에요. 그는 같은 기차를 타고 있으면서 그녀에게 들키지 않도록 조심했어요. 왜 그런 줄 아세요? 밤에 그녀에게 가서―, 아!" 그녀는 눈을 감았다.

"생각하고 싶지도 않아요."

백작이 잔기침을 했다.

"그랬을지도 모르죠." 그가 낮은 목소리로 말했다.

"그렇다면 그가 보석을 훔칠 필요가 없지 않겠습니까?"

"보석!" 미렐이 가쁜 숨을 몰아쉬었다.

"보석, 오! 그 루비들……."

그녀는 꿈을 꾸듯이 중얼거렸다. 백작은 보석이 여자에게 끼치는 마술적인 힘에 대해 다시 한 번 감탄을 금치 못하면서 그녀를 쳐다보았다.

그는 담담한 어조로 말했다.

"내가 어떻게 하는 게 좋을까요, 마드모아젤?"

미렐은 제정신이 든 듯 침착하게 다시 말을 시작했다.

"아주 간단해요. 경찰에 출두해서 그들에게 케터링 씨가 이 사건의 범인이라고 말하면 되는 거예요."

"그들이 나를 믿지 않는다면 어떻게 하죠? 경찰이 증거를 요구한다면?"

그는 그녀를 뚫어지게 바라보았다.

미렐은 가볍게 웃고는 오렌지색과 검은색이 조화된 옷을 잘 여몄다.

"그러면 경찰을 제게 보내세요, 백작님." 그녀가 상냥하게 말했다.

"제가 그들이 원하는 증거를 제공할 테니까요."

그녀가 일어난 자리에는 차갑고 흥분된 기운이 감돌았다.

미렐을 배웅하고 돌아오는 백작의 눈썹은 찌푸려져 있었다.

"그녀는 무척 화가 나 있었어." 그는 혼잣말로 중얼거리듯이 말했다.

"무엇 때문에 그렇게 화가 나 있을까? 하지만 그녀는 너무 순순히 얘기했어. 진짜로 케터링이 자기 아내를 죽였다고 믿는 걸까? 혹시 내가 그렇게 믿기를 바라는 건 아닐까? 어쩌면 경찰이 그렇게 믿기를 바라는 건지도 몰라."

그는 빙그레 웃었다. 그는 경찰에 찾아갈 생각이 조금도 없었다. 그는 웃으면서 경찰 측이 가능하다고 추측할 생각들을 가늠해 보고 있었다.

그러나 곧 그의 얼굴은 어두워졌다. 미렐의 말이 사실이라면 그는 경찰의 의심을 받고 있는 것이다. 그녀의 말이 사실일 수도 있고, 그렇지 않을 수도 있다. 발레리나 같은 직업을 가진 여자가 화가 나서 얘기할 때는 감정이 앞선 나머지 말의 진실성은 염두에 두지 않는 것이 보통이다. 그렇지만 그녀의 말대로 그녀에게는 확실한 정보통이 있을 수도 있다. 그게 사실이라면(그의 입이 굳게 다물어졌다), 그는 미리 손을 써두어야 했다.

그는 이폴리트를 불러서 다른 손님이 찾아오지 않았는지 물어보았다. 하인은 그를 안심시키려는 듯이 없었다고 정중하게 말했다. 백작은 침실로 올라가서 벽에 붙어 있는 오래된 책상 쪽으로 다가갔다. 그는 책상의 뚜껑을 열어서 내려놓았다. 그러고는 손끝으로 서류 정리함 중 하나의 뒤에 붙은 스프링을 찾았다. 곧 비밀 서랍이 나왔는데, 그 안에는 갈색 종이로 싼 작은 꾸러미가 있었다. 백작은 그 꾸러미를 꺼내어 손으로 들어 올려 조심스럽게 무게를 가늠해 보았다. 그는 머리로 손을 가져가서 얼굴을 조금 찡그리더니 머리카락 한 가닥을 뽑았다. 그것을 서랍 안에 넣고 조심스럽게 닫았다. 손에 작은 꾸러미를 든 채 그는 아래층으로 내려와서 진홍색 2인승 차가 있는 차고로 갔다. 10분 뒤 그는 몬테카를로로 가는 길로 접어들고 있었다.

그는 카지노에서 몇 시간을 보낸 뒤에 시내를 돌아다녔다. 곧 그는 차를 다시 타고 망통 쪽으로 몰았다. 오후 한낮쯤 그는 뒤에서 조금 떨어져 그를 쫓아오는 회색 차를 발견했다. 그 차는 잠시 뒤에도 여전히 쫓아오고 있었다. 그는 속으로 웃었다. 경사가 완만한 오르막길이었다. 그는 액셀러레이터를 세게 밟았다. 그의 진홍색 차는 백작이 직접 고안해서 만든 것으로, 겉으로 봐서는 알 수 없지만 강력한 엔진이 달려 있었다. 백작의 차는 총알처럼 달렸다.

잠시 뒤, 뒤를 돌아본 백작은 회심의 미소를 지었다. 진홍색 차는 먼지를 뒤집어쓴 채 날듯이 길을 질주했다. 위험한 속도였지만 백작의 운전 솜씨는 놀라웠다. 두 대의 차는 구부러진 언덕길을 달리고 있었다. 잠시 뒤, 백작의 차는 속도를 늦추더니 우체국 앞의 경사진 언덕에서 멈춰 섰다. 백작은 차에서 뛰어내려 짐칸의 뚜껑을 열고 갈색 종이로 싼 꾸러미를 꺼내어 황급히 우체국으로 들어갔다. 이내 그는 다시 망통으로 가는 길로 되돌아가고 있었다. 회색 차가 그곳에 도착했을 때, 백작은 어느 호텔 테라스에서 차를 마시고 있는 중이었다.

나중에 그는 몬테카를로로 돌아와서 저녁을 먹고 11시쯤 집에 도착했다. 이 폴리트가 근심 어린 얼굴로 그를 마중 나왔다.

"아! 이제 오십니까? 혹시 제게 전화하시지 않으셨습니까?"

백작은 머리를 흔들었다.

"그런데 3시쯤에 백작님의 명령이라면서 니스에 있는 네그레소로 오라는 전화를 받았었는데요."

"그래? 그래서 갔었나?" 백작이 물었다.

"그렇습니다, 백작님. 그렇지만 네그레소에 갔더니 백작님을 아는 분도 없었고, 백작님도 계시지 않더군요."

"아!" 백작이 말했다.

"마리도 장 보러 나갔었을 시간이군?"

"그렇습니다, 백작님."

"아, 됐네." 백작이 말했다.

"별로 중요한 일이 아닐세. 내가 실수를 했군."

그는 혼자 미소 지으며 2층으로 올라갔다.

방에서 그는 문을 굳게 잠그고, 방 안을 유심히 살펴보았다. 달라진 것은 없는 것 같았다. 그는 벽장과 서랍을 열어 보더니 갑자기 고개를 끄덕였다. 그가 놓고 간 물건의 위치가 뒤바뀌어 있었다. 누군가 치밀하게 조사한 것이 분명했다.

　그는 책상 쪽으로 가서 숨겨진 스프링을 눌렀다. 비밀 서랍이 열렸다. 그러나 그가 놓아둔 머리카락은 그 자리에 없었다.

　"프랑스 경찰은 대단하군." 그가 중얼거렸다.

　"대단해. 빼놓지 않고 전부 조사했어."

제20장

캐서린의 새로운 친구

다음 날 아침 캐서린과 레녹스는 마거릿 별장의 테라스에 앉아 있었다. 비록 나이는 차이가 있었지만 그들 사이엔 자연스러운 우정 같은 것이 싹트고 있었다. 레녹스가 없었다면, 캐서린은 마거릿 별장의 생활을 견디기 어려웠을 것이다. 그들은 케터링에 대해서 얘기하고 있었다. 탬플린 부인은 캐서린이 그 사건에 관련되었다는 사실을 자신에게 유용하게 이용하려고 했다. 캐서린도 그런 것을 짐작하고 있었지만 탬플린 부인을 막을 수는 없는 노릇이었다. 레녹스는 자신과는 상관없는 일이라는 듯 어머니의 태도를 지켜보고 있었지만 속으로는 캐서린의 입장을 동정하고 있었다. 그 분위기는 처비 때문에 깨져 버렸다. 그는 순진한 얼굴에 웃음을 함빡 지으며 캐서린을 모두에게 소개했다.

"이분이 그레이 양입니다. 푸른 열차 사건 아시죠? 이분이 그 사건 현장에 있었어요! 살인사건이 일어나기 바로 몇 시간 전에 루스 케터링과 몇 시간 동안이나 얘기를 나누었답니다. 정말 이상한 인연이 아닙니까?"

이런 이야기 때문에 그날 아침 캐서린의 기분은 엉망이 되어 있었다. 사람들이 돌아가고 나자 레녹스가 그녀를 위로해 주었다.

"이런 분위기는 처음이시죠? 아직 많은 것을 배워야 해요, 캐서린 아줌마."

"화를 내서 미안해. 아직 수양이 부족한 모양이야."

"이제는 사람을 똑바로 알아야 할 때가 온 것 같아요. 처비는 순하기만 한 사람이죠. 그분에게는 악의라고는 조금도 없어요. 엄마도 물론 그렇다고 할 수 있겠지만, 하지만 이상한 기미가 보인다고 해서 이성을 잃지는 마세요. 아줌마에게 절대로 이익이 되는 일은 없을 테니까. 엄마가 크고 푸른 눈으로 간절하게 말해도 동요하면 안 돼요."

캐서린은 레녹스의 말에 아무 대꾸도 하지 않았다. 다시 레녹스가 말을 계속했다.

"저도 처비와 비슷한 데가 있어요. 살인사건에 관심이 많고—또 디렉이 관련되었으니까요."

캐서린이 고개를 끄덕였다.

"어제 그와 점심식사를 함께했다면서요?" 레녹스가 따지듯이 물었다.

"그를 좋아하세요?"

캐서린은 잠시 생각에 잠겨 있다가 아주 느리게 말했다.

"나도 잘 모르겠어."

"그는 아주 매력적인 사람이에요."

"그래. 매력적인 사람이더구나."

"그를 좋아하지 않을 이유가 없잖아요?"

캐서린은 이 물음에 직접적으로 대답하지는 않았다.

"그는 자기 부인의 죽음에 대해 이야기하더구나." 그녀가 계속 말했다.

"그 사건이 자기에게 굉장한 행운을 가져다줄 것이라는 사실을 숨기지 않겠다고 했어."

"아줌마는 굉장히 놀랐겠군요." 레녹스가 말했다.

그녀는 말을 멈추었다가 잠시 뒤 미묘한 감정이 섞인 말투로 다시 이야기를 꺼냈다.

"그 사람은 아줌마를 좋아해요."

"그는 내게 맛있는 점심을 사주었을 뿐이야."

미소를 지으며 캐서린이 대꾸했다.

"저는 그 사람이 우리 집에 왔던 날 밤을 똑똑히 기억하고 있어요."

레녹스가 천천히 말했다.

"그 사람이 아줌마를 쳐다보던 그 눈빛—그것은 평상시 그의 눈빛이 아니었어요. 그 반대였어요. 뭐라고 해야 할까, 마치 성스러운 것을 바라보는 눈빛 같았어요."

"전화가 왔습니다, 마드모아젤." 마리가 창가에 나타나서 말했다.

"에르퀼 포와로 씨가 통화하고 싶으시답니다."

"드디어 시작이군요. 가보세요, 캐서린 아줌마. 어서 탐정 전화를 받아야죠."

에르퀼 포와로의 목소리는 깨끗하고 분명하게 들렸다.

"그레이 양입니까? 케터링 부인의 아버지인 반 올딘 씨의 말을 전하기 위해서 전화했습니다. 그가 당신을 무척 만나고 싶답니다. 마거릿 별장이나 그가 묵고 있는 호텔 중에서 좋을 대로 약속 장소를 정했으면 하더군요."

캐서린은 잠시 생각해 보았다. 반 올딘이 마거릿 별장에 오는 것은 불필요할 뿐만 아니라 그녀에게는 또 다른 괴로움을 줄 것이다. 탬플린 부인이 그의 출현에 무슨 일을 꾸밀 것이 분명하기 때문이다. 백만장자가 찾아온 좋은 기회를 절대로 그냥 넘겨 버릴 여자가 아니다. 그녀는 포와로에게 자기가 니스로 가겠다고 말했다.

"좋습니다, 마드모아젤. 내 차로 당신을 모시러 가죠. 45분 뒤가 어떻습니까?"

포와로는 정확한 시간에 나타났다. 캐서린은 준비를 마치고 기다리고 있었기에 그들은 곧 출발할 수 있었다.

"잘 지냈습니까, 마드모아젤?"

그녀는 반짝이는 눈으로 그를 바라보았다. 첫인상과 마찬가지로 포와로에게는 사람의 마음을 끄는 매력이 있다고 그녀는 생각했다.

"이 사건이 우리의 추리소설이죠?" 포와로가 말했다.

"우리가 함께 조사해 보자고 내가 약속했었죠. 나는 언제나 약속을 지킨답니다."

"당신은 너무 친절하세요." 캐서린이 말했다.

"아, 그런 말 하지 마십시오. 그건 그렇고, 수사 진행상태에 대해 듣고 싶지 않습니까?"

캐서린은 듣고 싶다고 대답했다. 포와로는 로슈 백작에 대해 대강 설명해 주었다.

"당신은 그 사람이 케터링 부인을 죽였다고 생각하시는군요."

캐서린은 생각에 잠겨서 말했다.

"이론상으론 그렇다는 거죠." 포와로가 변호하듯이 말했다.

"그럼, 선생님은 그렇게 믿지 않는다는 건가요?"

"그렇다고 말하지는 않았습니다. 그런데 마드모아젤, 당신 생각은 어떻습니까?"

캐서린이 머리를 흔들었다.

"제가 어떻게 알겠어요? 저는 이런 일은 처음인걸요. 하지만—."

"말해 봐요." 포와로가 부추겼다.

"글쎄요—백작이 선생님이 말한 그런 사람이라면 그는 누구를 죽일 수 있을 것 같진 않군요."

"아! 정말 훌륭합니다." 포와로가 소리쳤다.

"당신도 내 생각과 똑같군요. 나도 경찰에게 그렇게 얘기했습니다."

그는 날카롭게 그녀를 바라보았다.

"그런데 디렉 케터링을 만났다고요?"

"탬플린 부인의 별장에서 만났어요. 그리고 어젠 함께 점심을 했지요."

"나쁜 자식—."

포와로가 머리를 절레절레 흔들며 불어로 말했다.

"여자들은 그런 녀석들을 좋아하나 보죠?"

그가 눈을 반짝거리며 그녀에게 말하자, 캐서린은 웃음을 터뜨렸다.

"그는 어디를 가도 눈에 띄는 사람이지요." 포와로가 계속 말했다.

"당신은 분명히 푸른 열차에서 그를 봤다고 했죠?"

"예, 봤어요."

"식당칸에서요?"

"아니에요. 식사할 때는 못 봤어요. 딱 한 번 봤는데—그는 자기 부인의 객실로 들어가고 있었어요."

포와로가 고개를 끄덕였다.

"복잡한 사건이군." 그가 혼잣말로 중얼거렸다.

"나는 당신이 그때 깨어 있었다고 한 말을 믿습니다. 그런데 리옹 역에서 창밖을 쳐다볼 때 백작같이 키가 크고 피부가 검은 남자가 기차에서 내리는 모습을 보진 못했습니까?"

캐서린이 머리를 흔들었다.

"그런 남자는 못 본 것 같아요." 그녀가 말했다.

"모자를 쓰고 외투를 입은 청년을 보긴 했는데─플랫폼을 왔다 갔다 했던 것으로 보아 기차에서 내리는 사람 같지는 않았어요. 또, 수염을 기른 뚱뚱한 프랑스 사람을 보았는데, 커피를 마시고 싶다고 하는 것 같았어요. 그밖에는 모두 기차에서 내리는 사람들이었어요."

포와로가 고개를 여러 번 끄덕였다.

"중요한 건 아닙니다." 그가 말했다.

"그에게는 알리바이가 있어요. 하지만 알리바이란 것은 원래 믿을 만한 것이 못됩니다. 언제나 철저히 조사해야 하는 거죠. 이 사건도 마찬가지예요."

그들은 곧장 반 올딘의 객실로 올라갔다. 그곳에는 나이튼이 있었다. 포와로는 그를 캐서린에게 소개했다. 의례적인 인사가 오고 간 뒤 나이튼이 먼저 말했다.

"반 올딘 씨께 그레이 양이 오셨다고 말씀드리겠습니다."

그는 그 방과 연결된 옆방으로 들어갔다. 낮은 속삭임 소리가 들리고 난 뒤, 반 올딘이 그 방으로 와서 캐서린을 날카롭게 쳐다보더니 그녀에게 손을 내밀었다.

"만나게 되어 반갑소, 그레이 양." 그가 짤막하게 인사했다.

"당신에게서 루스에 대한 얘기를 듣고 싶어서 이렇게 만나자고 했습니다."

백만장자의 단순하고 조용한 태도는 캐서린에게 무척 강한 인상을 주었다. 그런 태도는 겉으로 드러난 어떤 행동보다 캐서린에게 더 절실한 슬픔을 느끼게 했다. 그는 의자를 앞으로 내밀었다.

"여기 앉아요. 그리고 그때 있었던 일을 모두 얘기해 주시기 바랍니다."

포와로와 나이튼은 조용히 옆방으로 옮겨갔다. 캐서린과 반 올딘 두 사람만이 그 방에 있었다. 그녀는 반 올딘에게 말하는 것이 부담스럽지는 않았다. 아주 단순하고 자연스럽게 그녀는 루스 케터링과 나눈 대화를 반복했으며, 될 수 있는 대로 단어 하나도 빼놓지 않으려고 애썼다. 그는 한 손으로 눈을 가린 채 의자에 기대어 조용히 듣고 있었다. 그녀의 말이 끝나자 그는 조용하게 말했다.

"고맙소."

그들은 잠시 아무 얘기도 없이 앉아 있었다. 캐서린은 그에게 위로의 말을 해도 아무 소용이 없다는 것을 잘 알고 있었다.

이윽고 백만장자가 어조를 바꿔 말을 꺼냈다.

"정말 고마워요, 그레이 양. 당신이 루스가 저세상으로 가기 전에 그 애의 영혼을 위로해 준 것 같군요. 음, 당신에게 물어볼 것이 있습니다. 당신도—포와로 씨가 얘기한 것으로 압니다만, 내 딸을 그 지경으로 만든 사기꾼 녀석에 대해 들었을 겁니다. 루스가 만날 거라고 얘기했던 바로 그 녀석 말이오. 당신 생각에는 내 딸이 당신과 이야기를 하고 나서 하녀를 중도에 내리게 했을 만큼 마음을 바꿨을 것 같습니까? 그래서 약속을 취소하려고 했던 것 같습니까?"

"확실히 말씀드릴 수는 없군요. 그녀는 분명히 어떤 결심을 했었고, 그 결심 때문인지 기분이 좋아진 것처럼 보였어요."

"루스가 어디서 그 녀석을 만나기로 했는지 얘기하지는 않았소—파리라든가 아니면 예르라든가?"

캐서린은 머리를 흔들었다.

"그것에 대해서는 아무 말도 하지 않았어요."

"아!" 반 올딘이 심각하게 말했다.

"그게 참 중요한 문제인데, 어쨌든 시간이 지나면 알게 되겠지."

그는 일어나서 옆방으로 통하는 문을 열었다. 포와로와 나이튼이 들어왔다.

캐서린은 반 올딘이 함께 점심식사를 하자는 제의를 사양했다. 나이튼은 그녀를 따라 아래층으로 내려와서 차를 태워 보내주었다. 그가 다시 방으로 돌아오자, 포와로와 반 올딘이 심각한 표정으로 얘기를 나누고 있었다.

"루스가 어떤 결심을 했는지 알 수만 있다면—."

백만장자가 생각에 잠겨서 말했다.

"중요한 단서가 될 수 있었을 텐데. 어쩌면 루스는 파리에 내려서 내게 전화하려고 했는지도 모릅니다. 아니면 프랑스 남부로 가서 거기에서 백작을 만날 예정이었는지도 모르죠. 우리는 지금 아무것도 모르고 있어요. 유일한 목격자인 하녀도 파리 역에서 백작이 나타나는 바람에 놀라고 당황해서 제대로 기억하지 못하겠다고 했습니다. 아마 그가 그곳에 나타난 것은 미리 계획된 것이 아니었을 겁니다. 자네도 내 생각과 같은가, 나이튼?"

비서는 놀란 것 같았다.

"뭐라고 말씀하셨습니까, 반 올딘 씨? 듣지 못했습니다."

"꿈이라도 꾸고 있었나?" 반 올딘이 미소를 지었다.

"그 여자에게 홀딱 빠진 모양이군."

나이튼의 얼굴이 붉어졌다.

"그녀는 정말 좋은 여자더군." 반 올딘이 천천히 말했다.

"아주 훌륭해. 그녀의 눈을 보았나?"

"어떤 남자라도—." 나이튼이 말했다.

"그녀의 눈을 보면 끌리게 될 겁니다."

제21장

테니스장에서

며칠이 지났다. 캐서린이 혼자 산책을 하고 돌아오자 레녹스는 기다렸다는 듯이 씩 웃으며 말했다.

"그 청년에게서 전화가 왔었어요, 캐서린 아줌마."

"누구 말이지?"

"새로운 사람—루퍼스 반 올딘의 비서 말이에요. 아줌마의 인상이 좋았나 봐요. 아줌마에게는 남자의 마음을 무너뜨리는 힘이 있는 것 같아요. 처음에는 디렉 케터링, 이번에는 젊은 나이튼. 재미있는 것은, 그 사람도 제가 잘 알고 있는 사람이라는 거예요. 그는 엄마가 경영했던 전쟁병원에 있었어요. 그 당시 나는 여덟 살의 어린애였죠."

"그가 심하게 다쳤었니?"

"아마 다리에 총을 맞았을 거예요, 힘든 수술이었대요. 의사들이 조금 실수 했나 봐요. 다리를 절지 않을 수도 있었는데, 그는 완쾌되지 않은 상태에서 퇴원했었다더군요."

탬플린 부인이 나와서 끼어들었다.

"캐서린에게 나이튼 얘기를 했니?" 그녀가 물었다.

"불쌍한 사람! 처음에는 나도 기억하지 못했단다—워낙 환자가 많았으니까. 그런데 다시 돌아오다니."

"기억될 만큼 중요한 인물이 아니었으니까요." 레녹스가 말했다.

"하지만 지금은 백만장자의 비서가 되었으니 상황이 바뀌었죠."

"얘야!" 탬플린 부인이 나무라는 투로 말했다.

"나이튼 소령이 무슨 일로 전화를 했다던?" 캐서린이 물었다.

"아줌마가 오늘 오후에 테니스장에 갈 수 있는지 물어봤어요. 갈 수 있다면 자기가 차를 가지고 아줌마를 데리러 오겠다고 하더군요. 엄마와 나는 아줌마를 위해서 기꺼이 그러겠노라고 했지요. 아줌마가 비서와 얘기하는 동안 나는 백만장자와 함께 있을 기회를 얻을지도 모르잖아요. 그는 예순 살 정도니까, 나같이 젊고 발랄한 여자와 이야기하고 싶어할 거예요."

"나도 반 올딘 씨를 만나고 싶단다." 탬플린 부인이 진지하게 말했다.

"그는 아주 유명한 사람이지, 전형적인 미국 사람이고."

그녀는 말을 중단했다.

"너무 매력적이야." 그녀는 다시 중얼거리듯이 말했다.

"나이튼 소령은 반 올딘 씨가 초대하는 거라는 말을 강조했어요."

레녹스가 말했다.

"그는 내가 아주 눈치가 빠르다고 하더군요. 당신과 나이튼은 멋진 커플이 될 거예요. 행운을 빌어요, 캐서린 아줌마."

캐서린은 웃으며 옷을 갈아입으러 2층으로 올라갔다.

나이튼은 점심식사 직후에 도착했다. 그는 탬플린 부인의 입에 발린 칭찬을 남자답게 다 들어주었다.

그들이 칸을 향해 달리고 있을 때, 그가 캐서린에게 말했다.

"탬플린 부인도 많이 변했더군요."

"태도가요, 아니면 외모가요?"

"둘 다 그렇습니다. 분명히 그녀는 마흔 살이 넘었을 텐데 아름다움은 여전하더군요."

"그래요." 캐서린도 그의 말을 인정했다.

"당신이 초대에 응해 줘서 매우 기쁩니다." 나이튼이 말을 이었다.

"포와로 씨도 거기에 올 겁니다. 정말 키가 작은 사람이에요. 그를 잘 아나요, 그레이 양?"

캐서린은 머리를 흔들었다.

"여기로 오는 기차에서 만났을 뿐이에요. 나는 그때 추리소설을 읽고 있다가 그런 일은 실제로 일어나지 않는다고 불쑥 말해 버렸어요. 물론 그때는 그가 누구인지 전혀 몰랐죠."

"그는 놀랄 만한 사람입니다." 나이튼이 천천히 말했다.

"그리고 놀랄 만한 일도 많이 했죠. 그는 사건의 뿌리를 찾아내는데 천재적인 재능을 가지고 있으며, 다른 사람들이 미처 생각하지도 못하는 결론을 내려서 그것이 옳다는 것을 증명해 내곤 합니다. 내가 요크셔에 있는 집에 있을 때의 일이 기억나는군요. 클랜래번 부인이라는 여자가 보석을 도둑맞았습니다. 처음에는 단순한 강도 사건인 줄 알았죠. 지방경찰에서는 쩔쩔매고 있었습니다. 나는 그들에게 에르퀼 포와로에게 도움을 청하라고 말해 주었죠. 그 사람만이 사건을 해결할 수 있다고 하면서요. 그런데 그들은 내 말을 무시하고 런던경시청으로 연락했습니다."

"그래서 어떻게 되었어요?" 캐서린이 궁금한 듯 물었다.

"보석은 결국 찾지 못했지요." 나이튼이 담담하게 말했다.

"당신은 정말 그를 믿나요?"

"물론입니다. 로슈 백작은 약삭빠르고 교활한 사람입니다. 그렇지만 그도 이제 에르퀼 포와로를 만났으니 큰코다치게 될 겁니다."

"로슈 백작이 정말로 범인이라고 생각하세요?"

캐서린이 골똘히 생각하며 말했다.

"물론입니다." 나이튼이 뜻밖이라는 듯이 그녀를 쳐다보았다.

"당신은 그렇게 생각지 않습니까?"

"오, 아니에요." 캐서린이 황급히 말했다.

"내 말은 단순한 열차 강도 사건 같지는 않다는 거예요."

"물론 그건 그렇습니다." 상대방이 말했다.

"그렇지만 내 생각으로는 여러 가지 상황을 종합해 볼 때, 로슈 백작이 범인임이 틀림없습니다."

"하지만 그에게는 알리바이가 있잖아요."

"오, 알리바이!"

나이튼이 웃자 그의 천진한 얼굴이 더욱 매력적으로 보였다.

"추리소설을 읽는다고 했죠, 그레이 양? 알리바이란 신중히 조사해 봐야 하는 겁니다."

"당신은 실제로 그런 일이 일어나리라고 생각하세요?" 캐서린이 물었다.

"그렇지 않을 이유도 없죠? 소설은 사실을 토대로 하는 거니까요."

"하지만 사실보다는 설득력이 없어요." 캐서린이 주장했다.

"그럴지도 모르죠. 어쨌든 내가 범인이라고 해도 에르큘 포와로가 수사한다면 두려울 겁니다."

"그건 나도 마찬가지예요." 캐서린이 웃으며 말했다.

그들이 도착하자 포와로가 맞아주었다. 날씨가 따뜻해서인지 그는 하얀 양복을 입고 있었으며, 단추 구멍에는 흰 동백꽃이 꽂혀 있었다.

"안녕하세요, 마드모아젤." 포와로가 인사했다.

"내가 영국인처럼 보이지 않습니까?"

"정말 멋있어요." 캐서린이 상냥하게 말했다.

"나를 놀리는군요." 포와로가 부드럽게 말했다.

"어쨌든 멋있다는 말을 들으니 기분이 좋은데요. 파파 포와로는 언제나 마지막에 웃죠."

"반 올딘 씨는 어디에 계십니까?" 나이튼이 물었다.

"이곳으로 올 겁니다. 사실대로 말하자면, 반 올딘 씨는 내가 별로 마음에 들지 않는 모양입니다. 미국인들이란―침착하고 조용한 것을 몰라요! 반 올딘 씨만 해도 내가 범인을 찾아 니스의 뒷골목을 샅샅이 뒤지기를 바라고 있거든요."

"사실은 저도 그것이 그리 나쁜 방법이라고 생각하지 않습니다."

나이튼이 거들었다.

"그건 그렇지 않아요." 포와로가 말했다.

"이런 일에 필요한 것은 힘보다는 두뇌입니다. 테니스장에는 모두 모일 겁니다. 그게 중요한 거죠. 아, 저기 케터링 씨가 왔군요."

디렉이 그들에게 다가왔다. 그는 무엇인가에 잔뜩 화가 났는지 인상을 찌푸리고 있었다. 그와 나이튼은 서로 굳은 얼굴로 인사했다. 포와로 혼자만이 주변 분위기를 무시한 채 사람들을 즐겁게 해주는 이야기를 열심히 하였다. 그가 의례적인 찬사를 늘어놓았다.

"당신이 그렇게 불어를 잘하는지 미처 몰랐습니다, 케터링 씨." 그가 말했다.

"너무 잘해서 마치 프랑스인으로 착각할 정도예요. 영국인들 중에는 그렇게 잘하는 사람이 드물죠."

"저도 그랬으면 좋겠어요." 캐서린이 말했다.

"제 불어는 너무 영국식이거든요."

그들은 모두 자리에 앉았다. 나이튼은 자리에 앉자마자 그의 주인이 그를 향해 손짓하는 모습을 보고는 테니스장의 맞은편으로 갔다.

"인상이 아주 좋은 사람입니다."

비서가 걸어가는 뒷모습을 보면서 포와로가 환하게 웃으며 말했다.

"당신 생각은 어떻습니까, 마드모아젤?"

"저도 저 사람이 아주 좋아요."

"당신은 어떻습니까, 케터링 씨?"

디렉의 입술이 뭔가를 말하려다 다시 다물어졌다. 그를 바라보는 벨기에인의 반짝이는 눈동자가 그를 당황하게 만든 것 같았다. 그는 신중하게 말했다.

"나이튼은 아주 좋은 사람입니다."

그 순간 캐서린은 포와로가 그 말을 뜻밖으로 생각한다고 느꼈다.

"그는 당신의 열렬한 숭배자예요, 포와로 씨."

그녀는 이 말과 함께 차 안에서 나이튼이 했던 말을 들려주었다. 그녀는 키 작은 남자가 누구도 속이지 못할 것 같은 과장된 몸짓으로 자랑스럽게 가슴을 내미는 모습을 즐겁게 지켜보았다.

"그 얘기를 들으니 생각나는 것이 있습니다, 마드모아젤."

그가 갑자기 말했다.

"대수롭지 않은 거지만 물어보고 싶은 게 있습니다. 당신은 기차에서 그 부인과 얘기하고 나서, 담배 케이스를 놓고 나오지 않았습니까?"

캐서린은 조금 놀란 듯했다.

"그런 기억은 없는데요."

포와로는 주머니에서 금색으로 'K'라는 대문자가 새겨진 푸른 가죽으로 된 담배 케이스를 꺼내 보였다.

"아니에요. 그건 제 것이 아닌데요." 캐서린이 말했다.

"아, 정말 미안합니다. 그렇다면 이것은 분명히 케터링 부인의 것이겠군요. 'K'는 물론 케터링을 나타내겠지요. 그런데 이상하게도 부인의 핸드백에서 또다른 담배 케이스가 나왔습니다. 그렇다면 부인은 담배 케이스를 두 개 가지고 있었다는 건데요."

그가 갑자기 디렉에게 시선을 돌렸다.

"이것이 당신 부인의 것인지 아닌지 모르겠습니까?"

디렉은 흠칫 놀라는 듯했다. 그는 더듬거리는 목소리로 대답했다.

"나, 나는 모르겠어요. 아마 아내의 것일 테지요."

"당신 것이 아니라는 말이군요?"

"그럼요. 내 것이라면 아내가 가지고 있을 리가 없죠."

포와로는 더욱 순진하고 어린애처럼 보였다.

"난 당신이 부인의 객실에 있을 때 떨어뜨린 줄로 알았습니다만."

포와로가 변명하듯이 말했다.

"나는 거기에 가지 않았습니다. 경찰에게 수십 번도 더 말했잖습니까."

"정말 미안합니다." 미안해서 어쩔 줄 모르겠다는 듯이 포와로가 말했다.

"당신이 객실로 들어가는 모습을 봤다고 여기 있는 이 마드모아젤이 얘기했거든요." 그는 당황해서 말을 멈추었다.

캐서린은 디렉을 쳐다보았다. 그의 얼굴이 창백하게 변하리라고 생각했던 것은 지나친 오판이었다. 포와로의 말이 끝나자 그는 자연스럽게 웃으며 말했다.

"잘못 보셨군요, 그레이 양." 그가 가볍게 말했다.

"경찰에게 말했다시피, 내 객실은 아내의 객실과 한 칸이나 두 칸 정도 떨어져 있었습니다. 물론 그때는 그런 줄 몰랐죠. 당신은 내가 내 객실로 들어가는 모습을 봤을 겁니다."

그는 반 올딘과 나이튼이 다가오는 모습을 보고서 자리에서 일어났다.

"나는 그만 가봐야겠습니다." 그가 말했다.

"장인어른과는 도저히 한자리에 있지 못하겠습니다."

반 올딘은 캐서린에게 정중하게 인사했지만, 기분이 썩 좋지 않은 것은 분명했다.

"테니스 구경을 좋아하는 것 같군요, 포와로 씨." 그가 빈정거렸다.

"무척 좋아합니다." 포와로가 되받아서 조용하게 말했다.

"더구나 여기는 프랑스니까요." 반 올딘이 말했다.

"영국에서는 이렇게 한가할 겨를이 없죠. 즐거움보다는 사업이 우선이니까."

포와로는 대답 대신에 화가 나 있는 백만장자에게 부드러운 웃음을 보냈다.

"너무 화내진 마십시오. 누구나 일하는 데에는 자신만의 방법이 있기 마련입니다. 나는 일하면서 즐거움도 누리는 것이 가능하다고 믿습니다."

그는 나머지 두 사람을 바라보았다. 그들은 서로 이야기하는 데 정신이 없었다. 포와로는 흡족한 듯이 고개를 끄덕이고는 백만장자에게 몸을 기울여서 낮은 목소리로 속삭였다.

"내가 여기에 온 것은 즐기기 위해서만은 아닙니다, 반 올딘 씨. 우리 맞은편에 있는 키 큰 늙은이를 잘 보십시오. 노란 얼굴에 근엄한 턱수염을 기른 사람 말입니다."

"저 사람이 누구죠?"

"저 사람아—파포폴루스 씨입니다." 포와로가 말했다.

"그리스 사람입니까?"

"그렇습니다. 골동품계에서는 세계적으로 유명한 상인이죠. 파리에 조그만 가게를 가지고 있는데 경찰들에게 엄중한 감시를 받고 있습니다."

"왜 그렇죠?"

"장물, 그중에서도 보석을 주로 취급하니까요. 그는 모조품과 진품을 귀신같이 가려내는 눈을 가지고 있죠. 유럽 왕실뿐만 아니라 지하세계의 은밀한 조직과도 거래한다고 알려졌답니다."

반 올딘은 새삼스러운 듯이 포와로를 바라보았다.

"그래서요?" 그는 부드러워진 목소리로 물었다.

"내가, 이 에르퀼 포와로가 나 자신에게 물어보았죠." 포와로가 말을 이었다. "왜 그가 여기 니스에 나타났을까?"

반 올딘은 포와로를 다시 생각하게 되었다. 잠시나마 이 키 작은 남자가 자신의 일을 소홀히 하고 있다는 생각은 속단이었다는 것을 알았다. 다시 그에 대한 믿음이 되돌아왔다. 그는 키 작은 탐정을 똑바로 바라보았다.

"정말 미안합니다, 포와로 씨."

포와로는 과장된 손짓으로 그의 사과를 물리쳤다.

"천만에요." 그가 소리쳤다.

"신경 쓰지 마십시오. 자, 반 올딘 씨. 당신에게 알려 드릴 소식이 있습니다."

백만장자는 정신을 바짝 차리고 그를 주시했다.

포와로가 고개를 끄덕거렸다.

"당신도 관심을 두게 될 겁니다. 당신도 아시다시피, 로슈 백작이 예심판사에게 취조를 받은 뒤로 경찰에서는 은밀하게 그의 뒷조사를 하고 있었습니다. 그 뒤로 경찰은 그가 없는 틈을 타 마리나 별장을 수색했었죠."

"그래서 뭐라도 찾아냈습니까?" 반 올딘이 조급하게 물었다.

"내 생각으로는 소득이 없었을 것 같은데."

포와로가 가볍게 고개를 끄덕였다.

"당신의 예상대롭니다, 반 올딘 씨. 경찰은 단서가 될 만한 것은 하나도 발견하지 못했지요. 예상이 빗나간 셈이죠. 로슈 백작은, 당신이 말했던 것처럼 미천한 출신의 티를 내지 않더군요. 그는 경험이 풍부하고 예리한 두뇌를 가진 신사입니다."

"좋습니다, 계속해 보시오." 노기를 누르며 반 올딘이 말했다.

"물론 백작에게는 숨겨야 할 것이 하나도 없을 수도 있습니다. 어쨌든 그럴 가능성을 무시해서는 안 됩니다. 그가 숨겨야 할 물건이 있다면 어디에 두었을까요? 집 안에는 아무것도 없었습니다─경찰이 철저히 수색했죠. 몸에 지니지도 않았을 겁니다─언제, 어디서 붙잡힐지 모르니까요. 그렇다면 생각할 수 있는 곳은 그의 차입니다. 말했다시피 그는 미행당하고 있었습니다. 그날 몬테카를로로 갈 때도 마찬가지였습니다. 그는 거기에서 직접 차를 몰고 망통을 향해서 달렸습니다. 그의 차가 성능이 워낙 좋아서 미행했던 차를 금방 따돌려서, 15분 뒤에는 경찰의 시야에서 그의 차가 완전히 사라져 버렸답니다."

"그렇다면 그동안 백작이 길가에 뭔가를 숨겼다는 말입니까?"

반 올딘이 관심을 나타내며 물었다.

"길가에요? 아닙니다. 그럴 수는 없었을 겁니다. 잘 들어보시오. 내가 카레스 예심판사에게 어떤 제안을 했더니, 그가 대단히 기뻐하며 내 제안을 받아들이더군요. 그 근처의 우체국에는 백작이 잘 아는 사람들이 있습니다. 물건을 감추는 가장 좋은 방법은 우편으로 그 물건을 보내는 것이죠."

"예?" 반 올딘이 소리쳤다. 그의 얼굴은 기대와 흥분으로 밝아졌다.

"자—보시죠!"

포와로는 멋진 동작으로 끈이 느슨하게 늘어져 포장이 풀린 갈색 꾸러미를 주머니에서 꺼냈다.

"그 15분 동안에 백작이 이것을 부쳤더군요."

"보내는 주소는?" 상대방이 성급하게 물었다.

포와로는 고개를 끄덕였다.

"뭔가 단서를 줄 거라고 생각했는데, 불행히도 그렇지 않았습니다. 그 꾸러미는 돈만 조금 지불하면 편지나 소포 따위를 보관해주는 파리의 어떤 상점으로 보내는 거였습니다."

"안에 뭐가 들었습니까?" 반 올딘이 궁금한 듯이 물었다.

포와로는 포장을 풀고 네모난 상자를 꺼내고 나서 주위를 둘러보았다.

"지금이 좋습니다." 그가 나지막이 말했다.

"모두 테니스 경기에 정신이 팔려 있군요. 자, 보세요."

그는 상자의 뚜껑을 조금 열었다. 낮은 신음이 백만장자의 입에서 터져 나왔다. 그의 얼굴은 백지장처럼 하얗게 질렸다.

"세상에!" 그가 숨을 몰아쉬었다.

"루비잖아!"

그는 놀라서 한동안 아무 말도 하지 않았다. 포와로는 상자를 다시 주머니에 집어넣고 환하게 웃었다. 갑자기 백만장자는 제정신을 차린 듯 포와로에게 몸을 기울이며 그의 손을 꽉 잡았다.

"대단해요." 반 올딘이 말했다.

"정말 대단합니다! 당신은 위대한 탐정이라는 찬사를 듣기에 조금도 부족하지 않습니다."

"별거 아닙니다." 포와로가 겸손하게 말했다.

"미리 준비해 둔 일을 순서에 따라 추리했을 뿐인걸요."

"그래서 로슈 백작을 체포했습니까?" 반 올딘이 들떠서 물었다.

"아닙니다." 포와로가 말했다.

반 올딘의 얼굴에 놀란 빛이 나타났다.

"아니, 왜요? 그 정도면 증거가 충분하지 않습니까?"

"백작의 알리바이가 아직 깨지지 않았습니다."

"그건 말도 안 됩니다."

"그렇습니다." 포와로가 말했다.

"나도 그렇게 생각합니다만, 불행히도 그의 알리바이를 깨뜨려야 합니다."

"그 사이에 백작이 당신 손을 빠져나갈지도 모르잖소?"

"아닙니다." 그가 말했다.

"그는 그렇게 하지는 않을 겁니다. 그는 절대로 자신의 사회적 지위를 잃으려고 하지 않을 테니까요. 무슨 수를 써서라도 버티려고 할 겁니다."

반 올딘은 여전히 미심쩍은 표정을 지었다.

"하지만 내 생각으로는—."

포와로가 손을 쳐들었다.

"시간을 조금만 주십시오. 내게 다 생각이 있습니다. 많은 사람이 이 에르퀼 포와로의 생각을 속으로 비웃었지만, 결국에는 그들이 잘못되었다는 것을 깨달았습니다."

"좋습니다." 반 올딘이 말했다.

"말씀해 보시오. 어떤 생각입니까?"

"내일 아침 11시에 호텔로 전화를 걸겠습니다. 그때까지는 누구에게도 지금 했던 애기를 하지 마십시오."

제22장

파포폴루스와 포와로

　파포폴루스 씨는 아침을 먹고 있었다. 그의 맞은편에는 그의 딸인 지아가 앉아 있었다.

　문 두드리는 소리가 나더니 제복을 입은 종업원이 들어와서 파포폴루스 씨에게 쪽지를 건네주었다. 그는 그것을 유심히 읽어 본 뒤에 눈썹을 치켜들면서 딸에게 건네주었다.

　"음!" 그는 골똘히 생각에 잠겨 왼쪽 귀를 긁적이며 말했다.

　"에르퀼 포와로라—그 사람이 웬일이지?"

　아버지와 딸은 서로 눈길이 마주쳤다.

　"어제 그를 테니스장에서 만났었는데." 파포폴루스 씨가 말했다.

　"지아, 별로 기분이 좋지 않구나."

　"한때 아버지를 도와주었던 사람이잖아요."

　그의 딸이 옛일을 상기시켰다.

　"그건 사실이지." 파포폴루스 씨가 인정했다.

　"지금은 현직에서 은퇴했다는 말을 들었는데."

　아버지와 딸은 그들의 모국어인 그리스어로 얘기를 주고받았다. 파포폴루스 씨가 이번에는 불어로 종업원에게 말했다.

　"그 손님에게 올라오시라고 해요."

　잠시 뒤 멋진 옷을 입은 포와로가 활기차게 지팡이를 흔들며 방으로 들어왔다.

　"안녕하시오, 파포폴루스 씨."

　"안녕하시오, 포와로 씨."

　"그리고 지아 양도 잘 있었소?" 포와로가 가볍게 고개를 숙였다.

"우리끼리만 식사를 해서 미안하군요."

커피를 한 잔 더 따르면서 파포폴루스 씨가 말했다.

"당신은—으흠! 너무 일찍 찾아온 것 같습니다."

"복잡한 일이 생겨서요." 포와로가 말했다.

"당신도 알겠지만, 조금 바쁘답니다."

"아!" 파포폴루스 씨가 낮은 목소리로 말했다.

"또 사건을 맡았군요?"

"아주 중요한 사건이죠." 포와로가 말했다.

"케터링 부인의 살인사건입니다."

"가만있자……."

파포폴루스 씨가 생각을 정리하듯이 천장을 쳐다보았다.

"푸른 열차에서 죽었다는 그 부인 말이군요, 그렇죠? 신문에서 기사를 읽었는데, 살해당했다는 말은 없던데요."

"정의를 수호하려면—." 포와로가 말했다.

"사실을 숨기는 게 필요할 때가 있죠."

잠시 침묵이 흘렀다.

"그렇다면 내가 도울 일이 뭡니까?" 상인이 점잖게 물었다.

"좋습니다." 포와로가 말했다.

"역시 판단이 빠르시군요."

그는 주머니에서 칸에서 보였던 것과 똑같은 상자를 꺼내어 뚜껑을 열었다. 그러고는 루비를 꺼내서 건너편의 파포폴루스 씨 쪽으로 밀었다.

포와로는 아무 표정 없는 얼굴로 그를 유심히 바라보고 있었다. 그는 관심이 없다는 듯한 초연한 눈빛으로 보석을 살펴보더니 이상하다는 듯 탐정을 쳐다보았다.

"최고품이죠, 그렇죠?" 포와로가 물었다.

"정말 훌륭하군요." 파포폴루스 씨가 말했다.

"그 보석이 어느 정도 나가겠습니까?"

그리스인의 얼굴에 경련이 일어났다.

"꼭 당신에게 말해야 합니까, 포와로 씨?" 그가 물었다.

"역시 빈틈이 없군요, 파포폴루스 씨. 아니, 그럴 필요는 없습니다. 그것은 5백 달러도 나가지 않는 물건입니다."

파포폴루스 씨가 웃음을 터뜨리자 포와로도 따라 웃었다.

"모조품으로서는—."

그것을 포와로에게 돌려주면서 파포폴루스 씨가 말했다.

"정말 훌륭합니다. 실례가 되는 질문 같지만, 포와로 씨, 이 물건은 어디에서 났습니까?"

"실례라니요." 포와로가 말했다.

"당신 같은 옛친구에게는 그런 말이 부담스럽습니다. 로슈 백작이 가지고 있던 겁니다."

파포폴루스 씨가 눈썹을 천천히 치켜들었다.

"그랬군요." 그가 낮은 목소리로 말했다.

포와로가 몸을 앞으로 숙이며 솔직하게 다 털어놓겠다는 표정을 지었다.

"파포폴루스 씨—." 그가 말했다.

"케터링 부인이 이 보석의 진품을 푸른 열차에서 도둑맞았습니다. 당신에게 처음 하는 얘기인데, 난 보석을 찾는 데에는 관심이 없습니다. 나는 경찰을 위해서가 아니라 반 올딘 씨를 위해 일하고 있습니다. 나는 케터링 부인을 죽인 사람을 잡고 싶은 겁니다. 내가 보석에 관심을 두는 것은 범인을 잡는 데에 단서가 될 때에 한해서입니다. 알겠습니까?"

그는 마지막 말에 특히 힘주어 말했다. 파포폴루스 씨는 표정없는 얼굴로 조용히 말했다.

"계속해 보십시오"

"니스에서 보석 임자가 바뀔 것 같습니다. 어쩌면 이미 바뀌었는지도 모르고요."

"아!" 파포폴루스 씨가 탄성을 질렀다.

그는 생각에 잠긴 얼굴로 커피를 마셨다. 그 모습은 전보다 더욱 귀족적이고 근엄하게 보였다.

"나는 마음속으로 이렇게 말했죠." 포와로는 활기찬 목소리로 얘기했다.

"이런 때에 나의 옛친구인 파포폴루스 씨가 니스에 있다는 것은 정말 굉장한 행운이다. 그가 나를 도와줄 것이다—하고요."

"그래서 내가 당신을 도울 수 있다고 생각하는 겁니까?"

파포폴루스 씨가 차갑게 말했다.

"또, 마음속으로 이렇게 생각했습니다. 파포폴루스 씨가 니스에 온 것은 분명히 사업 때문일 거라고."

"천만에." 파포폴루스 씨가 말했다.

"나는 의사의 권유로 건강 때문에 온 것입니다."

그는 헛기침을 했다.

"그렇다면 실망이군요." 포와로가 다소 동정이 섞인 말투로 말했다.

"그렇지만 이야기를 계속하겠습니다. 러시아 대공작이나 오스트리아 공주, 또 이탈리아 왕자가 그들의 보석을 처분하고 싶을 때 누구를 찾아갈까요? 파포폴루스 씨에게 가지 않을까요? 그런 물건을 취급하는 데에 전 세계적으로 명성이 있는 사람에게 가겠죠."

상대방이 가볍게 고개를 숙였다.

"과찬입니다."

"비밀을 지키는 것은 중요한 일이죠."

포와로가 속삭였다. 그는 그리스인의 얼굴에 의미심장하게 스치는 미소를 놓치지 않았다.

"나도 항상 비밀을 지킨답니다."

두 사람의 눈길이 마주쳤다.

포와로는 단어 하나하나에 신경을 쓰면서 천천히 말을 계속했다.

"또 이렇게도 생각해 봤습니다. 만일, 그 보석이 니스에서 주인이 바뀌었다면 파포폴루스 씨는 그 사실을 알고 있을 것이다. 그는 보석 세계에서 일어나는 모든 일들을 알고 있으니까."

"아!"

파포폴루스 씨는 짤막하게 탄성을 지르고는 크루아상(초승달 모양의 빵) 하나를 집어들었다.

"당신도 알겠지만, 경찰은 이 문제에는 개입하지 않을 겁니다."

포와로가 말했다.

"사적인 일이니까요."

"그 일에 대해선 소문을 들었습니다." 파포폴루스 씨가 조심스럽게 말했다.

"어떤 소문이죠?" 포와로가 재촉했다.

"내가 그 소문을 얘기해야 할 이유라도 있습니까?"

"물론이죠." 포와로가 말했다.

"그렇다고 생각합니다. 기억하시겠지만, 파포폴루스 씨, 17년 전에 아주 유명한 사람이 당신에게 어떤 보석을 맡겼습니다. 그런데 당신이 보관하고 있던 그 보석이 갑자기 없어졌습니다. 영국 속담대로 국물에 빠진 셈이죠."

포와로는 옆에 앉아 있는 여자를 바라보았다. 그녀는 컵과 접시를 옆으로 치우고, 탁자 위에 양 팔꿈치로 턱을 괴고 열심히 듣고 있었다. 그는 그녀에게 시선을 고정한 채 계속 말했다.

"나는 그때 파리에 있었습니다. 당신은 나를 불러서 그 일을 부탁했죠. 만일 그 보석을 찾아주면 그 은혜는 평생 잊지 않겠다고 말하면서요. 결국 내가 당신에게 그것을 찾아주지 않았습니까."

파포폴루스 씨의 입에서 긴 한숨이 새어 나왔다.

"내겐 가장 어려운 때였죠." 파포폴루스 씨가 낮은 목소리로 말했다.

"17년은 긴 세월입니다." 포와로가 곰곰이 생각하며 말했다.

"하지만 나는 당신네 민족이 은혜를 잊지 않는다는 것을 믿고 있습니다."

"그리스 민족이요?"

이상한 웃음을 지으며 파포폴루스 씨가 말했다.

"내가 말하는 것은 그리스 민족이 아닙니다."

잠시 침묵이 흐르고 나서 나이 많은 사람이 자부심을 드러내며 말했다.

"당신 말이 맞습니다, 포와로 씨." 그가 조용히 말했다.

"나는 유대인이죠. 당신 말대로 우리 민족은 은혜를 잊지 않습니다."

"그렇다면 나를 도와주시겠습니까?"

"보석에 관해서라면 아무것도 도와줄 수 없습니다."

늙은 남자는 포와로가 방금 했던 그대로 단어 하나하나에 신경을 쓰면서 천천히 말했다.

"나는 아무것도 모르고, 들은 바도 없습니다. 하지만 당신에게 힌트를 줄 수는 있습니다―당신이 경마에 관심이 있다면."

"경마에 관심을 둘 수는 있죠." 그를 지켜보며 포와로가 말했다.

"롱챔스에서 유명한 경마대회가 열립니다. 꼭 집어서 말하지 않더라도 당신은 이해할 수 있을 겁니다. 이 소식은 여러 사람을 통해 내 귀에 들어온 것이니까요."

그는 포와로가 자신의 말을 이해하는지 확인하려고 상대방의 얼굴을 유심히 살펴보았다.

"잘 알겠습니다." 고개를 끄덕이며 포와로가 말했다.

"말의 이름은―"

파포폴루스 씨는 의자에 등을 기대고 손끝을 얌전히 모으며 말했다.

"마르키입니다. 내 생각으로는 영국 말일 것 같은데 확실히는 모르겠군요, 그렇지, 지아?"

"저도 그렇게 생각해요." 여자가 말했다.

포와로가 벌떡 일어났다.

"정말 고맙습니다." 그가 말했다.

"정말 굉장한 도움이 되겠군요. 고맙습니다."

그는 여자 쪽을 쳐다보았다.

"잘 있어요, 지아 양. 지난번 파리에서 본 것이 2년밖에 지나지 않은 것 같은데."

"그렇지만 열여섯 살과 서른세 살 사이에는 많은 차이가 있죠."

지아가 슬픈 듯이 말했다.

"당신의 경우는 그렇지 않아요." 포와로가 상냥하게 말했다.

"언제 시간을 내서 당신의 아버지와 함께 저녁을 했으면 좋겠군요."

"저도 그러고 싶어요." 지아가 말했다.

"그럼, 나중에 약속을 합시다." 포와로가 말했다.

"나는 그만 가보겠습니다."

포와로는 혼자 콧노래를 흥얼거리면서 거리를 걸었다. 그는 활기차게 지팡이를 돌리면서 조용히 미소를 짓곤 했다. 그는 처음 눈에 띈 우체국으로 들어가서 전보를 쳤다. 그는 단어를 생각해 내느라고 시간을 좀 끌었다. 암호로 보내야 했기 때문에 기억을 더듬어야 했다. 전보의 내용은 잃어버린 넥타이핀에 대한 것이었으며, 받는 사람은 런던경시청의 재프 경감이었다.

암호를 풀면 다음과 같은 간략한 내용이다.

<가명(假名)이 마르키인 사람에 대한 모든 것을 알려 주시오.>

제23장

새로운 추리

정확히 11시에 포와로는 반 올딘이 묵은 호텔에 나타났다. 백만장자는 혼자 있었다.

"시간을 잘 지키는군요, 포와로 씨."

그는 자리에서 일어나 웃으며 탐정을 맞았다.

"나는 언제나 약속을 지키죠." 포와로가 말했다.

"나는 정확함을 생명처럼 여깁니다. 질서와 체계가 없으면─."

그는 말을 멈추었다.

"전에도 이런 말을 했었지요. 그러면 내가 여기 온 목적을─."

"당신의 생각 말입니까?"

"그렇습니다." 포와로가 웃으며 말했다.

"먼저 하녀와 한 번 더 얘기하고 싶습니다. 애더 메이슨이 여기 있나요?"

"그렇습니다."

"아!"

반 올딘이 이상한 듯이 그를 쳐다보았다. 그는 벨을 눌러 메이슨을 찾아오라고 일렀다.

포와로는 평소와 다름없이 친절하게 인사를 했다. 그 정도의 예의는 그런 계층에 있는 사람에게 커다란 효과를 미치기 마련이다.

"안녕하세요, 마드모아젤." 그가 명랑하게 말했다.

"자리에 앉았으면 좋겠는데, 반 올딘 씨만 허락하신다면─."

"그래, 그래, 어서 앉아." 반 올딘이 말했다.

"고맙습니다."

메이슨은 공손하게 말한 뒤, 의자의 모서리에 다소곳이 앉았다. 그녀는 전보다 더 우울하고 야위어 보였다.

"몇 가지 물어보려고 이렇게 오라고 했소." 포와로가 말했다.

"이 사건의 처음으로 다시 돌아갑시다. 나는 전에 당신에게 객실에 있던 남자에 대해 물어보았소. 그런데 당신은 로슈 백작과 비슷한 사람을 보았지만 그가 백작인지는 확신할 수 없다고 말했소."

"전에도 말씀드렸지만, 저는 그분의 얼굴을 보지 못했어요. 그래서 확실히 말씀드리기가 어렵군요."

포와로는 웃으며 고개를 끄덕였다.

"물론 그렇겠죠. 그 어려움은 충분히 이해해요. 자, 마드모아젤, 당신은 케터링 부인을 모신 지 두 달 정도 되었다고 했죠? 그동안 주인을 몇 번이나 보았소? 케터링 씨 말이오."

메이슨은 잠시 생각해 보고 나서 말했다.

"두 번뿐이었어요."

"가까이서 봤소, 아니면 멀리 떨어져서 봤소?"

"한 번은 주인님께서 커즌 가로 오셨어요. 저는 그때 2층에 있었는데, 난간을 통해서 아래층 홀에 계신 모습을 봤어요. 저는 그때만 해도 주인마님 내외분의 사정이 어떤지 잘 몰랐어요."

메이슨은 얌전하게 기침을 하며 말을 끝맺었다.

"그리고 또 한 번은?"

"다른 하녀인 애니와 공원에 있었을 때예요. 애니가 외국인 여자와 함께 걷고 있는 신사분을 가리키며 그분이 바로 주인님이라고 하더군요."

다시 포와로가 고개를 끄덕였다.

"잘 들어요, 메이슨. 리옹 역의 기차 객실에서 당신의 마님에게 얘기하던 사람이 당신의 주인 같지는 않던가요?"

"주인님이요? 오, 그렇지는 않았던 것 같아요."

"그렇지만 확실하지는 않죠?" 포와로가 재촉했다.

"글쎄요—그런 생각은 하지 않았어요."

메이슨은 포와로의 말에 당황해 하는 것 같았다.

"당신은, 당신의 주인도 그 기차를 타고 있다는 것을 알고 있었소. 그렇다면 복도를 따라 걸어온 사람이 주인이라고 생각하는 것은 아주 자연스러운 일이 아니오?"

"하지만 마님께 말하던 신사분은 분명히 기차 밖에서 온 사람 같았어요. 그 분은 밖에서 입는 복장 그대로 코트를 걸치고 모자를 쓰고 있었거든요."

"그렇다면, 마드모아젤, 잠시만 생각을 더 해봐요. 기차가 리옹 역에 막 도착했소. 많은 승객이 산책하기 위해 기차에서 내려가려고 했을 거요. 당신 마님도 그렇게 하기 위해서 밍크코트를 입었겠죠?"

"맞아요." 메이슨이 인정했다.

"그렇다면 당신 주인도 똑같이 그랬을 거요. 기차 안은 난방이 되어 있지만 플랫폼은 무척 쌀쌀했으니까. 그는 코트를 입고 모자를 쓰고 기차를 따라 천천히 걸었겠죠. 그리고 불 켜진 창을 올려다보다가 케터링 부인을 봅니다. 그 전까지는 그녀가 기차에 타고 있는 것을 전혀 몰랐죠. 그는 그 칸으로 올라가서 그녀의 객실로 들어갑니다. 그녀는 그를 보자 놀라서 방 사이에 있는 문을 닫습니다. 그들끼리만 해야 할 얘기가 있었는지도 모르죠."

그는 의자에 몸을 기대고 그의 말이 어떤 효과를 나타내는지 지켜보았다. 메이슨과 같은 계층의 사람들은 절대로 서두르는 법이 없다는 사실을 포와로는 아주 잘 알고 있었다. 그는 그녀가 그전에 가졌던 생각을 지우는 시간을 조용히 기다렸다.

마침내 그녀가 입을 열었다.

"글쎄요, 그럴 수도 있겠군요. 하지만 지금까지 그런 생각은 하지 못했어요. 주인님도 키가 크고 피부가 검은데다가 몸집도 그때 봤던 사람과 비슷하긴 해요. 저는 모자와 코트 때문에 외부에서 기차를 탄 사람이라고 생각했어요. 그래요, 주인님이었을 수도 있겠군요. 그렇지만 양쪽 모두 확신할 수는 없군요."

"대단히 고맙소, 마드모아젤. 이제 더 이상 귀찮게 하지 않겠소. 아차, 한 가지를 잊었군."

그는 주머니에서 전에 캐서린에게 보여 주었던 담배 케이스를 꺼냈다.

"이것이 당신 마님 것이 아니오?"

그가 메이슨에게 물었다.

"아니에요. 이건 마님의 것이 아니에요. 이건—."

그녀는 무척 놀란 것 같았다. 어떤 생각이 그녀의 머릿속에 갑자기 떠오른 모양이었다.

"말해 봐요." 포와로가 용기를 북돋아 주었다.

"제 생각으로는—확신할 수는 없지만, 마님이 주인님께 주신 것 같아요."

"아!" 포와로는 대수롭지 않다는 투로 말했다.

"하지만 마님이 주인님께 주신 거라고 확실하게 말씀드릴 수 없어요."

"그렇겠죠." 포와로가 말했다.

"이제 됐소, 마드모아젤. 잘 가요."

포와로는 엷은 미소를 띠고 반 올딘 씨를 바라보았다. 백만장자는 충격을 받은 것 같았다.

"당신은—당신은 디렉이 범인이라고 생각하고 있는 겁니까?"

미심쩍은 듯이 그가 물었다.

"그럼, 지금까지 얘기와는 다르잖소? 백작이 도둑맞은 보석을 가지고 있으니까 그를 체포해야 한다고 하지 않았습니까?"

"아닙니다."

"그렇지만 당신이 했던 말로는—."

"내가 뭐라고 말했는데요?"

"보석에 대해서 말하지 않았소. 내게 보여 줬잖소."

"아닙니다."

반 올딘이 그를 빤히 바라보았다.

"당신이 내게 보석을 보여 주지 않았단 말입니까?"

"그렇죠."

"어제—테니스장에서?"

"물론이죠."

"당신 미쳤소, 포와로 씨? 아니면 내가 미친 겁니까?"

"우리는 둘 다 미치지 않았습니다." 탐정이 말했다.

"당신이 내게 물어봐서 내가 대답했을 뿐입니다. 당신은 내가 어제 당신에게 보석을 보여 주지 않았느냐고 물어보았고, 나는 아니라고 대답했습니다. 반 올던 씨, 내가 어제 보여 준 것은 일급 모조품입니다. 전문가가 아니고서는 진짜와 거의 구별하지 못하죠"

제24장

포와로의 충고

백만장자가 그 사실을 받아들이는 데에는 상당한 시간이 걸렸다. 그는 어이없다는 표정으로 포와로를 바라보았다. 키가 작은 벨기에인도 그를 쳐다보며 가볍게 고개를 끄덕였다.

"그렇습니다." 그가 말했다.

"사정이 바뀌었죠?"

"모조품이라니!"

그가 몸을 앞으로 숙였다.

"포와로 씨, 당신은 죽 그렇게 생각해왔죠? 그래서 지금까지 이렇게 유도한 거 아닙니까? 당신은 지금까지 백작이 범인이라고 믿지 않은 것 같군요."

"나도 그를 의심하고 있습니다." 포와로가 조용히 말했다.

"당신에게 말했던 대로 강도, 폭력 살인사건—."

그가 세차게 머리를 흔들었다.

"도저히 그럴 것 같진 않습니다. 로슈 백작의 인간성과는 절대로 어울리지 않습니다."

"하지만 당신은 그가 루비를 훔치려고 했다고 하지 않았습니까?"

"물론이죠. 그 점에는 의심의 여지가 없습니다. 지금까지 내가 생각해 온 것을 말하죠. 백작은 부인에게 루비가 있는 것을 알고는 거기에 맞춰 계획을 짰습니다. 그는 보석에 대한 소설을 쓴다고 속여서 부인으로 하여금 보석을 가져오게 했습니다. 그리고 똑같은 모양의 모조품을 만들었죠. 나중에 바꿔치기 할 속셈이었던 거죠. 부인은 보석에 대해서 전문가가 아니었으니까요. 보석이 바뀐 사실을 깨닫는 데에는 상당한 시간이 걸릴 거라고 예상했던 겁니다. 또, 그녀가 그 사실을 알았다고 해도 백작을 고발하지는 못할 거라는 것을 염두에

뒀겠죠. 밝혀져서는 안 될 일이 더 많을 테니까요. 백작은 부인이 보낸 편지를 많이 가지고 있었습니다. 오, 그래요. 백작의 입장에서 보면 아주 안전한 계획이었을 겁니다―과거에 써먹었던 수법일지도 모르죠."

"그랬을 가능성이 크겠군." 반 올딘이 풀이 죽어 말했다.

"그러면 백작의 인간성과 일치하죠." 포와로가 말했다.

"그렇군요. 그래도―." 반 올딘은 상대방의 얼굴을 살피며 말했다.

"사실이 어떤 것인지 말해 주시오, 포와로 씨."

포와로가 어깨를 으쓱했다.

"아주 간단합니다." 그가 말했다.

"누군가 백작의 선수를 친 겁니다."

한참 동안 침묵이 흘렀다.

반 올딘은 마음속으로 그동안에 일어났던 일을 돌이켜보았다. 그는 직접적으로 얘기했다.

"언제부터 내 사위를 의심했습니까, 포와로 씨?"

"처음부터죠. 그에게는 동기도, 기회도 있었습니다. 모든 사람들이 케터링 부인의 객실에 있었던 것은 로슈 백작이었다는 것을 당연하게 받아들였습니다. 나도 그렇게 생각했었으니까요. 그때 당신이 백작을 사위로 착각한 적이 있다고 말했습니다. 그 말을 듣자 그들 두 사람이 키와 몸집, 그리고 옷 색깔도 비슷하다는 생각이 들더군요. 그러자 내 머릿속에 이상한 생각이 떠올랐습니다. 하녀가 당신의 딸과 함께 지낸 것은 그리 오래되지 않았습니다. 게다가 케터링 씨가 커즌 가에 살지 않기 때문에 하녀는 그의 모습을 잘 모르리라고 생각했습니다. 그도 자기 얼굴이 드러나는 것을 그리 좋아하지 않았고요."

"당신은 그가 내 딸을 살해했다고 믿는군요."

반 올딘이 목이 메어서 말했다.

포와로가 그 말에 손을 내저었다.

"아닙니다. 나는 그런 말은 하지 않았습니다. 단지 그럴 수도 있다는 거죠. 그는 파산을 맞을 위기에 처해 있었기 때문에 범행을 저질러서 탈출 방법을 모색했을 수도 있었겠죠."

"그렇다면 왜 보석을 가지고 갔을까요?"

"단순한 열차 강도 사건으로 위장하기 위해서죠. 그렇게 하지 않으면 그에게 관심이 집중될 테니까요."

"그렇다면 그는 루비를 어떻게 했을까요?"

"그걸 알아야 합니다. 몇 가지 추측은 해볼 수 있죠. 그 문제를 도와줄 사람이 니스에 와 있습니다. 내가 테니스장에서 말했던 바로 그 남자입니다."

그가 일어나자 반 올딘이 따라 일어나서 그의 어깨에 손을 얹었다. 그의 목소리는 격한 감정 때문인지 떨렸다.

"나를 위해서라도 루스의 살인범을 꼭 잡아 주시오." 그가 말했다.

"내가 바라는 것은 그것뿐이오."

포와로가 가슴을 내밀었다.

"이 에르큘 포와로에게 맡기십시오." 그가 과장된 몸짓을 하며 말했다.

"걱정하지 마십시오. 꼭 진실을 밝혀낼 테니까."

그는 모자에 묻은 먼지를 털어내고, 백만장자에게 안심하라는 듯이 미소를 지어 보이고는 방을 나섰다. 하지만 계단을 내려가는 그의 마음속에는 의심이 자리 잡고 있었다.

"지금까지는 잘됐지만—." 그가 중얼거리듯이 말했다.

"어려움이 남아 있어. 그래, 굉장히 힘든 문제야."

그는 호텔 앞을 지나가다가 갑자기 멈춰 섰다. 문 앞에 차가 서 있었다. 그 차 안에는 캐서린이 있었고, 그 옆에 디렉 케터링이 서서 뭔가 열심히 얘기하고 있었다. 잠시 뒤 차가 떠나고 디렉은 혼자 길에 서서 차의 뒷모습을 바라보고 있었다. 그의 표정은 이상했다. 그는 실망한 듯이 어깨를 으쓱해 보이고는 깊은 한숨을 내쉬며 몸을 돌리다가 그의 앞에 에르큘 포와로가 서 있는 것을 발견하고는 흠칫 놀랐다. 두 사람의 시선이 마주쳤다.

포와로는 꼼짝도 않고 서 있었고, 디렉은 애써 밝은 표정을 지었다. 늘 하는 대로 눈썹을 치켜들며 내뱉듯이 말하는 그의 태도 뒤에는 어딘지 포와로를 비웃는 듯한 기운이 있었다.

"사랑스러운 여자 아닙니까?" 그가 가볍게 말했다.

그의 태도는 지극히 자연스러웠다.

"그렇지요." 포와로가 생각에 잠겨 말했다.

"캐서린 양에게 어울리는 말입니다. 영국 여자인 캐서린 양에겐 영국적인 표현이 잘 어울리죠."

디렉은 아무 대꾸도 없이 침묵만 지키고 있었다.

"그녀에게 호감이 가지 않나요?"

"그래요." 디렉이 말했다.

"그런 여자는 흔치 않죠."

그는 혼잣말하듯이 나지막이 말했다.

포와로는 의미심장하게 고개를 끄덕였다. 그는 디렉에게 가까이 가서 조용하고 무거운 어조로 말했다.

"당신이 참기 어려운 말인지 모르겠지만 늙은이가 하는 말이려니 하고 들어 보시오. 영국 속담 중에서 당신에게 인용해 주고 싶은 말이 있습니다. '새로운 사랑을 시작하려면 먼저 옛 사랑을 정리하라.'"

케터링은 화가 난 듯이 그를 돌아봤다.

"도대체 무슨 말입니까?"

"너무 성내지 마시오." 포와로가 침착하게 말했다.

"예상한 대로군요. 내 말은 저쪽에 있는 차에 어떤 부인이 있다는 겁니다. 고개만 돌리면 그녀가 보일 텐데."

디렉은 주위를 두리번거렸다. 갑자기 그의 얼굴이 분노로 달아올랐다.

"미렐, 빌어먹을!" 그가 중얼거렸다.

"내 당장에—"

포와로는 그의 행동을 가로막았다.

"지금 당신이 하려는 행동이 현명하다고 생각하시오?"

그가 부드럽게 말했다. 그러나 디렉은 그의 만류하는 표정을 보지 못했다. 그는 화가 난 나머지 자제심을 잃은 듯했다.

"그녀와는 완전히 끝났습니다. 그녀도 그걸 알고 있어요."

디렉이 화가 나서 외쳤다.

"당신은 그녀와의 관계를 끝장냈다고 했는데, 그녀도 그렇게 생각할까요?"

디렉이 기가 막힌 듯이 웃음을 터뜨렸다.

"그녀는 2백만 파운드와는 끝장내고 싶지 않겠죠." 그가 거칠게 말했다. "그런 점에서 미렐은 철저한 여자니까."

포와로가 눈썹을 치켜들었다.

"외모와는 달리 세상을 냉소적으로 보는군요." 그가 작은 목소리로 말했다.

"내가요?"

그는 호탕하게 웃었지만 즐거운 기색은 보이지 않았다.

"나도 여자들이 다 그렇고 그런 존재라는 걸 알 만큼 이 세상을 살았습니다."

그의 목소리가 갑자기 부드러워졌다.

"한 여자만 빼놓고는요."

그의 시선이 포와로의 시선과 마주쳤다. 그의 눈에 잠시 당황한 빛이 보이더니 이내 사라졌다.

"저 여자죠." 그는 캐서린이 사라진 방향으로 고개를 내밀며 말했다.

"아!" 포와로가 소리쳤다.

그는 더 이상 상대방의 감정을 건드리고 싶지 않았다.

"나도 당신이 무슨 말을 하려는지 알고 있습니다." 디렉이 재빨리 말했다.

"내가 살아온 삶과, 내가 그녀를 맞이할 자격이 없다는 말을 하려고 하겠죠. 당신은 내가 이런 말을 할 자격조차 없다고 생각할지도 모르겠습니다. 돼지 목에 진주 목걸이를 하는 격이라고 하겠죠. 나도 며칠 전에 아내가 살해당한 남편의 입장에서 이런 얘기를 하는 것이 경우에 어긋난다는 점을 잘 알고 있습니다." 그가 숨을 가다듬었다.

포와로는 그 순간을 틈타 담담하게 말했다.

"나는 당신에게 그런 말을 할 생각이 없습니다."

"그렇지만 당신은 할 겁니다."

"예?"

"당신은 내가 캐서린 양과 결혼할 가망이 전혀 없다고 말할 텐데요."

"아닙니다." 포와로가 말했다.

"그런 생각은 없습니다. 당신의 평판이 나쁜 것은 사실이지만, 여자는 그런 것 때문에 남자를 포기하지는 않습니다. 만일 당신이 훌륭한 성격을 가졌고 남들이 해서는 안 되는 일을 하지 않는 도덕적인 사람이라면 당신이 그녀와 결혼할 수 있느냐는 데에 의문을 품었을 겁니다. 당신도 알겠지만, 도덕적인 가치란 낭만과는 별개의 문제니까요. 그런 것은 홀아비나 지키는 것들이죠."

디렉 케터링은 그를 쏘아보더니 몸을 돌려 차에 올라탔다.

포와로는 재미있다는 듯이 그의 뒷모습을 바라보았다. 그는 디렉이 차 밖으로 얼굴을 내밀고 뭐라고 말하는 모습을 웃으며 바라보았다.

디렉 케터링은 멈추지 않고 모자만 포와로의 앞에서 들어 올리고는 바로 떠나 버렸다.

"자, 이제 나도 집으로 돌아가야 할 시간이군." 포와로가 말했다.

그가 돌아오자 충직한 조지가 바지를 다리고 있었다.

"좋은 날이야, 조지. 피곤하지만 기분이 나쁘지는 않군."

조지는 이 말에 평소와 다름없는 무뚝뚝한 얼굴로 대답했다.

"그렇습니다, 주인님."

"범인의 인간성이란, 조지, 정말 흥미있는 문제야. 살인자 중에는 인간적인 면으로 매력이 넘치는 사람들이 많거든."

"저도 그런 이야기를 들었습니다. 크리픈 박사도 유창하게 말을 잘하는 의사인데 그의 부인을 토막 냈잖습니까?"

"자네는 언제나 적절한 예를 드는군, 조지."

하인은 아무 대답도 하지 않았다. 그 순간 전화벨이 울렸다.

포와로가 수화기를 들었다.

"여보세요. 예, 내가 에르큘 포와로입니다."

"나이튼입니다. 잠깐만 기다리십시오. 반 올딘 씨가 통화하고 싶으시답니다."

잠시 뒤 백만장자의 목소리가 들려왔다.

"포와로 씨입니까? 메이슨이 내게 와서 한 얘기를 전해 드리려고요. 그 애가 그동안 잘못 생각하고 있었답니다. 파리에서 본 남자가 디렉 케터링인 것이 거의 확실하다는군요. 그때도 어딘지 닮은 데가 있다고 느끼기는 했는데 얘기를 못 했답니다. 지금은 거의 확신한다는군요."

"아!" 포와로가 말했다.

"고맙습니다, 반 올딘 씨. 도움이 되겠군요."

그는 수화기를 내려놓고 입가에 야릇한 미소를 띠며 앉았다. 조지가 두 번이나 묻고 나서야 포와로는 겨우 그 말을 알아차렸다.

"음?" 포와로가 말했다.

"방금 내게 뭐라고 말했지?"

"여기에서 점심을 드시겠습니까, 나가서 드시겠습니까?"

"둘 다 아닐세." 포와로가 말했다.

"침실로 가서 티상을 먹겠어. 나는 예상했던 일이 일어나면 항상 흥분하는 버릇이 있잖나."

제25장

협상

디렉 케터링이 차를 몰고 지나갈 때, 미렐이 몸을 구부리고 말했다.

"디렉, 당신과 잠깐 할 말이 있어요."

그러나 디렉은 모자만 가볍게 들어 올리고는 멈추지 않고 그녀를 지나쳤다.

그가 호텔로 돌아왔을 때, 그의 굳은 얼굴을 본 종업원이 다가왔다.

"어떤 신사분이 기다리고 계십니다."

"누구지?" 디렉이 물었다.

"이름은 말하시지 않았습니다. 그저 아주 중요한 이야기가 있어서 기다리겠다고만 했습니다."

"그 사람이 어디에 있나?"

"응접실에 계십니다. 사적인 얘기를 하기에는 라운지보다 그곳이 더 좋다고 하시면서요."

디렉은 고개를 끄덕이고는 응접실 쪽으로 갔다.

작은 응접실에는 그 손님밖에 없었다. 손님은 디렉이 들어오자 일어나서 정중하게 인사했다. 디렉은 로슈 백작을 한 번밖에 본 적이 없었지만 그의 귀족적인 얼굴은 금방 알아볼 수 있었다. 거만한 백작의 모습에 화가 난 듯이 그는 눈썹을 찌푸렸다.

"로슈 백작 아니오?" 그가 말했다.

"여기까지 공연히 헛걸음을 하신 것 같군요."

"그렇지는 않겠죠." 백작이 웃으며 말했다. 그의 하얀 이가 반짝였다.

백작의 태도가 매력을 발휘하는 것은 여자에 한해서만이다. 남자들은 모두 그를 싫어했다. 디렉 케터링은 그를 발로 차서 쫓아버리고 싶은 충동을 느꼈다. 지금과 같이 감시받고 있는 상황에서 그런 행동이 이득이 되지 않으리란 생각 때문에 그는 꾹 참고 있었다. 그는 루스가 이런 형편없는 녀석에게 빠졌다는 사실에 새삼 놀랐다. 교양이라고는 눈곱만큼도 없는 녀석이었다. 그는 세밀하게 잘 다듬어진 백작의 손톱을 내려다보았다.

"당신과 처리해야 할 일이 있어서 이렇게 찾아왔소" 백작이 말했다.

"내 말을 잘 들으면 당신에게도 도움이 될 거요"

또다시 디렉 케터링은 그를 발로 차서 쫓아버리고 싶은 강한 충동을 느꼈지만 역시 꾹 참았다. 그의 말에서 풍기는 위협을 디렉은 자기 나름대로 해석했다. 백작의 말을 가만히 들어야 할 이유가 여러 가지 있을 수 있다고 그는 생각했다.

그는 의자에 앉아서 조급한 듯이 손가락으로 탁자를 두드렸다.

"좋소" 그가 말했다.

"무슨 일이죠?"

백작은 용건부터 말하는 사람이 아니었다.

"먼저 부인의 죽음에 깊은 애도의 뜻을 전합니다."

"내가 지금 참고 있지 않았다면—." 디렉이 애써 화를 억누르며 말했다.

"당신은 창문 밖으로 날아가 버렸을 거요."

그가 고갯짓으로 백작 옆의 창문을 가리키자 백작이 불쾌한 듯이 움찔했다.

"당신이 원한다면 내 친구들을 당신에게 보낼 수도 있소"

그가 거만하게 말했다.

디렉이 웃음을 터뜨렸다.

"결투를 하자는 건가? 이봐요, 백작, 나는 당신을 그럴 상대로조차 여기지 않소 하지만 당신을 발로 차서 거꾸러뜨리면 통쾌할 것도 같군"

백작은 더 이상 상대하고 싶지 않은 듯했다. 그는 단지 눈썹을 치켜들며 들릴 듯 말 듯한 목소리로 말했다.

"영국인들은 야만인이군요"

"글쎄요." 디렉이 말했다.

"그것이 당신이 말하고 싶은 얘기요?"

"솔직히 말하겠소" 백작이 말했다.

"요점만 간단히 얘기하는 편이 우리 둘 모두에게 좋을 것 같소."

다시 그가 야릇한 미소를 지었다.

"어서 말해 보시오." 디렉이 짧게 말했다.

백작은 손을 모은 채 천장을 쳐다보며 낮은 목소리로 부드럽게 말했다.

"당신에게는 많은 돈이 굴러 들어왔소."

"그것과 당신이 무슨 상관이 있소?"

백작이 몸을 바로 세웠다.

"내 이름이 더럽혀졌소. 내가 그 비열한 범죄의 범인으로 의심받고 있단 말이오."

"나 때문에 그런 것은 아니잖소." 디렉이 차갑게 말했다.

"나는 당신에 대해서는 아무 말도 하지 않았소."

"나는 무죄요." 백작이 말했다.

"하늘에 맹세할 수 있어요."

그는 하늘을 향해 손을 들어 올렸다.

"카레스 예심판사가 이 사건을 담당하고 있을 거요."

디렉이 슬그머니 힌트를 주었다.

백작은 상관없다는 태도였다.

"나는 저지르지도 않은 범죄로 부당하게 의심을 받고 있으며, 게다가 몹시 궁핍한 상태에 있소."

그는 의미 있는 헛기침을 했다.

디렉이 벌떡 일어났다.

"그 말이 나올 줄 알았소." 그가 말했다.

"당신은 저주받을 협박꾼이군! 당신에게는 한 푼도 줄 수 없소. 내 아내는 죽었소. 이제는 당신이 어떤 말을 꾸며도 그녀를 움직일 수 없을 거요. 아내가 당신에게 바보 같은 편지를 보냈겠지. 내가 지금 그 편지들을 몽땅 샀다고 해도 당신은 한두 장 정도는 빼돌려 놓을 사람이라는 걸 잘 알고 있소. 잘 들으시오, 백작, 영국뿐만 아니라 프랑스에서도 공갈은 추악한 범죄요. 그게 내 대답이오. 잘 가시오."

"잠깐만—."

디렉이 몸을 돌려 방에서 나가려 할 때 백작이 손을 들어 그를 불렀다.

"착각하고 있군요. 뭔가 크게 오해하는 것 같소. 이래 봬도 나는 '신사'요."

디렉은 웃었다.

"부인이 보낸 편지는 소중히 간직할 거요."

그는 귀족다운 우아한 모습으로 머리를 쓸어내렸다.

"내가 당신에게 제안하는 것은 전혀 다른 성질의 문제요. 말했다시피 나는 지금 돈이 몹시 필요한 상태에 있소. 그리고 내 양심은 경찰에 찾아가서 정보를 제공하라고 충동질하고 있소."

디렉은 슬그머니 되돌아왔다.

"무슨 말이오?"

백작이 다시 그 야릇한 미소를 흘렸다.

"구체적인 내용까지는 얘기할 필요가 없겠지." 그가 목청을 가다듬었다.

"경찰에서는 그 사건으로 이득을 볼 사람을 조사할 거요. 방금 말했지만 당신에게는 최근에 많은 돈이 들어왔소."

디렉이 웃었다.

"그게 할 말이라면—." 경멸하듯이 그가 말했다.

그러나 백작은 머리를 흔들었다.

"그게 전부가 아니오. 그것보다 자세하고 정확한 정보가 없다면 내가 여기까지 오지도 않았을 거요. 살인죄로 체포된다는 것은 그리 기분 좋은 일이 아닐 텐데요."

디렉이 그에게 성큼 다가섰다. 그의 얼굴이 분노로 일그러져 있었기 때문에 자신도 모르게 백작은 뒤로 물러났다.

"당신, 지금 나를 협박하는 건가?" 성난 목소리로 디렉이 외쳤다.

"그런 식으로 나오면 더 이상 얘기하지 않겠소." 백작이 그를 설득했다.

"나도 몇 번 사기를 당해 봤지만 이런—."

백작이 하얀 손을 들어 올렸다.

"당신은 잘못 생각하고 있는 거요. 이건 속임수가 아니오. 사실을 증명하기 위해서 한마디 해두겠소. 내 정보는 어떤 여자에게서 나온 거요. 당신이 범인이라는 움직일 수 없는 증거를 가진 여자가 얘기했소."

"여자? 그게 누구지?"

"미렐 양이오."

디렉은 충격을 받은 듯이 뒤로 물러섰다.

"미렐이……." 그는 중얼거렸다.

백작은 이 틈을 타서 교묘하게 그를 압박했다.

"10만 프랑 정도면 됩니다." 그가 말했다.

"더 이상은 요구하지 않겠소."

"뭐라고?" 정신을 차린 듯 디렉이 말했다.

"10만 프랑 정도면 더 이상 당신을 괴롭히지 않겠다고 말했소."

디렉은 생각에 잠긴 모습으로 백작을 뚫어지게 쳐다보았다.

"지금 대답을 들어야겠소?"

"좋을 대로 하시죠."

"좋소. 지옥에나 가시오, 알겠소?"

너무 놀라 말도 제대로 못하는 백작을 남겨 둔 채 디렉은 발길을 돌려 그 곳을 나왔다.

호텔에서 나오자마자 그는 택시를 타고 미렐이 있는 호텔로 갔다. 프런트에 그녀가 있는지 물어보자 방금 돌아왔다고 알려주었다. 디렉은 종업원에게 자기의 이름이 적힌 카드를 주었다.

"이것을 마드모아젤에게 전해 주고 나를 만나려는지 물어보게."

잠시 뒤 디렉은 종업원을 따라 발레리나의 객실로 갔다.

발레리나의 객실 문지방을 넘자마자 지독한 향수 냄새가 디렉의 코를 찔렀다. 객실은 카네이션과 난초, 그리고 미모사로 가득 차 있었다. 미렐은 레이스가 주렁주렁 달린 실내복을 입고 창가에 서 있었다.

그녀는 그에게 다가와서 손을 얹었다.

"디렉─내게 돌아왔군요. 그럴 줄 알았어요."

그는 그녀의 팔을 풀고 잡아먹을 듯이 그녀를 노려보았다.

"왜 로슈 백작을 내게 보냈지?"

그녀의 놀란 표정을 보고 디렉은 그녀가 그 사실을 모르고 있었다는 걸 알아차렸다.

"내가요? 로슈 백작을 당신에게 보냈다고요? 무엇 때문에 내가?"

"협박하기 위해서겠지." 디렉이 딱딱하게 말했다.

그녀는 그를 빤히 보더니, 미소를 지으며 고개를 끄덕였다.

"그렇군요. 예상했던 대로예요. 백작 같은 사람이라면 능히 그렇게 할 수 있겠죠. 하지만, 디렉, 내가 그를 보내지는 않았어요."

그는 그녀의 마음을 읽으려는 듯이 그녀를 노려보았다.

"사실대로 말하겠어요." 미렐이 말했다.

"부끄럽지만 말하죠. 당신도 알 거예요. 그날 나는 화가 나서 미칠 지경이었어요." 그녀는 우아한 몸짓을 해보였다.

"나는 참을성이 없는 성격이잖아요. 당신에게 복수하고 싶은 마음에서 로슈 백작을 찾아갔죠. 그래서 그에게 경찰에 가서 이런저런 얘기를 하라고 말해주었어요. 그렇지만 걱정할 필요는 없어요, 디렉. 완전히 이성을 잃지는 않고 있었으니까요. 증거는 내게만 있어요. 내 증언 없이는 경찰은 당신에게 아무 짓도 못할 거예요. 알겠어요?"

그녀는 그에게 바짝 다가가서 그윽한 눈으로 그를 바라보았다.

그는 그녀를 거칠게 밀어냈다. 그녀는 숨을 헐떡거리며 고양이 같은 눈으로 그를 노려보았다.

"왜 이러는 거예요, 디렉? 당신은 내게 돌아온 것이 아니군요?"

"나는 절대로 당신에게 돌아가지 않아." 디렉이 분명하게 말했다.

"오!"

발레리나의 모습은 더욱더 고양이와 비슷해져 가고 있었다. 그녀는 눈을 번뜩였다.

"다른 여자가 생겼다 이거죠? 그날 점심을 함께 먹던 그 여자, 그렇죠?"

"당신도 알아두는 게 좋을 거야. 나는 그녀에게 구혼할 생각이야."

"그 뻣뻣한 영국 여자와! 내가 그냥 놔둘 성싶은가요? 안 돼요."

그녀의 아름다운 몸이 부르르 떨렸다.

"잘 들어요, 디렉. 우리가 런던에서 했던 얘길 기억하고 있나요? 당신은 자신을 구할 수 있는 길은 아내의 죽음뿐이라고 말했어요. 당신은 그녀가 지극히 건강한 것을 아쉬워했죠. 그때 당신은 그녀가 사고당하는 경우를 생각해냈어요. 그렇지만 그녀의 죽음은 단순한 사고가 아니었어요."

"그 얘기를 그대로 로슈 백작에게 얘기했겠지." 디렉이 경멸하듯이 말했다.

미렐이 웃었다.

"내가 바보인가요? 경찰이 그런 밑도끝도없는 말을 믿겠어요? 자, 마지막 기회를 주겠어요. 그 영국 여자를 단념하고 내게 돌아와요. 그럼 그것을 절대로 입밖에—."

"무슨 말이지?"

그녀가 씩 웃었다.

"당신은 아무도 당신을 못 본 줄 아는군요."

"도대체 무슨 말이야?"

"말한 대로예요. 당신은 아무도 당신을 못 본 줄 아는 모양인데 나는 당신을 봤어요. 나는 그날 밤 기차가 리옹 역에 도착하기 직전에 당신이, 당신 부인의 객실에서 나오는 모습을 똑똑히 봤어요. 그리고 나는 그보다 더한 사실도 알고 있어요. 당신이 그녀의 객실에서 나왔을 때 그녀는 죽어 있었어요."

그는 그녀를 멍하니 쳐다보았다. 그러더니 마치 꿈을 꾸는 사람처럼 천천히 몸을 돌려 비틀거리며 그 방을 나왔다.

제26장

경고

"그래서 그렇게 된 겁니다." 포와로가 말했다.

"우리는 이미 좋은 친구가 되었으니 서로 숨길 것이 없잖습니까?"

캐서린은 고개를 돌려 그를 바라보았다. 그의 목소리에서 예전에는 느끼지 못했던 심각한 기운이 담겨 있었다.

그들은 몬테카를로의 정원에 앉아 있었다. 캐서린과 함께 온 일행들은 나이튼에게 갔고, 포와로는 방금 그곳에 도착한 참이었다. 탬플린 부인은 나이튼과 함께 옛 추억을 얘기하느라 정신이 없었다. 하지만 캐서린은 그녀의 얘기 중 대부분이 꾸며진 것 같다고 생각했다. 탬플린 부인은 나이튼의 팔을 잡고 함께 거닐고 있었다. 나이튼은 가끔 어깨너머로 그들을 쳐다보았고, 그때마다 포와로의 눈동자가 반짝였다.

"물론 우리는 친구예요." 캐서린이 말했다.

"처음부터 서로에게 호의적이었습니다." 포와로가 말했다.

"당신이 추리소설 같은 사건이 실제로 일어난다고 했을 때부터였죠."

"결국 내 말이 맞지 않았습니까?"

포와로는 강조하듯이 손가락을 흔들며 말했다.

"우리는 사건 속으로 뛰어들었습니다. 내게는 자연스러운 일이지만—내 직업이니까요. 당신은 다르죠. 그래요." 그는 생각을 가다듬고 다시 말했다.

"당신에게는 사정이 다르죠."

그녀는 그를 빤히 쳐다보았다. 포와로가 그녀가 몰랐던 어떤 위험에 대해 경고하는 것 같았기 때문이었다.

"왜 제가 사건 속으로 빠져들었다는 거죠? 제가 케터링 부인이 죽기 직전에 그녀와 이야기를 나눴다는 것은 사실이에요. 그렇지만 다 끝난 일이잖아요. 저는 이젠 더 이상 그 사건과 관계가 없어요.”

“아, 마드모아젤, 우리가 ‘나는 이 일이나 저 일을 끝냈다.’라고 감히 말할 수 있을까요?”

캐서린은 몸을 돌려 당돌하게 그를 똑바로 쳐다보았다.

“무슨 말씀이죠?” 그녀가 물었다.

“제게 뭔가를 얘기하시려는 것 같군요. 하지만 저는 돌려서 말하면 잘 알아 듣지 못해요. 할 말이 있으면 직접적으로 해주세요.”

포와로가 슬픈 듯 그녀를 쳐다보았다.

“아, 역시 영국적이군요.” 그는 불어로 중얼거리듯이 말했다.

“매사에 의견이 분명하고 맺고 끊는 것이 확실하군요. 그러나 인생이란 그런 것이 아닙니다, 마드모아젤. 인생에는 보이지 않는 그림자가 드리우는 일이 무척 많답니다.”

그는 큰 비단 손수건을 꺼내어 이마를 닦은 뒤 계속 말을 이었다.

“아, 그렇다고 내가 시(詩)적인 인간이란 뜻은 아니오. 당신 말대로 직접적으로 얘기해 봅시다. 먼저 당신이 나이튼 소령을 어떻게 생각하는지 말해 주겠습니까?”

“저는 그를 매우 좋아해요.” 캐서린이 부드럽게 말했다.

“아주 명랑한 사람이에요.”

포와로가 한숨을 내쉬었다.

“무슨 문제가 있어요?” 캐서린이 물었다.

“당신이 너무 진지하게 대답해서요.” 포와로가 말했다.

“당신이 담담하게 ‘오, 아주 좋아요.’라고 말했다면 마음이 편했을 겁니다.”

캐서린은 아무 말도 하지 않았다. 그녀는 왠지 불편해지기 시작했다.

포와로가 꿈을 꾸는 듯한 목소리로 말을 이었다.

“그런데 누가 압니까? 여자들에게는 자신의 감정을 표현하는 방법이 여러 가지 있겠지만 진지함이 다른 어떤 방법보다도 좋다고 생각합니다.”

그가 다시 한숨을 내쉬었다.

“도대체 저는—.” 그녀가 입을 열었다.

포와로는 그녀의 말을 막았다.

"내가 이렇게 무례하게 묻는 이유를 모르겠다는 거죠, 마드모아젤? 나는 늙은 사람이오. 그래서 가끔—자주 그런 것은 아니지만, 행복을 기원해 주고 싶은 사람을 만나는 경우가 있답니다. 우리는 친굽니다, 마드모아젤. 당신 입으로도 그렇게 말했고요. 다시 말해 나는 당신이 행복하기를 바라고 있습니다."

캐서린은 뚫어지게 앞을 응시하고 있었다. 그녀는 들고 있던 크레톤 사라사천으로 된 양산 끝으로 발밑의 대리석에 그림을 그렸다.

"나이튼 소령에 대해 물었는데, 이번에는 다른 질문을 하죠. 디렉 케터링을 좋아합니까?"

"그에 대해서는 잘 몰라요." 캐서린이 말했다.

"그건 대답이라고 할 수 없죠."

"대답이 될 것 같은데요."

그는 그녀의 고집스러운 어조에 놀란 듯 그녀를 바라보았다. 그러더니 천천히 고개를 끄덕였다.

"그럴 수도 있겠군. 마드모아젤, 이 에르퀼 포와로는 세상을 많이 경험했습니다. 그래서 세상에는 진실한 두 가지가 있다는 것을 깨우쳤죠. 좋은 남자가 나쁜 여자와의 사랑 때문에 망하는 경우가 있고, 그 반대로 나쁜 남자가 좋은 여자와의 사랑 때문에 망할 수도 있습니다."

캐서린이 그를 노려보았다.

"망한다는 말은—."

"남자 측에서 볼 때 그렇다는 거죠. 다른 모든 일에서와 마찬가지로 범죄에서도 당사자는 대가를 받는 법이니까요."

"제게 경고를 하시는군요." 캐서린이 작은 목소리로 물었다.

"누구에 대해서죠?"

"내가 당신의 마음을 알 길이 없죠, 마드모아젤. 당신이 그렇게 하도록 가만히 있지도 않을 테고. 이 말은 할 수 있겠습니다. 여자들에게 특별한 매력을 풍기는 남자들이 있죠."

"로슈 백작 말이군요." 캐서린이 미소를 띠고 말했다.

"그 외에도 있죠—로슈 백작보다 훨씬 위험한 사람이. 그들은 여자의 감정을 뒤흔드는 조건을 갖추고 있어요—무모하고 다정하고 또 대담하죠. 당신은 매력을 느끼고 있긴 하지만 그 이상의 감정은 없는 것 같군요. 그러길 바랍니다. 내가 말하는 이 남자의 감정은 진실한 것이지만 결국은—."

"예?"

그는 일어나서 그녀를 내려다보았다. 그러고는 낮은 목소리로 또박또박 말했다.

"당신은 강도를 사랑하고 있을지는 모릅니다만 그는 살인자는 아닙니다."

그는 말을 멈추고 몸을 홱 돌려서 그녀 곁을 떠나갔다.

그는 그녀가 가쁘게 몰아쉬는 숨소리를 들었지만 신경 쓰지 않았다. 그는 말하고 싶었던 것을 말했을 뿐이었다. 그가 그녀를 거기에 남겨 둔 것은 그녀가 그의 마지막 말을 이해하게 하기 위해서였다.

디렉 케터링은 카지노에서 나오다가 캐서린 혼자 의자에 앉아 있는 모습을 보고 그녀에게 다가갔다.

"도박을 했습니다." 가볍게 웃으며 그가 말했다.

"재수 없게도 가지고 있던 돈을 몽땅 털렸어요."

캐서린은 고민에 찬 얼굴로 그를 보았다. 그녀는 그의 태도에서 어딘지 낯설고 흥분된 기색을 느낄 수 있었다.

"나는 당신이 도박꾼인 줄 진작에 알았어요. 당신의 성격엔 도박이 어울리니까요."

"어느 모로 보나 도박꾼 같다는 말입니까? 당신 말이 어느 정도 맞긴 합니다. 당신은 그 순간의 짜릿한 맛을 모르죠? 하나에 모든 것을 걸죠—결국 아무것도 남지 않지만 말입니다."

캐서린은 자신이 침착하고 냉정하다고 생각했었는데 대답하는 목소리가 떨리고 있다는 것을 느꼈다.

"당신에게 말하고 싶은 것이 있어요." 디렉이 말했다.

"이렇게 솔직하게 털어놓을 기회가 앞으로는 있을 것 같지 않군요. 내가 아내를 죽인 범인이라는 소문이 퍼지고 있습니다—아니, 내 말을 막지 마십시오

물론 말도 안 되는 소리죠."

그는 잠시 말을 멈추었다가 더욱 열성적으로 얘기했다.

"경찰이나 지방 관리들에게는—글쎄요. 뭐랄까, 체면을 차려야 했습니다. 하지만 당신에게는 그러고 싶지 않습니다. 나는 돈과 결혼했습니다. 내가 처음 루스 반 올딘을 만났을 때는 돈에 쪼들려 있었죠. 그녀는 가냘픈 마돈나의 모습을 하고 있었습니다. 그녀를 좋게 보려고 노력했지만 그건 지독한 환상이었습니다. 그녀는 저와 결혼했을 때에도 다른 남자를 사랑하고 있었어요. 그녀는 나를 전혀 사랑하지 않았죠. 오, 그렇지만 지금도 그것을 불평하지는 않습니다. 어차피 우리는 서로 이용하기 위해서 결혼했으니까요. 그녀는 르콘베리라는 가문을 원했고 나는 돈을 원했죠. 미국인의 피가 흐르는 루스와는 애초부터 성격이 맞지 않았습니다. 그녀는 나에게 전혀 신경 쓰지 않으면서 내가 자기의 꼭두각시가 되기만을 바랐으니까요. 시간이 흐를수록 나는 그녀의 그런 태도를 참을 수 없었습니다. 결국 그녀와는 완전히 담을 쌓고 지내게 되었죠. 그러니까 장인의 말은 모두 사실입니다. 그리고 루스가 죽는 순간 나는 커다란 재앙에 부딪힌 겁니다." 그가 갑자기 웃음을 터뜨렸다.

"루퍼스 반 올딘과 같은 사람과 적이 된다는 것은 누구에게나 재앙이죠."

"그래서요?" 캐서린이 낮은 목소리로 물었다.

"그래서—" 디렉이 어깨를 으쓱했다.

"루스가 살해당한 거죠—신이 그렇게 정해 주신 모양이에요."

그가 소리 내어 웃었다. 캐서린은 그 웃음소리가 가슴을 찌르는 것 같아서 얼굴을 찡그렸다.

"그래요." 디렉이 말했다.

"그리 듣기 좋은 얘기는 아닙니다. 하지만 명백한 사실이에요. 좀더 얘기하고 싶군요. 내가 당신을 처음 본 순간 당신이 나를 위해서 신이 세상에 보내 주신 단 한 명의 여성이라는 사실을 알았습니다. 사실 나는 당신이 두려웠습니다. 당신이 내게 나쁜 운명을 가져다줄지 모른다는 느낌이 들었거든요."

"나쁜 운명이라고요?" 캐서린은 놀라서 소리쳤다.

그가 그녀를 바라보았다.

"왜 그러죠? 마음속에 떠오르는 것이라도 있습니까?"

"사람들이 내게 했던 얘기들이 떠오르는군요"

디렉이 갑자기 빈정거리는 투로 말했다.

"사람들이 나에 대해 이러쿵저러쿵 말이 많을 겁니다. 그것은 대부분 사실입니다. 그래요, 당신에게 말하지 못할 나쁜 짓도 많이 했습니다. 나는 도박꾼인데다 여자관계도 복잡한 사람입니다. 지금뿐만이 아니라 앞으로도 당신에게 내 과거의 상세한 일들을 얘기하지 않을 겁니다. 과거는 지나간 거니까요. 내가 당신에게 믿게 하고 싶은 말은 맹세컨대 나는 아내를 죽이지 않았다는 겁니다."

그가 너무 진지한 태도로 말했기 때문에 그 모습은 마치 연극의 한 장면 같았다. 그의 눈이 그녀의 불안한 시선과 마주치자 그는 말을 계속했다.

"알고 있습니다. 그날은 내가 거짓말을 했습니다. 아내의 객실로 들어간 사람은 바로 납니다."

"오!" 캐서린이 외쳤다.

"내가 거기에 왜 들어갔는지 이유를 설명하기는 쉽지 않겠지만 해보죠. 그것은 거의 충동적인 행동이었습니다. 그래요, 나는 아내의 행동을 은밀히 추적하고 있었습니다. 열차 안에서는 마주칠까 봐 조심했죠. 미렐이 내게 아내가 파리에서 백작과 만날 거라고 귀띔해주더군요. 하지만 그때까지 지켜보았지만 그렇지는 않았습니다. 그러자 나는 갑자기 부끄러운 감정이 솟구치면서 그녀와 결판을 내야겠다는 생각이 들었어요. 그래서 문을 열고 들어갔던 겁니다."

그가 말을 멈췄다.

"그래서요?" 캐서린이 부드럽게 말했다.

"루스는 침대 위에 누워 있었는데—얼굴을 저쪽으로 돌리고 있어서 그녀의 뒷머리만이 보였습니다. 나는 그녀를 깨우려 했었습니다. 그런데 갑자기 괜한 짓을 하고 있다는 생각이 들었지요. 전에도 수없이 말했었는데 새삼스럽게 또 얘기한다고 해서 효과가 있을 리가 없다는 생각이 들었죠. 그리고 그녀가 누워 있는 모습이 너무나도 평온해 보였습니다. 그래서 나는 소리를 내지 않으려고 조심하며 객실에서 나왔습니다."

"그런데 왜 경찰에서는 거짓말을 했죠?" 캐서린이 물었다.

"나는 바보가 아닙니다. 동기라는 점에서 볼 때, 내가 가장 유력한 용의자입니다. 그 상황에서 내가 그녀가 죽기 직전에 그녀의 객실에 들어갔다는 것을 인정한다면 내가 살인을 했다는 말이 되는 거잖소"

"그렇군요"

그녀가 과연 그렇게 생각할까? 캐서린은 속으로 그렇지 않다고 생각했다. 그녀는 디렉의 인간성에 자석처럼 끌리는 자신을 발견했지만, 어딘지 마음속에서 저지하는 힘을 느꼈다.

"캐서린—."

"나는—."

"내가 당신을 사랑한다는 것을 알고 있죠? 당신은, 당신도 나를 사랑합니까?"

"난, 나는 잘 모르겠어요"

그렇게 말하는 목소리에는 힘이 없었다. 그럴 수도 있고 아닐 수도 있다. 만일—.

그녀는 누군가가 자신을 도와줄 사람이 없을까 하고 사방을 두리번거렸다. 다리를 절며 그들에게 다가오는 키 큰 남자를 보자 캐서린 얼굴에 홍조가 감돌았다—나이튼 소령이었다.

그에게 인사하는 그녀의 목소리에는 따뜻함과 안도의 기운이 들어 있었다.

디렉은 얼굴을 찡그리며 일어섰다. 그의 얼굴은 검게 변해 있었다.

"탬플린 부인이 곤경에 빠져 있습니까?" 그가 평정을 되찾고 말했다.

"그녀에게 가서 돈 따는 방법을 가르쳐 줘야겠군요"

그는 주위를 두리번거리다가 그들을 떠났다. 캐서린은 다시 의자에 앉았다. 그녀의 가슴은 빠르고 불규칙하게 뛰고 있었다. 그러나 그녀 옆에 앉아 있는 침착하고 부끄러움을 타는 남자와 얘기하자 자연스럽게 평상시의 기분을 되찾을 수 있었다. 그때 캐서린은, 태도는 달랐지만 나이튼 역시 디렉과 마찬가지로 자신의 감정을 호소하는 것을 깨닫고는 깜짝 놀랐다.

그는 쑥스러운 듯이 말을 더듬거렸다. 그의 말은 듣기에도 민망스러울 정도로 끊어졌다 이어졌다 했다.

"처음 당신을 본 순간, 나는—, 이렇게 빨리 얘기해서는 안 된다는 것을 알지만—반 올딘 씨가 언제 여기를 떠날지 모르기 때문에 기회가 없을 것 같아서요. 나도 당신이 그렇게 빨리 나를 좋아하게 될 리 없다는 것을 알지만—그건 불가능한 일이겠죠. 내 입장에서 봤을 때도 그럴 테니까요. 내게는 많지는 않지만 재산도 약간은 있습니다—아니, 지금 대답할 필요는 없습니다. 나는 당신이 어떤 대답을 할지 알고 있습니다. 그러나 내가 언제 떠날지 모르기 때문에 당신에게—내가 당신을 사랑한다는 사실을 알리고 싶을 뿐입니다."

그녀의 마음이 흔들렸다—감동을 받았던 것이다. 그의 태도는 너무나 부드럽고 호소력이 있었다.

"한 가지 더 있습니다. 혹시 문제가 생겨서 내가 도울 수 있는 일이라고 생각된다면 언제라도—"

그는 그녀의 손을 한동안 잡고 있다가 놓고는 일어나 뒤돌아보지 않고 카지노를 향해 총총히 걸어갔다.

캐서린은 꼼짝도 않고 앉아서 그의 뒷모습을 바라보았다. 디렉 케터링, 리처드 나이튼, 두 사람은 다르다—너무 달라. 나이튼에게는 친절하고 듬직한 무언가가 있어. 그런데 디렉은…….

그 순간 갑자기 캐서린은 이상한 느낌에 휩싸였다. 그녀는 자신이 카지노 정원의 의자에 앉아 있는 것이 아니라, 누군가의 옆에 앉아 있는 것 같은 느낌이 들었다. 그것도 다름 아닌 죽은 여자인 루스 케터링의 옆에. 그녀는 그때 루스가 뭔가 간절히 말하고 싶어한다는 느낌을 받았다. 그 느낌은 너무도 이상하고 생생해서, 그것을 도저히 떨쳐 버릴 수가 없었다. 그녀는 루스 케터링의 영혼이 자신에게 지극히 중요한 사실을 전달하기 위해서 나타났는지도 모른다고 생각했다.

느낌이 사라졌다. 캐서린은 약간 몸을 떨면서 일어났다. 루스 케터링이 그토록 간절하게 말하고 싶었던 것이 과연 무엇이었을까?

제27장

미렐의 증언

나이튼은 캐서린에게서 떠난 뒤 포와로를 찾아보았다. 그는 카지노에서 짝수에 과감하게 많은 돈을 걸고 있었다. 나이튼이 가까이 갔을 때 패는 33이나와서 포와로는 돈을 몽땅 날렸다.

"운이 없군요!" 나이튼이 말했다.

"다시 한 번 걸어 보시겠습니까?"

포와로가 고개를 저었다.

"지금은 생각이 없소"

"선생님도 도박에 흥미가 있으십니까?"

나이튼이 호기심이 있다는 듯이 물었다.

"룰렛은 하지 않습니다."

나이튼이 그를 흘끗 쳐다보았다. 그의 얼굴은 고민에 차 있었다. 그는 주저주저하며 말했다.

"바쁘십니까, 포와로 씨? 물어보고 싶은 것이 있는데요."

"괜찮습니다. 밖으로 나갈까요? 햇볕이 따뜻하더군요"

그들은 밖으로 나와 함께 거닐었다. 나이튼이 깊은 한숨을 내쉬었다.

"저는 리비에라를 사랑합니다." 그가 말했다.

"제가 처음 여기 온 것은 12년 전 전쟁 중에 탬플린 부인의 병원에 입원했을 때였죠. 플랑드르에서 이곳으로 오니 마치 천국 같았습니다."

"그랬었겠군요." 포와로가 말했다.

"지금은 전쟁이 먼 옛일처럼 느껴집니다." 나이튼이 말했다.

그들은 한동안 아무 말 없이 걸었다.

"감추는 게 있죠?" 포와로가 갑자기 말했다.

나이튼은 약간 놀란 듯 그를 쳐다보았다.

"그렇습니다." 그가 솔직히 말했다.

"선생님이 그것을 어떻게 알았는지 모르겠군요."

"얼굴에 드러나 있으니까요." 포와로가 담담하게 말했다.

"제 얼굴에 그렇게 감정이 드러나 보이는지 몰랐습니다."

"사람들의 얼굴을 살피는 것이 내 직업이죠."

키 작은 남자가 헛기침을 하고 말했다.

"말씀드리겠습니다, 포와로 씨. 미렐 양에 대해 들어보셨죠?"

"디렉 케터링의 애인 말입니까?"

"예, 바로 그 여자 말입니다. 선생님도 반 올딘 씨가 그녀를 좋지 않게 보는 것을 잘 알고 있을 겁니다. 그녀가 사장님께 만나자는 편지를 보냈습니다. 사장님은 제게 딱 잘라 거절하라고 하셨기 때문에 저는 시키신 대로 했습니다. 그런데 그녀가 오늘 아침에 호텔로 찾아와서 반 올딘 씨를 꼭 만나야 한다고 우겨대더군요."

"재미있군요." 포와로가 말했다.

"반 올딘 씨는 격노하셨죠. 당장 쫓아버리라고 하셨지만 제가 반대했습니다. 미렐 양이 우리한테 중요한 정보를 제공할지도 모른다는 생각에서였죠. 저는 그녀가 푸른 열차를 타고 있었다는 사실을 알고 있습니다. 그러니까 그녀가 사건 해결에 아주 중요한 일을 보았거나 들었을 수도 있지요. 그렇지 않겠습니까, 포와로 씨?"

"그럴지도 모르죠." 포와로가 담담하게 말했다.

"반 올딘 씨가 쓸데없는 행동을 했군요."

"그렇게 생각하신다니 기쁩니다." 비서가 말했다.

"그러면 사실대로 말씀드리죠, 포와로 씨. 사장님의 태도가 워낙 완고하셨기 때문에 제가 몰래 내려가 미렐 양과 얘기를 나눴습니다."

"그랬습니까?"

"그녀가 반 올딘 씨를 직접 만나야 한다고 고집을 부리는 통에 애를 먹었죠. 저는 될 수 있는 한 사장님의 뜻을 부드럽게 전하려 노력했습니다. 사실은

—솔직하게 말씀드리면, 그녀에게는 사장님의 말씀을 전하지 않았습니다. 반 올딘 씨는 지금 너무 바빠서 만날 시간이 없으니까 할 말이 있으면 제게 하라고 했죠. 그런데도 그녀는 그럴 수 없다고 하면서 더 이상 얘기하지 않고 가 버리더군요. 그런데 그때 저는 그녀가 분명히 무엇인가를 알고 있으리라는 강한 느낌을 받았습니다, 포와로 씨."

"중대한 문제로군요." 포와로가 침착하게 말했다.

"그녀가 어디에 묵고 있는지 알고 있습니까?"

"예." 나이튼이 그녀가 묵은 호텔의 이름을 말해 주었다.

"좋습니다." 포와로가 말했다.

"그렇다면 지금 즉시 그곳으로 갑시다."

비서가 이상한 듯이 물었다.

"반 올딘 씨는요?"

"반 올딘 씨는 고집이 센 사람이죠." 포와로가 담담하게 말했다.

"나는 고집이 센 사람과 다투고 싶지는 않아요. 어차피 나는 내 뜻대로 행동할 테니까. 어서 가서 그 여자를 만나 봅시다. 내가 그녀에게 당신이 반 올딘 씨 대신 왔다고 말할 테니 내 말과 어긋나지 않도록 주의하시오."

나이튼은 미심쩍어하는 듯했다. 그러나 포와로는 그가 머뭇거리는 데에는 신경 쓰지 않았다.

호텔에서 그녀가 방에 있다는 말을 들은 포와로는 그의 카드와 '반 올딘에게서'라고 연필로 적은 나이튼의 카드를 함께 올려 보냈다.

그들을 만나겠다는 미렐의 전갈이 왔다.

그들이 발레리나의 방에 도착했을 때 포와로가 앞으로 나왔다.

"마드모아젤—." 포와로가 가볍게 고개를 숙여 인사한 뒤 말했다.

"우리는 반 올딘 씨를 대신해서 왔습니다."

"아! 왜 그 사람이 직접 오지 않았죠?"

"그 사람은 지금 몸이 불편합니다." 포와로는 거짓말을 했다.

"목감기에 걸렸죠. 그래서 내게 대신 가달라는 부탁을 했습니다. 여기 있는 그의 비서인 나이튼 소령과 함께 가보라고 했죠. 이렇게 하지 않으면 당신은

2주 정도 기다려야 할 겁니다."

포와로는 한 가지 사실을 확신하고 있었다―그것은 미렐 같은 여자에게 '기다림'이란 말이 익숙하지 않다는 것이었다.

"좋아요. 말하죠." 그녀가 신경질적으로 말했다.

"지금까지 참아 왔지만 이제는 두손들었어요. 무엇 때문이냐고요? 모욕을 당했어요! 내가 모욕을 당했단 말이에요! 아! 그가 이 미렐에게 그렇게 대할 수 있어요? 헌신짝처럼 내팽개쳤단 말이에요. 지금까지 내게 싫증을 느낀 남자는 없었어요. 항상 내가 싫증을 느꼈었는데."

그녀는 분노로 몸을 떨며 방 안을 왔다 갔다 했다. 지나가다가 작은 탁자가 몸에 걸리자 그녀는 그것을 방 귀퉁이로 던져 버렸다. 탁자는 벽에 부딪혀서 박살이 났다.

"그에게도 똑같은 아픔을 안겨 주겠어요." 그녀가 소리쳤다.

그녀는 백합이 가득 꽂힌 꽃병을 집어들어 쇠창살에 던져 산산조각을 내버렸다.

나이튼은 영국인답게 침착한 태도로 그녀를 보고 있었고, 포와로는 그 반대로 그 광경을 즐기는 듯이 눈을 반짝이며 서 있었다.

"아, 대단하군요!" 포와로가 외쳤다.

"굉장한 다혈질입니다."

"나는 예술가예요." 미렐이 말했다.

"예술가에게는 성깔이 있기 마련이죠. 나는 디렉에게 조심하라고 경고했는데, 그는 내 말을 귀담아듣지 않았어요."

그녀가 갑자기 포와로를 향해 몸을 돌렸다.

"그 사람이 그 영국 여자와 결혼하고 싶다는 말이 사실인가요, 아닌가요?"

포와로가 헛기침을 했다.

"유감스럽게도―." 그는 작은 목소리로 말했다.

"그녀를 열렬히 사랑한다고 하더군요."

미렐이 그들 쪽으로 다가왔다.

"그는 자기 부인을 죽였어요." 그녀가 악에 받쳐 말했다.

"당신들은 알고 있나요? 전에 내게 그럴 생각이라고 말했어요. 그는 궁지에 몰린 나머지—체! 가장 편하게 빠져나오는 길을 택했던 거예요."

"케터링 씨가 부인을 살해했단 말이죠?"

"그래요, 그래요, 그래. 몇 번을 얘기해야 알겠어요?"

"경찰은—." 포와로는 작은 목소리로 말했다.

"증거를 무엇보다—증언 말입니다. 필요로 하고 있습니다."

"나는 그날 밤 푸른 열차에서 그가 자기 아내의 객실에서 나오는 모습을 똑똑히 봤어요."

"그게 언제죠?" 포와로가 따지듯이 물었다.

"기차가 리옹 역에 도착하기 직전이에요."

"맹세할 수 있죠, 마드모아젤?"

그 말에는 날카로운 위엄이 들어 있었다.

"그럼요."

잠시 침묵이 흘렀다. 미렐은 숨을 헐떡거리고 있었다. 그녀는 반은 적의로 차 있고 반은 두려운 듯한 눈으로 두 사람을 번갈아 쳐다보았다.

"이건 아주 중대한 문제입니다, 마드모아젤." 탐정이 말했다.

"얼마나 중요한지 잘 알죠?"

"물론이죠."

"좋습니다." 포와로가 말했다.

"그렇다면 한시라도 지체해서는 안 됩니다. 당장 우리와 함께 예심판사에게 갑시다."

미렐이 주춤 뒤로 물러났다. 그녀는 망설이고 있었다. 포와로는 그녀가 더 이상 도망칠 구멍이 없다는 것을 잘 알고 있었다.

"좋아요." 결심한 듯이 그녀가 말했다.

"코트를 가져오겠어요."

포와로와 나이튼 두 사람만이 남게 되자, 그들은 서로 눈짓을 교환했다.

"어떻게 생각하시오? 나는 쇠는 뜨거울 때 쳐야 한다고 생각하는데."

포와로가 속삭였다.

"그녀는 성미가 급해요. 한 시간만 지나면 그녀는 후회할 겁니다. 그녀가 딱 잡아떼면 만사가 끝장이니 무슨 수를 써서라도 그렇게 되는 것을 막아야 하죠"

미렐은 표범 가죽으로 장식된 갈색 외투를 입고 나타났다. 그녀는 이제는 사납고 위험스러운 암표범 같지는 않았지만, 눈은 여전히 분노와 독기로 가득 차 있었다.

코 총경과 예심판사는 함께 있었다. 포와로가 그녀를 간단히 소개하자, 그녀는 호텔 객실에서 했던 얘기를 공손하게 반복했다. 태도는 많이 부드러워졌으나 말투는 나이튼과 포와로에게 한 것과 똑같았다.

"정말 뜻밖의 얘기로군요, 마드모아젤." 카레스가 천천히 말했다.

그는 의자에 몸을 기대고 코안경을 바로잡은 뒤, 코안경 너머로 그녀의 얼굴을 예리하게 살펴보았다.

"케터링 씨가 범행을 저지르겠다고 미리 얘기했다는 말을 우리가 믿을 것 같습니까?"

"물론이죠. 그의 입으로 그녀는 지극히 건강하다고 한 걸요. 그러면서 그녀가 죽어야 한다면 사고사(事故死)여야 한다고 했어요—모두 그가 꾸민 거예요."

"혹시, 마드모아젤—." 카레스가 딱딱하게 말했다.

"당신이 그에게 그렇게 하도록 은근히 유도한 건 아닙니까?"

"내가요? 난 그런 생각은 추호도 하지 않았어요. 나는 그의 말을 심각하게 받아들이지도 않았으니까요. 절대로 아니에요! 나는 남자들이 어떤지 잘 알아요. 말로는 못하는 짓이 없죠. 그들이 말하는 것을 곧이곧대로 받아들인다면 정말 우스꽝스러워지지요."

예심판사가 눈썹을 치켜들었다.

"그러니까 케터링 씨의 말을 농담 정도로 여겼단 말이죠? 그렇다면, 마드모아젤, 왜 런던에서 한 약속을 어기고 리비에라로 왔죠?"

미렐은 매력적인 까만 눈으로 그를 바라보았다.

"내가 사랑했던 남자와 함께 있고 싶어서였죠." 그녀가 내뱉듯이 말했다.

"그게 이상한 일인가요?"

포와로가 부드럽게 끼어들었다.

"그렇다면 케터링 씨도 당신이 함께 니스로 가길 바랐습니까?"

미렐은 이 질문에 대답하기가 좀 곤란한 모양이었다. 그녀는 잠시 머뭇거리더니 무관심한 듯한 태도로 말했다.

"그런 건 내 마음대로예요." 그녀가 말했다.

그것이 포와로의 질문에 대한 대답이 되지 못한다는 것을 세 사람 모두 잘 알고 있었지만, 그들은 아무 말도 하지 않았다.

"케터링 씨가 부인을 죽였다고 처음 확신한 때가 언제입니까?"

"조금 전에 말했던 것처럼 기차가 리용 역에 도착하기 직전에 케터링 씨가 부인의 객실에서 나오는 것을 보았어요. 그때 그의 표정이란─아! 그때는 그것을 이해할 수 없었어요. 얼이 빠진 듯이 공포에 떠는 표정이었죠. 절대로 그 모습을 잊지 못할 거예요."

그녀의 목소리는 두려운 듯이 떨리고 있었다. 그녀는 다시 생각하기도 싫다는 듯이 손을 내저었다.

"그런데도 경찰에 신고하지 않았단 말이죠, 마드모아젤?"

총경이 빈정거리듯이 말했다.

미렐이 그를 흘끗 쳐다보았다. 그녀는 지금 자신이 하고 있는 역할을 즐기는 것이 분명했다.

"애인을 배반하란 말인가요?" 그녀가 물었다.

"오, 안 돼요. 여자에게 그런 부탁은 하지 마세요."

"그렇지만 이제 와서─." 코가 은근히 말했다.

"지금은 사정이 달라요. 그가 나를 배신했단 말이에요! 내가 가만히 당하고 있을 수만은 없잖아요."

예심판사가 그녀의 말을 막았다.

"알겠습니다, 알겠어요." 그가 위로하듯 말했다.

"자, 이제 이 서류의 내용을 검토해 보고 당신의 진술과 다르지 않으면 서명해 주시오."

미렐은 금방 그 서류를 훑어보았다.

"예, 틀림없어요." 그녀가 일어섰다.

"더 이상은 내가 필요하지 않죠?"

"지금은 그렇습니다, 마드모아젤."

"디렉은 체포되는 건가요?"

"당장 체포될 겁니다, 마드모아젤."

미렐은 날카롭게 웃더니 외투로 몸을 감쌌다.

"그가 나를 모욕하기 전에 이런 일이 일어나리라는 것을 예상했어야 하는 건데." 그녀가 소리쳤다.

"아직 문제가 하나 남아 있습니다." 포와로가 미안한 듯이 말했다.

"사소한 문제죠."

"예?"

"왜 기차가 리옹 역을 떠나기 직전에 케터링 부인이 죽었다고 생각하는 거죠?"

미렐은 흠칫 놀랐다.

"어쨌든 그녀는 죽어 있었어요."

"그랬나요?"

"그럼요, 나는—."

그녀가 갑자기 말을 멈췄다. 포와로가 그녀를 계속 쳐다보자 그녀는 불쾌한 듯이 말을 내뱉었다.

"그렇게 들었어요. 모두 그렇게 얘기하던데요."

"오!" 포와로가 말했다.

"사건에 대한 소문이 벌써 퍼졌다는 사실을 깜빡 잊고 있었군요."

미렐은 다소 안정을 되찾은 듯했다.

"소문은 퍼지기 마련이잖아요." 그녀가 모호하게 말했다.

"사람들이란 그렇잖아요. 내게 그 얘기를 해줬는데 누군지 그 이름은 잊어 버렸어요."

그녀가 문쪽으로 다가가자 코 총경이 일어나서 그녀에게 문을 열어주었다. 이때 다시 포와로의 부드러운 목소리가 들렸다.

"그렇다면 보석은요? 미안합니다, 마드모아젤. 보석에 대해 말해 줄 수 있겠습니까?"

"보석이요? 어떤 보석 말이죠?"

"캐서린 왕비의 루비 말입니다. 소문을 들었다면 그 보석에 대해서도 알고 있을 텐데요."

"보석에 대해서는 들은 바가 없어요." 그녀가 앙칼지게 말했다.

그녀는 문을 닫고 방에서 나갔다. 코는 의자로 돌아왔고 예심판사는 한숨을 내쉬었다.

"지독한 여자군요!" 예심판사가 말했다.

"그렇지만 우리에게는 잘된 일입니다. 내 생각으로는 그녀의 말이 사실인 것 같습니다."

"그녀의 말에는 분명히 사실도 들어 있습니다." 포와로가 말했다.

"그레이 양도 같은 말을 했거든요. 그녀는 기차가 리옹 역에 도착하기 전에 잠깐 복도를 내다보았는데 케터링 씨가 그의 부인 객실에서 나오고 있었다고 했습니다."

"이젠 증거가 명백해졌습니다." 총경이 한숨을 쉬고 말했다.

"그렇지만 정말 유감이군요."

"무슨 뜻이죠?" 포와로가 물었다.

"로슈 백작을 감방에 처넣는 것이 내 소원이었습니다. 이번에는 꼼짝없이 걸려 들었구나 하고 생각했었는데 또 기회를 놓쳐 버렸군요."

카레스가 코를 문질렀다.

"만일 일이 잘못된다면―." 그가 신중하게 말했다.

"우리는 놀림거리가 되고 말 겁니다. 케터링 씨는 귀족입니다. 그가 체포된다면 신문에 기사가 실리겠죠. 그런데 우리가 실수라도 하게 된다면―."

그는 어깨를 으쓱했다.

"보석 말인데요." 총경이 말했다.

"그가 그것을 어떻게 처리했을까요?"

"어디에 숨겨 놓았겠죠." 카레스가 말했다.

"그에게는 큰 장애물이고 또 처분하기도 곤란했을 테니까."

포와로의 얼굴에 미소가 떠올랐다.

"보석에 대해서는 내 나름대로 생각이 있습니다. 혹시 마르키라는 남자에 대해서 압니까?"

"마르키, 마르키?" 그가 말했다.

"그가 이 사건에 관련되었다고 생각하는 겁니까, 포와로 씨."

"그 사람에 대해 아는 것이 있는지 물었습니다."

총경이 얼굴을 찡그렸다.

"그리 많은 것을 알지는 못합니다." 그가 풀이 죽어 말했다.

"그는 배후에서만 움직이니까요. 그에게는 더러운 일을 해주는 부하들이 따로 있습니다. 우리가 알고 있는 것은 그가 그 조직에서 높은 사람이라는 것뿐이죠. 그는 전과자는 아닙니다."

"프랑스 사람인가요?"

"그, 그렇습니다. 그렇게 알고는 있지만 확실하지는 않습니다. 그는 프랑스, 영국, 그리고 미국에서 활동했습니다. 지난가을 스위스에서 일련의 보석 강도 사건이 일어났는데 그에게 혐의가 돌아갔습니다. 그야말로 대도(大盜)죠. 그가 불어와 영어를 완벽하게 구사한다는 사실은 알지만 그의 출신은 수수께끼입니다."

포와로는 일어나서 나갈 채비를 했다.

"더 이상 말할 것이 없습니까, 포와로 씨?" 총경이 답답한 듯이 물었다.

"지금은 그렇습니다." 포와로가 말했다.

"그런데 어쩌면 호텔로 돌아가면 새로운 소식이 와 있을지도 모르겠군요."

카레스의 얼굴이 불안해 보였다.

"만일 마르키가 이 사건과―." 그는 말을 시작하려다가 멈췄다.

"일이 꼬이게 되겠군요." 코가 투덜거렸다.

"내 생각엔 그렇지 않습니다." 포와로가 말했다.

"아주 잘 맞아떨어져 가고 있습니다. 혹시 중요한 소식을 듣게 되면 즉시 연락하겠습니다."

그는 무거운 얼굴로 호텔로 걸어왔다. 그가 없는 사이에 전보가 와 있었다.

그는 주머니에서 종이 자르는 조그만 칼을 꺼내어 겉봉을 열었다. 내용이 긴 전보였다. 그는 꼼꼼하게 두 번을 읽은 뒤 주머니에 집어넣었다. 2층에서는 조지가 그를 기다리고 있었다.

"피곤하군, 조지. 초콜릿 한 잔 주문해 주겠나?"

조지는 배달된 초콜릿을 주인의 팔꿈치 옆에 내려놓았다. 그가 물러가려고 할 때 포와로가 불렀다.

"조지, 자네는 영국 귀족사회에 대해 아는 것이 많지?"

조지가 그렇다는 듯이 미소를 지었다.

"그렇다고 말할 수 있을 것 같습니다." 그가 말했다.

"범죄자는 항상 하층계급 사람들에게서만 나온다고 생각하나?"

"항상 그런 것은 아니죠, 주인님. 디바이스 공작의 젊은 아들이 큰 말썽을 부린 적이 있었잖습니까? 그는 도둑질했다고 해서 이튼 학교를 쫓겨났는데 그 뒤에도 몇 건의 사고를 저질렀습니다. 경찰은 전문적인 도둑의 소행으로 보지 않았습니다. 영리한 젊은 신사는 점점 악의 구렁텅이로 빠져들었습니다. 그는 결국 명예 때문에 오스트레일리아로 건너가지 않을 수 없었는데, 그곳에서도 이름을 바꾸고 그 짓을 했다는군요. 아주 이상한 일이지만 실제로 있었던 일입니다. 게다가 그 젊은 신사는 돈이 궁색한 상태도 아니었다는군요."

포와로가 천천히 고개를 끄덕였다.

"자극을 즐기는 사람이 머릿속이 꼬이면 그렇게 되는 수가 있지."

그는 주머니에서 전보를 꺼내어 다시 읽었다.

"그리고 메리 폭스 부인의 딸도 비슷한 경우입니다."

하인은 옛일을 회상하며 말했다.

"그녀는 놀라운 방법으로 상인들을 등쳐먹었죠. 최고의 가문에서 자란 사람들이 그랬다니 믿어지지 않으실 겁니다. 그 외에도 많은 사건이 있습니다."

"자네는 정말 경험이 풍부하군." 포와로가 낮은 목소리로 말했다.

"나는 자네가 지체 있는 집안에서 나와 신분을 낮추고 내 하인으로 들어온 것은 아닌가 하고 종종 이상하게 느껴질 때가 있다네. 혹시 자네도 자극을 즐기는 것이 아닌지 모르겠군."

"그렇지는 않습니다, 주인님." 조지가 말했다.

"우연히 '소사이어티 스니피츠' 잡지에서 주인님께서 버킹검 궁전에 초대받았다는 기사를 읽었습니다. 그때 저는 문득 새로운 환경에 뛰어들고 싶다는 생각이 들었습니다. 그 기사에 의하면 폐하께서 주인님의 능력을 아주 높이 평가하셨더군요."

"아!" 포와로가 말했다.

"사람은 언제나 이유를 캐묻고 싶어하는 법이네."

포와로는 잠시 생각에 잠겨 있다가 말했다.

"파포폴루스 양에게 전화했나?"

"예, 그녀와 그녀의 아버지는 오늘 밤 주인님의 초대에 기꺼이 응하겠다고 했습니다."

"그래."

포와로는 뭔가 곰곰이 생각하며 초콜릿을 마셨다. 그는 잔과 받침을 쟁반 가운데에 내려놓고 하인에게보다는 자신에게 얘기하듯이 조용히 말했다.

"조지, 다람쥐는 도토리를 모으네. 그건 가을에 저장해 두었다가 나중에 유용하게 쓰기 위해서지. 정의를 지키기 위해서는 우리보다 못한 동물의 세계에서도 배워야 한다네. 나는 항상 그래 왔지. 나는 쥐구멍을 지키는 고양이가 되기도 하고, 냄새를 쫓는 개가 되기도 하네. 누구든 내 코에 걸리면 빠져나갈 수가 없어. 결국, 조지, 나는 다람쥐가 된 셈이야. 나는 여기저기에서 조그만 사실들을 주워 모았다네. 이제 내 창고로 가서 그중 한 개의 도토리를 꺼낼 차례라네. 그런데, 조지, 자네가 내게 처음 온 것이 17년 전인가?"

"주인님께서 도토리를 그렇게 오래 간직하실 줄은 몰랐습니다. 보관해 두면 언젠가 유용하게 쓰이리라는 것을 알고 있었지만요." 조지가 말했다.

포와로는 그를 보며 미소 지었다.

제28장

다람쥐 포와로

포와로는 저녁 약속 시간에서 45분 정도 여유를 두고 출발했다. 그에게는 그럴 만한 이유가 있었다. 그는 몬테카를로로 바로 가지 않고 캅 마르탱에 있는 탬플린 부인의 별장으로 가서 그레이 양을 찾았다. 여자들이 옷을 갈아입고 있었기 때문에 포와로는 조그만 응접실로 가서 기다렸다.

잠시 뒤 레녹스 탬플린이 그에게 왔다.

"캐서린은 아직 준비가 덜 됐어요." 그녀가 말했다.

"그녀에게 제가 대신 전할까요, 아니면 그녀가 내려올 때까지 여기서 기다리시겠어요?"

포와로는 심각한 표정으로 그녀를 바라보았다. 그는 뭔가 중대한 결심을 하는 듯 대답하는 데에 시간이 걸렸다. 그 간단한 질문에 대한 대답이 무척 중요한 모양이었다.

"아닙니다." 그가 마침내 입을 열었다.

"캐서린 양을 기다릴 필요는 없을 것 같군요. 그러지 않는 편이 나을지도 모르죠. 어떻게 분명하게 결정하기가 어렵군요."

레녹스는 포와로의 다음 말을 기다렸다. 그녀는 눈썹을 약간 치켜들고 있었다.

"새로운 소식이 있습니다." 포와로가 계속 말했다.

"당신이 전해 주는 게 좋겠군요. 케터링 씨가 그의 부인을 살해한 혐의로 오늘 밤 체포되었습니다."

"저보고 캐서린에게 그런 사실을 말하란 말인가요?"

그녀는 먼 길을 뛰어온 사람처럼 숨을 가쁘게 몰아쉬면서 말했다. 그녀의 얼굴은 긴장으로 창백해져 있었다.

"부탁합니다, 마드모아젤."

"왜죠?" 레녹스가 말했다.

"캐서린이 당황할 것 같아서인가요? 걱정할 거라고 생각하세요?"

"글쎄, 그건 모르겠소, 마드모아젤." 포와로가 말했다.

"솔직히 말하죠. 나는 모든 것을 안다고 자부했었는데 이번만은 사정이 다릅니다. 아마 아가씨가 나보다 그녀의 사정을 잘 알겠죠."

"그건 그렇죠." 레녹스가 말했다.

"알지만—당신에게 말하고 싶지는 않군요."

레녹스는 잠시 말을 멈추더니 어두운 표정으로 이마를 찡그리며 말했다.

"당신도 그 사람이 범인이라고 믿나요?" 그녀가 느닷없이 물었다.

포와로는 어깨를 으쓱해 보였다.

"경찰에서 그렇게 얘기하더군요."

"그를 곤경에 빠뜨린 건 아닌가요? 보이지 않는 압력이 있는 것 같아요."

다시 그녀는 이마를 찌푸린 채 생각에 잠겨 있었다.

포와로가 부드럽게 물었다.

"디렉 케터링과는 오랫동안 알고 지내왔죠?"

"어릴 때부터죠." 레녹스가 통명스럽게 대답했다.

포와로는 아무 말 없이 고개만 끄덕거렸다.

갑자기 그녀는 의자를 자기 앞으로 당겨 놓고서 그 위에 앉았다. 그녀는 팔꿈치를 탁자 위에 올려놓고 손으로 턱을 괴고 있었다. 그런 자세로 그녀는 맞은편에 앉은 포와로를 똑바로 바라보았다.

"경찰은 무슨 근거로 그렇게 말하는 거죠?" 그녀가 물었다.

"물론 동기겠죠. 그녀가 죽으면 많은 돈을 물려받을 테니까요."

"2백만 파운드를 물려받는다는군요."

"그녀가 죽지 않았다면, 케터링 씨는 파산했을까요?"

"그래요."

"하지만 그보다 더한 것이 분명히 있어요." 레녹스가 주장했다.

"그가 그녀와 같은 열차를 탔다는 것은 저도 알아요. 그렇지만 그 점만 가지고 그를 의심한다는 것은 부당해요."

"케터링 부인의 객실에서 'K' 자가 새겨진 담배 케이스가 발견되었는데 그건 그녀의 것이 아닙니다. 게다가 기차가 리옹 역에 도착하기 직전에 그가 그녀의 객실로 들어가는 것을 본 사람이 두 명이나 있습니다."

"누구, 누구죠?"

"캐서린 양이 그중 한 명이고, 또 한 명은 발레리나인 미렐 양입니다."

"거기에 대해서 디렉은 뭐라고 말하던가요?" 레녹스가 따지듯이 물었다.

"물론 그는 절대로 그녀의 객실로 들어간 적이 없다고 했죠."

포와로가 말했다.

"쳇!" 레녹스가 얼굴을 찡그리고 언성을 높여 말했다.

"리옹 역에 도착하기 직전이라고 했죠? 하지만 그녀가 언제 죽었는지 아무도 모르잖아요?"

"의사의 검시 결과가 결정적인 것은 아니지만—." 포와로가 말했다.

"그들은 기차가 리옹 역을 출발한 직후에 죽은 것 같지는 않다고 하더군요. 그리고 우리는 기차가 니스 역에 도착했을 때는 그녀가 이미 죽어 있었다는 것을 알고 있습니다."

"그 사실을 어떻게 알았죠?"

포와로는 기묘한 미소를 지었다.

"누가 그녀의 객실에 들어갔다가 그녀가 죽어 있는 것을 발견했습니다."

"기차 안이 시끄러워졌겠군요?"

"아니, 그렇지 않았습니다."

"왜요?"

"나름대로 이유가 있었겠죠."

레녹스가 물끄러미 바라보았다.

"그 이유를 아세요?"

"알고 있다고 생각합니다."

레녹스는 깊은 생각에 잠겨 있었다. 포와로는 말없이 그녀를 지켜보았다. 마침내 그녀가 고개를 들었다. 그녀의 뺨은 발그레해졌고 눈은 반짝이고 있었다.

"기차를 타고 있던 누군가가 그녀를 살해했다고 생각하시는 모양이군요. 그렇지만 꼭 그렇다고 볼 수만은 없을 것 같아요. 기차가 리옹 역에 멈췄을 때는 누구든지 기차에 탈 수 있지 않겠어요? 범인은 그 틈을 이용해 케터링 부인의 객실로 들어가서 그녀를 살해하고 루비를 빼앗아 눈치채지 않게 기차에서 내린 거예요. 부인은 기차가 리옹 역에 멈춰 서 있을 때 이미 살해되었는지도 몰라요. 그렇다면 디렉이 들어갔을 때는 살아 있지만 다른 사람이 들어갔을 때는 죽었을 수도 있잖겠어요?"

포와로는 의자에 몸을 기대고 깊은 한숨을 내쉬었다. 그는 맞은편의 여자를 바라보며 고개를 끄덕이더니 다시 한숨을 내쉬었다.

"마드모아젤, 당신이 한 말은 정확한 사실입니다. 당신은 어둠 속에서 헤매고 있는 내게 한 줄기 빛을 준 셈입니다. 내가 고민하던 문제를 당신은 쉽게 풀었군요."

그는 일어났다.

"디렉은 어떻게 되는 거죠?"

"글쎄요?" 포와로가 어깨를 으쓱했다.

"그렇지만 잘 들어요, 마드모아젤. 나는—이 에르큘 포와로는 아직 만족하지 않고 있습니다. 오늘 밤에 더 많은 사실을 알게 될지 모릅니다. 어쨌든 나는 노력할 겁니다."

"다른 사람을 만나나요?"

"그래요."

"뭔가를 아는 사람인가요?"

"뭔가를 알지도 모르는 사람이지요. 이런 문제는 모든 수단을 다 동원해야 합니다. 잘 있어요, 마드모아젤."

레녹스가 문까지 그를 따라왔다.

"제가—도움이 됐나요?" 그녀가 물었다.

현관에 서 있는 그녀를 올려다보는 포와로의 표정은 많이 부드러워져 있었다.

"그래요, 마드모아젤. 도움이 됐습니다. 문제가 풀리지 않으면 당신의 말을 기억하겠소."

차를 탔을 때 그의 얼굴은 다시 찌푸려져 있었다. 그러나 그의 눈동자에는 승리를 예고하는 듯한 초록빛이 반짝이고 있었다.

포와로가 약속 시간보다 몇 분 늦게 도착했을 때, 파포폴루스 씨와 그의 딸은 이미 와 있었다.

그는 정중히 사과하고 예의 바르고 세심하게 잘 대접했다. 그리스인은 그날 따라 더욱 자비롭고 귀족적으로 보여서 차라리 슬픈 인상마저 풍겼다. 예쁘게 차려입은 지아는 재치 있는 말로 분위기를 부드럽게 해주었다. 즐거운 저녁식사였다. 포와로도 최선을 다해 분위기를 북돋았다. 그는 전설도 얘기하고 농담도 했으며, 지아 파포폴루스를 칭찬하기도 하면서 자기가 겪었던 흥미있는 사건들에 대한 회고도 했다. 음식은 특별히 주문된 것이었으며 포도주도 아주 훌륭했다.

식사가 끝나갈 무렵에 파포폴루스 씨가 정중하게 물었다.

"내가 알려준 정보는 어떻게 처리했습니까? 그 말(馬)에 돈을 걸었습니까?"

"마권업자와 연락을 취하고 있습니다." 포와로가 대답했다.

두 사람의 시선이 마주쳤다.

"아주 유명한 말이지요?"

"아니던데요." 포와로가 말했다.

"영국 친구들은 검은 말이라고 부르더군요."

"그래요?" 파포폴루스 씨가 생각에 잠겨 말했다.

"자, 카지노로 가서 룰렛 게임이나 합시다."

포와로가 신나는 듯이 말했다.

카지노에서 그들은 흩어졌다. 포와로는 파포폴루스 씨가 없는 사이에 지아와 함께 게임을 했다.

그는 운이 나빴지만 지아는 운 좋게도 순식간에 몇천 프랑을 땄다.

"이제 그만 하는 게 좋을 것 같아요." 그녀가 포와로에게 말했다.

포와로의 눈이 반짝였다.

"역시!" 그가 외쳤다.

"역시 그 아버지에 그 딸이군요. 멈출 때를 알다니. 그것 역시 하나의 기술이죠."

그는 실내를 둘러보았다.

"당신의 아버지가 어디 있는지 보이지 않는군요." 그가 내뱉듯이 말했다.

"마드모아젤, 외투를 가져올 테니 정원으로 나갑시다."

그는 곧장 옷을 걸어 둔 곳으로 가지 않았다. 그의 날카로운 눈은 방금 자리를 뜬 파포폴루스 씨를 놓치지 않았다. 그는 교활한 그리스인이 무슨 일을 꾸미고 있는지 궁금했다. 포와로는 커다란 홀이 있는 곳으로 살금살금 다가갔다. 파포폴루스 씨는 방금 도착한 여자와 얘기를 나누고 있었다. 그녀는 미렐이었다.

포와로는 방을 돌아 그들 곁으로 다가갔다. 그는 기둥의 반대편에 몸을 숨기고 열심히 얘기하는 그들을 감시했다. 사실 말하는 사람은 미렐 혼자였고, 파포폴루스 씨는 가끔 외마디 소리를 지르며 몸짓만 할 뿐이었다.

"시간이 필요하다고 말했잖아요." 발레리나가 말했다.

"시간을 조금만 주면 돈을 가져오겠어요."

"기다리라고요?" 그리스인이 어깨를 으쓱했다.

"곤란한데요."

"조금만 기다리면 돼요." 상대방이 간청했다.

"제발! 1주일, 아니 열흘이면 돼요. 걱정하지 않아도 좋아요. 돈이 곧 들어올 거예요."

파포폴루스 씨는 몸을 돌리려다가 환한 얼굴로 자기를 쳐다보고 있는 포와로와 눈이 마주치자 불안한 표정을 지었다.

"아, 죄송합니다, 파포폴루스 씨. 당신을 찾아다니고 있었습니다. 지아 양과 잠시 정원을 산책해도 될까요? 안녕하세요, 마드모아젤?"

그가 미렐에게 가볍게 고개를 숙였다.

"금방 알아보지 못해서 미안합니다."

발레리나는 안절부절못하며 그의 인사를 받았다. 그녀는 자신의 거래가 방해받자 노골적으로 귀찮다는 표정을 지었다. 파포폴루스 씨는, "이건, 분명히 —." 하고 중얼거리듯이 말했다. 포와로는 이내 물러났다.

그는 지아의 외투를 가지고 갔다. 그들은 함께 정원을 거닐었다.

"여기에서 사람들이 자살을 많이 해요." 지아가 말했다.

포와로는 어깨를 으쓱했다.

"그렇더군요. 남자들이란 바보스럽답니다, 마드모아젤. 먹고 마시고 맑은 공기를 호흡하는 것이 얼마나 즐거운 일입니까. 단지 돈이 없다고, 아니면 실연당했다고 그 즐거움을 버리다니요. 사랑에는 재앙이 많이 따르는 모양이죠?"

지아가 웃었다.

"사랑을 비웃어서는 안 됩니다, 마드모아젤."

포와로가 그녀를 향해 힘차게 손가락을 흔들며 말했다.

"젊고 아름다운 아가씨가 그러면 안 돼죠."

"그렇지 않아요." 지아가 말했다.

"제가 서른세 살이라는 것을 잊으셨군요. 절대로 좋은 나이는 아니에요. 당신이 아버지께 말했다시피, 당신이 파리에서 아버지를 도왔던 것이 정확히 17년 전이에요."

"당신을 볼 때는 그런 생각이 안 들어요." 포와로가 말했다.

"당신은 그때나 지금이나 변한 것이 별로 없어요. 약간 야위고 창백해지고, 신중해졌을 뿐이죠. 열여섯 살의 발랄한 소녀 그대로입니다. 당신은 아주 건강하고 매력적인 소녀였죠. 다른 사람들도 분명히 그렇게 생각했을 겁니다."

"열여섯 살 때는—." 지아가 말했다.

"순진했고 약간은 바보스러웠죠."

"그랬겠죠." 포와로가 말했다.

"당연히 그럴 수 있어요. 그맘때는 모두 바보가 된다는 말이 있잖아요? 들은 것을 그대로 믿어 버리니까요."

그가 곁눈질로 그녀를 보자 그녀도 그를 쳐다보고 있었다. 그는 못 본 체하고 꿈을 꾸듯이 말을 계속했다.

"정말 이상한 일이었어요. 당신의 아버지는 그 말의 참뜻을 이해하지 못하시더군요."

"예?"

"그분이 내게 상세한 설명을 요구하기에 이렇게 말했습니다. '소문만 나지 않는다면 잃어버린 물건을 돌려주었을 겁니다. 더 이상 묻지 마십시오.' 내가 이 말을 왜 하는지 알겠습니까, 마드모아젤?"

"전혀 모르겠어요." 지아가 냉담하게 말했다.

"창백하고 여리고 신중한 소녀를 보호하기 위해서였죠."

"당신이 도대체 무슨 말을 하는지 모르겠군요."

지아가 화가 나서 외쳤다.

"정말 모르겠습니까, 마드모아젤? 안토니오 디레치오를 잊지는 않았겠죠?"

그는 그녀가 숨이 거의 막힌 듯이 신음 소리를 내는 것을 들었다.

"그는 가게에 종업원으로 들어왔지만 원하던 것을 손에 넣을 수 없었습니다. 종업원과 주인의 딸이 눈이 맞는 것은 있을 수 있는 일이죠. 그는 젊고 잘생겼고 말도 잘했으니까요. 그들은 항상 사랑을 나눌 수는 없었기 때문에 가끔 그들 두 사람에게 관심 있는 일(파포폴루스 씨가 소장하던 물건들에 대한) 얘기를 하곤 했습니다. 그래서 당신이 말한 대로 젊은이는 바보스럽기 때문에 당신은 그를 쉽게 믿어 버리고 그 물건이 있는 곳을 가르쳐 준 겁니다. 그러고 나자 굉장한 소동이 일어났죠. 아, 불쌍한 소녀! 그녀가 얼마나 두려워했을까요. 가련한 소녀는 공포에 질렸죠. 말해야 하나, 말아야 하나? 그런데 그때 그 유명한 에르큘 포와로가 나타났고 거의 기적적으로 물건은 제자리로 돌아왔습니다. 물건을 찾았을 뿐 다른 곤란한 문제는 없었죠."

지아가 그에게 몸을 홱 돌렸다.

"다 알고 있었군요. 누가 얘기해 줬나요? 안토니오가 그랬나요?"

포와로는 고개를 저었다.

"아무도 말하지 않았어요." 그가 침착하게 말했다.

"추측이죠. 아주 훌륭한 추측 아닙니까, 마드모아젤? 추측을 못 한다면 탐정이라고 할 수 없죠."

지아는 한동안 묵묵히 걷다가 무뚝뚝한 목소리로 말했다.

"그래서 어쩌겠다는 거죠? 아버지에게 말할 건가요?"

"아닙니다." 포와로가 잘라 말했다.

"절대로 말하지 않을 겁니다."

그녀가 이상한 듯이 그를 쳐다보았다.

"저에게 원하는 것이 있군요?"

"당신의 도움이 필요합니다."

"왜 제가 당신을 도울 수 있다고 생각하시죠?"

"그렇게 생각하지는 않습니다. 단지 그러길 바랄 뿐이죠."

"제가 당신을 도울 수 없다면 아버지에게 말할 건가요?"

"아닙니다, 마드모아젤. 그 점은 안심해요. 나는 협박꾼이 아닙니다. 당신의 비밀을 꼬투리로 해서 협박하고 싶은 생각은 조금도 없습니다."

"만일 제가 당신의 부탁을 거절한다면—." 그녀가 천천히 말했다.

"거절해도 할 수 없는 일이죠."

"그렇다면 왜—." 그녀는 말을 멈췄다.

"이유를 말하죠. 여자들은, 마드모아젤, 관대한 면이 있습니다. 자신을 도와준 사람을 도울 수 있는 기회가 온다면 기꺼이 도와주죠. 나는 한때 당신에게 관대했습니다. 그때 모든 것을 말할 수도 있었지만 그러지 않았습니다."

다시 침묵이 흐른 뒤에 지아가 말했다.

"아버지가 그날 힌트를 주셨잖아요."

"그 점은 고맙게 생각하고 있습니다."

"거기에 덧붙일 말이 있다고는 생각하지 않아요." 지아가 천천히 말했다.

포와로는 실망했다고 해도 그것을 겉으로 드러내지 않는 사람이었다. 그는 눈썹 하나 까딱하지 않고 말했다.

"좋습니다." 그가 쾌활하게 말했다.

"그렇다면 다른 것을 얘기합시다."

그는 신나게 떠들어댔다. 그렇지만 그녀는 풀이 죽은 듯이 대답도 건성으로 했고 대화에 관심도 없는 듯했다. 그들이 카지노로 다시 돌아왔을 무렵에 그녀는 결심한 모양이었다.

"포와로 씨?"

"예, 마드모아젤."

"저—저는 당신을 돕고 싶어요."

"정말 친절하군요, 마드모아젤. 정말 친절해요."

다시 침묵이 흘렀다. 포와로는 그녀에게 말을 붙이지 않았다. 그는 끈기를 가지고 그녀에게 시간을 주고 있었던 것이다.

"좋아요. 제가 말하지 못할 이유가 없죠." 지아가 말했다.

"아버지는 모든 일에 신중한 분이세요. 그렇지만 당신에게는 그러실 필요가 없다고 생각해요. 당신이 찾는 것은 살인범이지 보석이 아니라고 말했잖아요. 저는 당신을 믿어요. 루비 때문에 우리가 니스에 왔다는 당신의 추측은 맞았어요. 보석은 예정대로 우리 손에 들어왔어요. 지금 아버지가 갖고 계세요. 그날 아버지가 주신 힌트는 보석을 넘겨준 사람에 대한 것이었어요."

"마르키 말인가요?" 포와로가 부드럽게 말했다.

"그래요."

"마르키라는 사람을 본 적이 있나요, 지아 양?"

"한 번 봤어요." 그녀가 말했다.

"그렇지만 똑똑히 보지는 못했어요." 그녀가 덧붙여 말했다.

"열쇠구멍을 통해서 봤거든요."

"그렇겠군요." 포와로는 이해가 간다는 듯이 말했다.

"어쨌든 당신은 그를 봤습니다. 다시 보면 알아볼 수 있나요?"

지아는 고개를 저었다.

"그 사람은 가면을 쓰고 있었거든요." 그녀가 해명했다.

"젊었던가요, 늙었던가요?"

"백발이었어요. 어쩌면 가발이었는지도 모르겠군요. 아주 잘 어울리던걸요. 그렇지만 그렇게 늙은 사람 같지는 않았어요. 걸음걸이와 목소리로 봐서는 젊은 사람인 것 같았어요."

"목소리?" 포와로가 잠시 생각하더니 말했다.

"아, 목소리! 그 목소리를 다시 들으면 알 수 있겠군요, 지아 양?"

"그럴 것 같아요." 그녀가 말했다.

"그 사람에게 관심이 있었죠? 그래서 열쇠구멍으로 훔쳐본 거죠?"

지아가 고개를 끄덕였다.

"그래요, 관심이 많았어요. 그에 대한 소문을 많이 들었거든요—그는 평범한 도둑이 아니에요. 마치 추리소설이나 역사소설에 나오는 도둑 같더군요."

"예, 아마 그럴 겁니다." 포와로가 생각에 잠겨 말했다.

"그렇지만 제가 말하려고 했던 것은 그 말이 아니에요." 지아가 말했다.

"당신에게 도움이 될 거라고 생각했던 것은 다른 거예요."

"뭐죠?" 포와로가 그녀를 다그쳤다.

"아까 말한 대로 루비는 니스에서 아버지에게 건네졌어요. 루비를 건네준 사람이 누군지는 모르지만—."

"그래서?"

"한 가지는 확실해요. 그 사람은 여자였어요."

제29장

고향에서 온 편지

사랑하는 캐서린

지금쯤은 굉장한 친구들에게 둘러싸여 우리 같은 사람들의 소식은 별로 궁금해하지 않을지도 모르겠구나. 그렇지만 나는 항상 네가 지각 있는 여자라고 생각하기 때문에 내가 걱정하는 것처럼 자만에 빠져 있지는 않으리라고 믿는다. 이곳은 예전과 변함이 없어. 그런데 새로 온 목사의 행실이 좋지 못해서 문제가 되었단다. 내가 보기에는 평범한 로마 사람일 뿐인데 말이야. 사람들은 교구목사에게 말해야 한다고 하지만 너도 교구목사가 어떤지 잘 알겠지—그들은 기독교적인 자비만 있지 결단력은 없어. 최근에 새로 온 하녀가 골치를 썩이고 있단다. 엘렌은 되먹지를 못했어—무릎까지 올라오는 치마를 입고도 스타킹을 신으려고 하지 않는단다. 그리고 뭐라고 한마디 하면 잔소리한다고 싫어하지. 류머티즘 때문에 무척 고생을 하고 있단다. 해리슨 박사가 런던의 전문의를 찾아가 보라고 했지만 비용이 3기니나 들고 기차삯도 없어서 망설이고 있었어. 그런데 수요일에 값싼 왕복표를 구할 수 있었단다. 얼굴이 길쭉한 그 영국인 의사가 빙빙 돌려서 애기하기에 내가 이렇게 말했지. '나는 단순한 여자예요. 내 병명도 단순하게 얘기해 줄 수 없나요? 암인가요, 아닌가요?' 그러자 의사는 하는 수 없이 그렇다고 하더구나. 1년 정도 되었다는데 그동안 통증을 느끼지 못했어. 그렇지만 나는 어떤 여자들보다 고통을 잘 참을 자신이 있단다. 많은 친구들이 세상을 떠난 요즘에는 더욱 외롭다는 생각이 드는구나. 네가 세인트 메리 미드에 있다면 얼마나 좋겠니. 만일네가 그 돈을 물려받지 않았더라면 나는 제인이 네게 준 급료의 두

배를 줘서라도 나를 간호해 달라고 부탁했을 거야 그렇지만 지금은 그렇지 못하겠구나 어쨌든 네게 나쁜 일이 생기면 어쩌나 하고 걱정했어. 가짜 귀족이 여자와 결혼해서 돈만 빼앗고 버리는 얘기를 수도 없이 들어왔으니까. 넌 분별력이 있으니 그런 일이 일어나지 않으리라고 생각하지만 누가 알겠니? 결혼이라는 문제는 신중히 생각해야한다. 어쨌든 어려운 일이 생기거든 네게는 돌아갈 고향이 있다는 자부심을 가져. 나도 꾸며서 말할 줄은 모르지만 마음은 따뜻한 사람이야—너의 오랜 친구.

아밀리어 비너

추신—신문에 너와 네 사촌인 탬플린 자작부인에 대한 기사가 났기에 오려서 같이 부친다. 일요일에 나는 네가 자만에 빠지지 않도록 해달라고 기도했단다.

캐서린은 이 편지를 두 번이나 읽고 나서 내려놓고 창문으로 푸른 지중해를 바라보았다. 그녀는 갑자기 마음껏 소리를 지르고 싶은 충동을 느꼈다. 세인트 메리 미드에 대한 그리움이 물밀듯이 밀려왔다. 친숙한 얼굴, 일상적인 생활, 그러나—고향이다. 그녀는 팔에 얼굴을 묻고 실컷 울고 싶어졌다.

이때 레녹스가 그녀에게 왔다.

"안녕하세요, 캐서린 아줌마." 레녹스가 말했다.

"무슨 일이 생겼나요?"

"아무것도 아니야." 편지를 챙겨 핸드백에 넣으면서 캐서린이 말했다.

"얼굴이 이상해요." 레녹스가 말했다.

"저, 아줌마가 어떻게 생각할지 모르겠는데—내가 포와로 씨에게 전화를 걸어서 니스에서 우리와 함께 점심을 먹자고 했어요. 그런데 내가 그런다면 오지 않을 것 같아서 아줌마가 만나고 싶어한다고 말했어요."

"그분을 만나고 싶니?" 캐서린이 물었다.

"그래요." 레녹스가 말했다.

"그 사람에게 빠졌나 봐요. 눈이 진짜 고양이처럼 그렇게 초록빛인 사람은 처음 봤어요."

"맞아."

캐서린이 무심코 입에서 나오는 대로 말했다. 지난 며칠 동안은 정말 힘들었다. 디렉 케터링의 체포가 뉴스의 초점이 되었고 푸른 열차 사건을 두고 이러쿵저러쿵 말들이 많았다.

"내가 차를 불렀어요." 레녹스가 말했다.

"엄마한테는 거짓말을 했어요. 그런데 뭐라고 말했는지 도통 기억이 안 나요. 별로 문제가 되지는 않을 거예요. 엄마도 기억을 못 할 테니까요. 엄마는 우리가 포와로 씨를 만나러 가는 걸 알면 분명히 같이 가자고 할 거예요."

두 여자가 네그레소에 도착하자 포와로가 그들을 기다리고 있었다.

그는 프랑스인 같은 우아한 태도로 그들을 맞았다. 그가 두 여자에게 갖은 찬사를 퍼붓자 그들은 웃음을 참지 못했다. 그러나 식사를 할 때는 명랑한 분위기가 아니었다. 캐서린은 넋이 빠진 듯이 앉아 있었고 레녹스가 가끔 침묵을 깰 뿐이었다. 그들이 커피를 마시며 테라스에 앉아 있을 때 레녹스가 불쑥 물었다.

"요즘 어떻게 지내세요? 제 말뜻을 알겠죠?"

포와로가 어깨를 으쓱했다.

"그냥 그렇게 지냅니다." 그가 말했다.

"그냥 그렇게 내버려둘 거예요?"

"당신은 젊어요, 마드모아젤. 서두르지 않는 것이 세 가지 있습니다―죽음과 자연, 그리고 늙은 사람들이죠."

"말도 안 돼요." 레녹스가 말했다.

"선생님은 늙지 않았어요."

"그렇게 말해 주니 고맙군요."

"저기 나이튼 소령이 있군요." 레녹스가 말했다.

캐서린은 고개를 돌려 주위를 둘러보고는 다시 시선을 거두었다.

"반 올딘 씨와 함께 있어요." 레녹스가 말을 이었다.

"나이튼 소령에게 물어보고 싶은 것이 있어요. 잠깐이면 돼요."

두 사람만이 있게 되자 포와로는 몸을 굽혀 낮은 목소리로 캐서린에게 말했다.

"정신이 없는 모양이군요, 마드모아젤. 지금 무슨 생각을 하고 있죠?"

"영국에 대해 생각하고 있었어요."

갑자기 어떤 생각이 떠올랐는지 그녀는 아침에 받은 편지를 꺼내 그에게 건네주었다.

"고향에서 온 첫 번째 편지예요. 마음이 아파요."

포와로는 편지를 다 읽고 그녀에게 돌려주었다.

"그래서 세인트 메리 미드로 돌아가겠단 말인가요?" 그가 천천히 말했다.

"그렇지는 않아요." 캐서린이 말했다.

"그럴 이유도 없고요."

"아, 내가 실수했군요." 포와로가 말했다.

"내가 잠시 착각을 했습니다."

그는 레녹스 탬플린이 반 올딘과 나이튼과 함께 얘기하고 있는 곳으로 걸어갔다. 미국인은 늙고 초췌해 보였다. 그는 포와로를 보자 반가운 기색도 없이 가볍게 고개만 끄덕였다.

그가 레녹스의 말에 대답하려고 고개를 돌렸을 때, 포와로가 나이튼의 옆으로 다가갔다.

"반 올딘 씨가 괜찮아 보이는군요." 그가 말했다.

"그렇게 보이십니까?" 나이튼이 되물었다.

"디렉 케터링 씨가 체포되어서 사건은 끝났지만 사장님의 입장에서 보면 큰 슬픔이죠. 사장님은 당신에게 사건을 의뢰한 것에 대해서 후회하고 계십니다."

"영국으로 돌아가겠군요." 포와로가 말했다.

"내일모레 떠날 예정입니다."

"그것참 반가운 소식이군요." 포와로가 말했다.

포와로는 머뭇거리더니 캐서린이 앉아 있는 테라스 쪽을 바라보았다.

"그레이 양에게 그 사실을 말해야 하지 않겠습니까?"

"뭘 말씀이죠?"

"당신아―반 올던 씨가 영국으로 돌아간다고요."

나이튼은 잠시 당황해 하는 표정을 짓더니 이내 캐서린이 있는 테라스로 갔다. 포와로는 그 모습을 보고 만족스러운 듯이 고개를 끄덕이고는 레녹스와 미국인의 대화에 끼어들었다. 잠시 뒤 나이튼이 다시 돌아왔다. 이런 저런 얘기가 오고 간 뒤 백만장자와 비서는 그곳을 떠났다. 포와로도 떠날 준비를 했다.

"이거 뭐라고 감사의 말을 해야 할지 모르겠군요." 그가 말했다.

"정말 훌륭한 점심이었습니다. 나에겐 가끔 이런 자리가 필요합니다."

포와로는 가슴을 내밀고는 손으로 탁탁 쳤다.

"나는 사자이고 거인입니다. 아, 캐서린 양. 그런 나의 모습을 상상할 수 없겠죠. 당신은 부드럽고 조용한 에르큘 포와로만 봤을 테니까요. 그렇지만 이 에르큘 포와로에게는 다른 모습도 있습니다. 이제 나는 내 말을 듣는 사람들의 가슴을 서늘하게 만들어 버리겠습니다."

그는 자랑스러운 듯이 주위 사람들을 둘러보았다. 그들은 모두 충격을 받은 것 같았다. 레녹스는 아랫입술을 깨물고 있었고 캐서린도 이상하다는 듯이 묘하게 입술을 일그러뜨리고 있었다.

"나는 반드시 할 겁니다." 그가 심각하게 말했다.

"그래요, 꼭 해내고 말 겁니다."

그가 몇 걸음을 걸었을 때 캐서린의 목소리가 들려왔다.

"포와로 씨, 말할 것이 있어요. 당신 말이 옳았던 것 같아요. 곧 영국으로 돌아가겠어요."

포와로가 그녀를 똑바로 바라보았다. 캐서린은 그의 강렬한 시선에 얼굴을 붉혔다.

"알겠습니다." 그가 무겁게 말했다.

"그런 것 같지 않은데요." 캐서린이 말했다.

"나는 당신이 생각하는 것보다 많은 것을 알고 있습니다."

포와로가 침착하게 말했다.

그는 이상한 미소를 머금은 채 그녀 곁을 떠났다. 그는 차를 앙티브로 향해 몰았다.

로슈 백작의 하인인 이폴리트는 굳은 얼굴을 하고 주인의 아름다운 유리잔을 닦느라고 바빴다. 로슈 백작은 낮에는 몬테카를로에 가 있었다. 우연히 창밖을 쳐다보던 이폴리트는 어떤 손님이 문쪽으로 오는 모습을 보았다. 그 손님이 어찌나 유별나 보였던지 노련한 이폴리트로서도 어떻게 맞아야 할지 생각이 떠오르지 않았다. 그는 부엌에서 바쁘게 일하고 있던 아내인 마리를 불러서 그 유별난 손님을 가리켰다.

"또 경찰은 아니겠죠?" 걱정이 되는 듯이 마리가 말했다.

"직접 봐." 이폴리트가 말했다.

"분명히 경찰은 아니군요, 다행이네요."

"우리가 경찰 때문에 곤란할 일은 없었잖아." 이폴리트가 말했다.

"사실은 백작님의 경고가 없었다면 포도주 상회에 있던 경찰에게 속을 뻔했지." 홀의 벨이 울리자 이폴리트는 침착하고 정중한 태도로 문을 열었다.

"죄송합니다만, 백작님은 집에 안 계시는데요."

코밑수염을 기른 키가 작은 남자가 활짝 웃었다.

"나도 알고 있소." 그가 말했다.

"당신이 이폴리트 플라벨 씬가요?"

"그렇습니다, 선생님."

"그리고 당신의 부인은 마리 플라벨이오?"

"그렇습니다만—."

"당신들 두 사람을 만나고 싶었소." 손님이 말했다.

그는 이폴리트를 제치고 홀로 들어갔다.

"당신 부인은 부엌에 있겠죠?" 그가 물었다.

"내가 거기로 가겠소."

이폴리트가 아무 말도 못하고 멍하니 있는 동안 상대방은 홀의 문 중 하나를 열고는 부엌으로 들어갔다. 마리는 입을 벌리고 그를 바라보았다.

"안녕하시오?" 포와로는 팔걸이의자에 주저앉았다.

"나는 에르큘 포와로요."

"그런데요, 선생님?"

"그 이름을 들어보지 못했소?"

"처음 듣는 이름인데요."

"형편없는 교육을 받은 모양이군. 그건 세상에서 가장 위대한 이름 중 하나란 말이오."

그는 한숨을 쉬고 팔짱을 꼈다.

이폴리트와 마리는 불안한 표정으로 그를 바라보고 있었다. 그들은 괴상하고 엉뚱한 이 방문객에게 어떻게 대응해야 할지 전전긍긍하고 있었다.

"백작님께서는―." 늘 하던 투로 이폴리트가 말했다.

"나는 당신이 왜 경찰에게 거짓말을 했는지 알고 싶소."

"선생님!" 이폴리트가 외쳤다.

"제가―경찰에게 거짓말을 했다고요? 전 그런 적 없습니다."

포와로가 고개를 저었다.

"그렇지 않소." 그가 말했다.

"당신은 여러 번 거짓말을 했소. 어디 보자―."

그는 주머니에서 수첩을 꺼내더니 살펴보았다.

"아, 그래요. 열한 번이군. 당신에게 읽어 주겠소."

부드럽고 담담한 목소리로 그는 일곱 번째 사실을 읽었다.

이폴리트가 주춤 뒤로 물러났다.

"하지만 과거의 잘못을 따질 생각은 없소." 포와로가 말을 계속했다.

"당신들 생각대로 우리가 속아 넘어갔다고는 생각하지는 마시오. 내가 특히 관심이 있는 것은, 로슈 백작이 별장에 도착한 것이 1월 14일 아침이었다는 당신의 진술이오."

"그 말은 거짓이 아닙니다. 사실입니다. 백작님은 14일 화요일 아침에 도착하셨습니다. 그렇지, 마리?"

마리는 옆에서 남편을 거들었다.

"그래요, 그 말이 맞아요. 똑똑히 기억이 나요."

"아, 좋소." 포와로가 말했다.

"그렇다면 당신들은 훌륭한 당신의 주인을 위해 그날 점심식사로 뭘 준비했죠?"

"저—." 마리가 기억을 더듬는 듯한 표정으로 말을 멈췄다.

"이상하군." 포와로가 말했다.

"어떤 것은 기억하고, 어떤 것은 잊어버리다니."

그는 몸을 앞으로 숙이고 주먹으로 탁자를 내리쳤다. 그의 눈은 분노로 번쩍이고 있었다.

"좋소, 좋아. 내가 말한 대로요. 당신이 거짓말을 했다는 것을 아무도 모르는 줄 아는 모양인데, 둘만은 알고 있소. 하나는 신이고—."

그는 손을 들어 하늘을 가리켰다. 그러고는 의자에 몸을 파묻고 눈을 감은 채 조용하게 말했다.

"다른 하나는 이 에르큘 포와로요."

"선생님께서는 뭔가 단단히 오해하고 계시는군요. 백작님은 월요일 밤 파리에서 출발하셔서—."

"그건 사실이오." 포와로가 말했다.

"급행으로 출발했소. 그다음은 어떻게 된 건지 나도 모르오. 아마 당신도 모를 거요. 내가 아는 것은 백작이 화요일 아침이 아니라 수요일 아침에 여기 도착했다는 사실이오."

"선생님이 잘못 아신 겁니다." 마리가 옆에서 거들었다.

포와로가 일어났다.

"그렇다면 안됐지만 법의 힘을 빌리는 수밖에 없겠군."

"무슨 말씀이시죠, 선생님?" 불안한 빛을 숨기지 못하고 마리가 물었다.

"당신들은 케터링 부인의 살인 공모죄로 체포되어 조사를 받게 될 거요."

"살인?"

남자는 하얗게 질린 얼굴로 무릎을 와들와들 떨고 있었다. 마리는 밀방망이를 떨어뜨리고 흐느끼기 시작했다.

"그럴 수 없어요. 제 생각은—."

"당신들이 계속 고집을 부리니 더 이상 얘기하고 싶지 않소. 당신들은 바보 같은 행동을 한 거요."

포와로가 몸을 돌려 문쪽으로 가려고 했을 때 떨리는 목소리가 들려왔다.

"선생님, 선생님, 잠깐만요. 저는—저는 일이 그렇게 된 줄은 몰랐습니다. 저는 단순한 여자 문제인 줄 알았어요. 전에도 그 문제 때문에 경찰이 몇 번 찾아왔었거든요. 그런데 살인이라니—그렇다면 문제가 다릅니다."

"더 이상 참을 수가 없소." 포와로가 소리쳤다.

그는 그들에게 다가가서 이폴리트의 얼굴 앞에서 주먹을 흔들어 보였다.

"내가 온종일 여기에서 당신들 같은 멍청이들과 입씨름이나 하고 있어야 하오? 내가 원하는 것은 진실이오. 내게 진실을 얘기해 줄 수 없다면 그때는 무슨 일이 일어나도 책임지지 않겠소. 마지막으로 묻겠소. 로슈 백작이 마리나 별장에 도착한 것이 화요일 아침이오, 수요일 아침이오?"

"수요일입니다."

한숨을 쉬듯이 남자가 말하자 그의 뒤에 서 있던 마리도 그렇다는 듯이 고개를 끄덕였다.

포와로는 한동안 그들을 노려보더니 천천히 고개를 끄덕였다.

"당신들은 현명했소." 그가 차분하게 말했다.

"하마터면 곤란한 문제에 빠질 뻔했는데."

그는 속으로 회심의 미소를 지으며 마리나 별장을 떠났다.

"역시 추측한 대로야." 그가 중얼거렸다.

"다른 사람에게 가볼까?"

에르퀼 포와로의 카드가 미렐에게 전달된 것은 6시였다. 그녀는 한동안 카드를 보면서 생각에 잠겨 있더니 고개를 끄덕였다. 포와로가 들어갔을 때 그녀는 초조한지 방 안을 서성이고 있었다. 그녀는 화가 난 듯이 그를 향해 소리쳤다.

"뭐예요?" 그녀가 대들었다.

"이젠 또 뭐죠? 아직도 날 덜 괴롭혔나요? 불쌍한 디렉을 배신하게 했으면 됐지, 또 뭘 원하는 거예요?"

"한 가지만 더 묻겠소, 마드모아젤. 기차가 리옹 역을 출발한 뒤 당신이 그녀의 객실로 들어갔을 때—."

"뭐라고요?"

포와로는 온화한 표정으로 그녀를 바라보다가 다시 말했다.

"당신이 케터링 부인의 객실로 들어갔을 때—."

"그런 적 없어요."

"그녀가 어떻게 되었는자—."

"그런 적이 없다니까요."

"이봐요!"

포와로가 그녀를 향해 고함을 지르자 그녀는 놀란 듯 더 이상 말을 못했다.

"내게 거짓말을 하는 거요? 나는 그때 무슨 일이 있었는지 거기서 지켜본 사람처럼 잘 알고 있어요. 당신은 그녀의 객실로 들어갔고, 그녀가 죽은 것을 보았소. 나는 다 알고 있단 말이오. 내게 거짓말하면 위험해요. 조심하시오, 미렐 양."

포와로와 눈이 마주치자 그녀는 시선을 아래로 떨어뜨렸다.

"나는, 나는 그러자—." 그녀는 뭔가 말을 할 듯하다가 입을 다물었다.

"내게 의심 가는 것이 하나 있습니다." 포와로가 말했다.

"당신이 찾던 것을 발견했는지 아니면—."

"아니면 뭐죠?"

"아니면 다른 사람이 당신보다 먼저 들어갔었는지 모르겠군요."

"더 이상 대답하지 않겠어요." 발레리나가 비명을 질렀다.

그녀는 말리는 포와로의 손을 뿌리치고 방바닥에 엎드려서 소리를 지르며 흐느껴 울었다. 하녀가 놀라서 달려나왔다.

에르퀼 포와로는 어깨를 으쓱하고는 눈썹을 치켜들더니 조용히 방에서 물러났다. 그러나 그는 만족한 것 같았다.

제30장

비너 양의 판단

캐서린은 비너 양의 침실 창문을 통해서 내리는 비를 바라보았다. 격렬하게 내리지는 않았지만 조용히 보슬보슬 쉬지 않고 내렸다. 창문으로 꽃이 진 정원과 문으로 통하는 길, 그리고 깔끔하고 조그만 화단이 보였다. 얼마 있으면 화단에 장밋빛, 자줏빛 그리고 푸른 히아신스가 필 것이다.

비너 양은 커다란 빅토리아풍의 침대에 누워 있었다. 그녀는 아침식사를 마친 뒤 그릇들을 옆으로 밀어놓고 편지를 읽으며 그 내용에 대해 한마디씩 던지고 있었다.

캐서린은 손에 들고 있는 편지를 두 번째로 읽어보았다. 그 편지는 파리의 리츠 호텔에서 온 것이었다.

친애하는 캐서린 양
당신이 건강하고, 영국의 가을이 그리 우울하지는 않으리라 믿습니다. 나는 사건을 처리하느라 휴일도 없을 정도로 바쁩니다. 나도 곧 영국으로 가게 될 것 같은데 그때 만났으면 좋겠군요. 괜찮겠죠? 런던에 도착하자마자 당신에게 편지하겠습니다. 우리가 함께 이 사건을 처리하기로 한 약속은 잊지 않았겠죠? 기억하고 있으리라고 믿습니다.
당신에게 존경과 사랑을 보냅니다.

에르퀼 포와로

캐서린은 가볍게 얼굴을 찡그렸다. 편지의 내용 중에 그녀를 당황하게 한 것이 있는 모양이었다.

"성가대 소년들이 소풍 갔을 때 말이다—" 비너 양의 목소리가 들려왔다.

"토미 선더스와 앨버트 다이크스는 데려가지 말 걸 그랬다. 그 두 녀석이 일요일에 교회에서 무슨 생각을 하는지 모르겠거든. 토미는 '오, 주여, 우리를 빨리 구원하소서.'라는 구절만 부르고 다시는 노래하지 않더구나. 또, 내 관찰력이 옛날 같지 않다고 해도 앨버트 다이크스가 입만 벙긋벙긋 하는 걸 금방 알아차릴 수 있었단다."

"저도 알아요. 장난꾸러기 녀석들이죠."

캐서린이 알고 있다는 듯이 말했다.

그녀가 두 번째 편지를 열었을 때 갑자기 얼굴이 붉어졌다. 비너 양의 목소리가 멀리서 희미하게 들리는 것처럼 느껴졌다.

다시 그녀가 제정신으로 돌아왔을 때 비너 양이 의기양양하게 무슨 말인가를 계속해서 해대고 있었다.

"그래서 내가 그녀에게 이렇게 말했단다. '전혀 그렇지 않아요. 공교롭게도 그레이 양은 탬플린 부인의 사촌이거든요.' 캐서린, 너는 어떻게 생각하니?"

"저를 위해 변호해 주셨군요. 정말 고마워요."

"필요하다면, 너도 당당하게 그렇게 말할 수 있어. 그 사람들은 그런 칭호를 받을 자격이 없어. 교구목사의 부인이면 부인이었지, 네가 사교계에 들어갔다고 해서 그런 식으로 말해서는 안 되는 거야."

"그녀가 그리 나쁜 사람이라고는 생각지 않아요."

"너를 좀 봐라." 비너 양이 말을 계속했다.

"너는 얼마든지 그렇게 될 수도 있었는데, 그래 잘난 체하는 숙녀가 되어 돌아왔니? 아니다, 너는 여전히 정숙하게 무명 양말과 얌전한 신발을 신고 있잖니? 어제도 엘렌에게 그 얘기를 했단다. 내가 이렇게 말했다. '엘렌, 그레이 양을 좀 봐라. 그 애는 내로라하는 사람들과 어울려 지냈어. 그런데도 무릎까지 올라오는 치마에 올이 풀린 비단 양말에다가 그 우스꽝스러운 신발을 신고 다니더냐?'"

캐서린은 조용히 미소 지었다. 그 모습을 보고 비너 양은 자기가 한 말에 더욱 확신을 가지고 계속 말을 이었다.

"네가 거만해지지 않아서 정말 안심이다. 며칠 전에 신문 오린 것을 뒤적여

보았단다. 나는 탬플린 부인과 그녀가 경영했던 전쟁병원에 대한 기사를 읽고 마음이 놓이지 않았다. 너도 한 번 보렴. 책상 서랍 속 상자 안에 있다."

캐서린은 손에 쥐고 있던 편지를 내려다보며 뭔가 말할 듯하다가 입을 다물었다. 그녀는 서랍에서 기사를 꺼내어 살펴보았다. 세인트 메리 미드로 돌아온 이후로 그녀는 비너 양의 통찰력과 용기에 새삼 감탄하고 있었다. 그녀는 자기가 비너 양에게 해줄 수 있는 일이란 거의 없다고 느꼈지만, 조그마한 도움이 늙은 여인에게 얼마나 커다란 힘이 되는지 경험을 통해서 잘 알고 있었다.

"여기 있군요." 이윽고 그녀가 말했다.

"'별장을 장교들의 병원으로 운영하고 있는 탬플린 자작부인이 강도를 당해 보석을 도둑맞았다. 그중에는 탬플린 가문의 가보로 내려오는 유명한 에메랄드도 끼어 있었다.'"

"아마 모조품일 게다." 비너 양이 말했다.

"사교계 부인들 보석 중에는 그런 것들이 많거든."

"여기 또 다른 것도 있어요." 캐서린이 말했다.

"사진이에요. '탬플린 부인과 그녀의 어린 딸 레녹스의 사진.'"

"어디 보자." 비너 양이 말했다.

"아이의 얼굴은 많이 나오지 않았지? 그래도 그 정도면 잘 나온 거야. 묘하게도 세상에는 아름다운 어머니에게서 못생긴 딸이 나오는 경우가 많거든. 사진사가 그녀를 위해 할 수 있는 최선의 일은 그녀의 딸의 얼굴을 그녀 뒤로 숨기는 것이었을 게다."

캐서린은 웃었다.

"'이번 시즌에 리비에라에서 가장 맹렬했던 사교계 여주인 한 명은 캅 마르탱에 별장을 가지고 있는 탬플린 자작부인이다. 그녀의 사촌인 그레이 양은 소설에 나오는 얘기처럼 많은 재산을 물려받았는데 지금 그 별장에 머무르고 있다.'"

"그게 내가 찾았던 기사야." 비너 양이 말했다.

"네 사진이 나온 기사가 있었을 텐데 잊어버렸지 뭐니. 너도 알 거다. 어떤 부인인지, 아니면 존스 윌리엄인지 하는 사람이 한순간 실수하는 모습을 노렸다는 듯이 사진을 찍어 버리지. 사교계 사람들은 그런 사진이 참 골칫거리일 거야."

캐서린은 대답하지 않았다. 그녀는 손가락으로 기사를 문지르고 있었다. 그런 그녀의 얼굴은 걱정스러운 표정이었다. 그녀는 두 번째 편지를 꺼내 훑어보고는 비너 양에게 건네주었다.

"비너 양? 리비에라에서 만난 친구가 있는데요, 여기 와서 저를 만나고 싶다는군요."

"남자냐?" 비너 양이 물었다.

"예."

"뭐 하는 사람인데?"

"미국인 백만장자 반 올딘 씨의 비서예요."

"이름은?"

"나이튼, 나이튼 소령이에요."

"흠, 백만장자의 비서라. 여기 와서 너를 만나고 싶다고? 캐서린, 네게 할 말이 있다. 너는 훌륭하고 분별력이 있기 때문에 모든 일을 올바르게 처리할 거라고 믿는다. 하지만 여자라면 한때 바보가 되는 경우가 있게 마련이다. 십중팔구 그 남자는 네 돈을 노릴 게다."

그녀는 몸짓으로 캐서린의 말을 막고 얘기를 계속했다.

"나는 네게 이런 일이 생길 것을 예상하고 있었다. 백만장자의 비서라고 했지? 그 청년은 분명히 편하게 살고 싶은 사람일 거야. 그 청년은 편하게 자라 왔으며 사치를 즐기고 두뇌도 모험심도 없을 거야. 그리고 백만장자의 비서라는 직업보다 더 편한 생활을 찾아서 돈 많은 여자와 결혼하려는 사람일 거야. 그렇다고 네가 남자에게 사랑받지 못한다는 것은 아니다. 너는 젊지도 않은데다 얼굴이 예쁜 편이긴 하지만 미인은 아니거든. 그래서 내가 하고 싶은 말은 어리석은 행동을 해서는 안 된다는 거야. 네가 정 그와 사귀고 싶다면 재산을 네 앞으로 묶어 놓도록 해. 자, 내 말은 끝났다. 하고 싶은 말이 있니?"

"없어요." 캐서린이 말했다.

"그런데 그가 여기에 와서 저를 만나도 괜찮겠어요?"

"그 점은 상관하지 않겠다." 비녀 양이 말했다.

"나는 할 일을 다 했으니까 앞으로 네게 일어나는 모든 일은 네 책임이지. 그런데 그와 점심을 먹는 것이 좋겠니, 저녁을 먹는 것이 좋겠니? 엘렌이 당황해 하지 않는다면 저녁식사도 준비할 수 있을 텐데."

"점심이 좋겠어요." 캐서린이 말했다.

"정말 고마워요, 비녀 양. 그가 제게 전화해 달라고 했는데, 점심식사를 함께 하자고 하겠어요. 그러면 시내에서 차를 몰고 올 거예요."

"엘렌은 구운 토마토를 곁들인 스테이크를 잘 만들지." 비녀 양이 말했다.

"썩 잘 만드는 편은 아니지만 그 애에게는 그 음식이 특기야. 파이는 형편 없으니까 내놓지 않는 게 좋겠어. 그렇지만 성(城) 모양으로 만든 푸딩은 먹을 만해. 애버트 가게에서 파는 치즈가 맛있다는 걸 너도 알지? 그리고 아버지의 포도주도 꽤 남았는데 아주 맛이 좋아."

"아니에요, 비녀 양. 그러실 필요는 없어요."

"괜찮다, 얘야. 남자들이란 식사를 하면서 뭔가 마셔야 기분이 나거든. 오래 된 위스키가 있는데 그가 위스키를 좋아하면 그걸 내놓아라. 아무 말 말고 내가 시키는 대로 해. 포도주함 열쇠는 옷장 세 번째 서랍 왼쪽에 있는 스타킹 한 짝 속에 있단다."

캐서린은 얌전히 그쪽으로 갔다.

"아참, 또 한 짝에—." 비녀 양이 생각난 듯이 말했다.

"내 다이아몬드 귀걸이와 금 브로치가 있단다."

"오!" 캐서린이 놀라서 물었다.

"왜 그런 귀한 보석을 보석함에 넣어 두지 않으세요?"

비녀 양은 그럴 수 없다는 듯이 콧김을 거세게 내뿜었다.

"그건 안 되지! 그런 일에는 절대 신중해야 한다. 아버지가 아래층에 비밀 금고를 만드셨던 일이 기억나는구나. 아버지는 기분이 좋아서 어머니에게 이렇게 말하셨지. '자, 메리, 보석함을 밤마다 내게 주면 내가 안전하게 보관해 줄게.' 어머니는 재치가 있었기 때문에 남자들이 멋대로 행동한다는 것을 알고 계셨어. 그래서 아버지 말씀대로 일단 보석함을 잠가서 아버지에게 드렸지.

그런데 어느 날 밤 도둑이 들어왔어. 당연히 그들은 금고부터 찾았지! 아버지가 동네를 돌아다니시며 우리 집에 솔로몬 왕의 보물이라도 있는 것처럼 자랑하셨으니까 도둑들이 우리 집을 노릴 만도 했어. 큰 컵과 은으로 만든 잔, 그리고 아버지가 아끼시던 금쟁반과 보석 상자까지 싹 쓸어간 거야."

　그녀는 한숨을 쉬었다.

　"아버지는 무거운 목소리로 어머니의 보석함에 대해 말씀하셨어. 거기에는 베니스에서 가져온 보석 세트도 있었고, 정교하게 조각된 옥과 엷은 핑크색 산호, 그리고 큰 다이아몬드 귀걸이가 있었어. 그렇지만 방금 말했다시피 현명한 어머니는 보석을 모두 코르셋 속에 감춰 두셨지. 그래서 결국 보석은 안전했던 거야."

　"보석함은 비어 있었겠군요?"

　"오, 아니다, 얘야." 비너 양이 말했다.

　"그러면 상자가 가벼워서 금방 눈치를 채지. 어머니는 현명하셨기 때문에 그런 것까지 모두 신경을 쓰셨어. 어머니는 보석함에 단추를 넣어 두셨단다. 제일 위 칸에 구두 단추를, 그리고 두 번째 칸엔 바지 단추를, 그리고 마지막 칸엔 잡다한 단추를 넣어 두셨어. 그런데 이상하게도 아버지는 어머니에게 화를 내시더구나. 속이는 것은 참을 수 없다고 하시면서—자, 이제 그만 떠들어야겠다. 가서 네 친구에게 전화해야지. 좋은 스테이크 고기를 고르고, 엘렌에게는 시중들 때 실례가 되지 않도록 구멍 나지 않은 양말을 신도록 일러라."

　"그녀의 이름이 엘렌인가요, 헬렌인가요, 제 생각엔—."

　비너 양은 눈을 감았다.

　"나도 다른 사람들처럼 'h' 발음을 잘 할 수 있단다. 하지만 헬렌은 하녀의 이름으로 적당하지 않아. 요즘 하류층 부인들은 어떻게 부르는지 모르겠구나."

　나이튼이 그 집에 도착했을 때 비는 그치고 희미한 햇빛이 비치고 있었다. 그를 맞이하기 위해서 문간에 서 있는 캐서린의 머리카락이 그 빛을 받아 반짝거렸다. 그는 애들처럼 경쾌한 걸음걸이로 그녀에게 다가갔다.

　"저, 실례가 되지 않는지 모르겠습니다만 당신을 다시 만나고 싶어서 이렇게 찾아왔습니다. 함께 계시는 부인께 폐가 되지 않았으면 좋겠습니다만."

"들어가서 잘 사귀어 보세요." 캐서린이 말했다.

"아주 날카로운 분이지만 조금만 얘기해 보면 아주 따뜻한 마음씨를 가졌다는 것을 알게 될 거예요."

비너 양이 가보로 내려온 옥으로 만든 목걸이를 하고 점잖게 거실로 들어왔다. 그녀는 정중하게 나이튼에게 인사를 했다. 그녀의 엄격한 태도는 많은 남자들을 겁주기에 충분했다. 그러나 나이튼도 사람들이 쉽게 무시해 버릴 수 없는 매력적인 예절을 보였기 때문에 비너 양에게 기가 죽은 것 같지는 않았다. 분위기는 즐겁게 무르익었고, 엘렌(아니면 헬렌)은 새 스타킹을 신고 놀랄 만큼 싹싹하게 시중을 들었다. 나이튼과 캐서린이 식사를 마치고 산책하러 나간 사이에 비너 양은 쉬기 위해 침실로 갔다.

차가 떠나고 나서 캐서린은 천천히 위층으로 올라갔다. 그때 그녀를 부르는 소리가 들렸다. 그녀는 비너 양의 침실로 들어갔다.

"친구는 갔나?"

"예, 그를 이곳으로 초대하게 허락해 주셔서 정말 고마워요."

"내게 고마워할 필요는 없단다. 내가 자기 실속만 차리는 고집 센 늙은이인 줄 아니?"

"아주머니는 정말 다정한 분이에요." 캐서린이 정답게 말했다.

"흠." 비너 양이 헛기침했다.

캐서린이 방을 나가려고 하자 그녀가 조용히 불렀다.

"캐서린?"

"예."

"내가 그 젊은이에 대해 잘못 생각하고 있었던 것 같다. 남자가 여자에게 접근할 때는 부드럽고 자신감 있고 자상하게 보인단다. 그렇지만 남자가 정말 사랑에 빠지면 꼭 양같이 보이지. 그런데 너를 쳐다보는 그 젊은이의 모습은 꼭 양 같더구나. 내가 오늘 아침에 했던 말은 다 취소한다. 정말이야."

제31장

에어런스

"오!" 조지프 에어런스가 탄성을 질렀다.

그는 큰 맥주잔을 죽 들이키더니 한숨을 내쉬며 잔을 내려놓고 입가에 묻은 거품을 닦았다. 그리고 맞은편에 앉아 있는 에르퀼 포와로를 바라보았다.

"내게는—." 에어런스가 말했다.

"허릿살로 만든 스테이크와 마실 것, 팰랠스, 횟너츠, 그리고 이 집에서 잘하는 요리를 몇 가지 주시오."

포와로는 그가 주문하는 모습을 바라보며 빙그레 미소 지었다.

"스테이크와 달걀 모양의 푸딩을 같이 먹어도 나쁘진 않겠지만—."

그가 계속 말했다.

"사과 파이? 좋아, 그걸로 하겠소. 고마워요, 아가씨. 그리고 아이스크림 한 컵도."

음식이 날라져 왔다. 잠시 뒤 에어런스는 긴 한숨을 내쉬며 포크와 스푼을 내려놓았다. 그리고 앞에 놓인 치즈를 만지작거리며 뭔가 생각에 잠겨 있었다.

"무슨 어려움이 있는 것 같습니다, 포와로 씨—." 그가 입을 열었다.

"내가 도울 수 있다면 좋겠군요."

"매우 친절한 말씀입니다." 포와로가 말했다.

"나는 속으로 이렇게 말했죠. '배우들에 대해 알고 싶은 것이 있다면 옛친구인 조지프 에어런스 씨를 찾아가면 문제없이 가르쳐 줄 거다.'"

"그리 틀린 말은 아닐 겁니다." 에어런스가 자신 있다는 듯이 말했다.

"조지프 에어런스는 그 분야의 과거, 현재, 미래의 모든 일을 다 알고 있으니까요."

"물론이죠. 그럼 물어보겠습니다, 에어런스 씨. 키드라는 여자에 대해 알고 있는 것이 있습니까?"

"키드? 키티 키드 말입니까?"

"그렇습니다."

"아주 훌륭한 배우였습니다. 남자 성대모사도 하고 노래도 부르고 춤도 잘 췄죠. 그 여자 말이죠?"

"그렇습니다."

"정말 잘했어요. 돈도 많이 벌었죠. 계약이 끊이지 않았으니까. 남자 성대모 사를 주로 했지만 사실은 여배우로서의 재질은 없는 편이었습니다."

"나도 그렇게 들었습니다." 포와로가 말했다.

"그런데 요즘에는 보이지 않더군요?"

"그래요. 다른 일을 하는 모양입니다. 프랑스로 건너가서 유명한 귀족을 사 귄다고 하더군요. 아마 무대에서는 은퇴했을 겁니다."

"그게 언제 일이죠?"

"글쎄요. 3년쯤 됐을 겁니다. 하지만 그 이후의 일은 잘 모르겠습니다."

"똑똑한 여자였나요?"

"굉장히 똑똑했죠."

"파리에서 그녀가 사귄다던 남자의 이름을 압니까?"

"명사(名士)라는 사실만 알죠. 백작이라든가, 후작이라든가? 잠깐만 있어 봐 요. 후작이라는 것 같았습니다."

"그 이후 그녀의 생활에 대해서는 아무것도 모릅니까?"

"그렇습니다. 그녀와 비슷한 사람도 보지 못했으니까요. 아마 후작부인이 되 어서 외국 휴양지나 돌아다니고 있겠죠. 키티에게는 조심하는 게 좋을 겁니다. 받은 만큼은 돌려주는 여자니까요."

"그래요?" 포와로가 생각에 잠겨 말했다.

"더 이상 아는 것이 없어 유감이군요." 에어런스가 말했다.

"가능하다면 당신을 도와주고 싶은데요. 예전에 당신에게 신세도 진 것이 있고 해서."

"아, 이젠 피장파장이죠. 당신도 방금 내게 은혜를 베풀었으니까요."

"은혜는 은혜로 갚아야죠, 하하!" 에어런스가 웃었다.

"당신은 참 재미있는 직업을 가졌습니다." 포와로가 말했다.

"그저 그렇죠." 에어런스가 모호하게 말했다.

"부드러움과 거친 면을 동시에 갖추고 있죠. 이것저것을 따져볼 때 내게는 그럭저럭 어울리는 것 같습니다. 그렇지만 항상 신경을 곤두세우고 있어야 합니다. 사람들이 어떤 평가를 할지 모르거든요."

"최근 몇 년간은 무용 분야가 두각을 나타내더군요."

포와로가 생각난 듯이 말했다.

"러시아 발레에는 도무지 흥미를 못 느끼겠는데, 사람들은 그걸 좋아하더군요. 내게는 너무 수준이 높죠."

"리비에라에서 발레리나를 한 명 만났습니다—미렐이라고"

"미렐? 성질이 불 같은 여자죠. 그녀 주위에는 항상 돈이 따르죠. 또, 그래야만 그녀는 춤을 추고. 그녀가 춤추는 것을 보았는데 굉장하더군요. 그녀를 만나본 적은 없지만 성격이 고약하다는 소문을 들었습니다."

"그래요." 포와로가 생각에 잠겨 말했다.

"상상할 수 있습니다."

"기질이에요!" 에어런스가 말했다.

"사람들은 그런 걸 예술가의 기질이라고 부르죠. 내 아내도 결혼하기 전에는 발레리나였는데 고맙게도 그런 기질은 없더군요. 가정에서는 그런 것이 필요 없잖습니까, 포와로 씨?"

"물론이죠. 집 밖에서나 필요한 거죠."

"여자란 침착하고 너그러운 데다가 요리를 잘해야죠." 에어런스가 말했다.

"미렐이 유명해진 건 최근의 일이죠?" 포와로가 물었다.

"한 2년 반쯤 전부터죠." 에어런스가 말했다.

"프랑스의 어느 백작이 그녀를 출세시켰죠. 지금은 그리스의 전직 장관과 만나고 있다는 소문을 들었습니다. 그런 사람들이 몰래 그녀에게 돈을 대주죠."

"처음 듣는 얘기로군요." 포와로가 말했다.

"그런 여자들은 행동에 물불을 안 가립니다. 사람들은 젊은 케터링이 그녀

때문에 부인을 죽였다고 하더군요. 그 말이 사실인지는 모르겠지만요. 어쨌든 그는 감옥에 있고 그녀는 상관없다는 듯이 여기저기 돌아다니고 있습니다. 참 염치도 없는 여자입니다. 또, 소문에 의하면 그녀가 비둘기 알 만한 루비를 달고 다닌다고도 하더군요. 나는 아직 비둘기 알 만한 루비를 본 적이 없습니다. 소설 속에나 나오는 거라고만 생각하고 있었는데—."

"비둘기 알 만한 루비라고?" 포와로가 외쳤다.

"그것참 흥미있군요."

"어떤 친구가 그러더군요." 에어런스가 말했다.

"그렇지만 아무리 생각해도 그건 색유리 같습니다. 여자들은 자기 보석에 대해선 그럴 듯하게 거짓말을 하고 다니니까요. 미렐도 돌아다니면서 그 루비가 '불의 심장'이라고 얘기한다는군요."

"모르긴 몰라도—." 포와로가 말했다.

"'불의 심장'이라는 루비는, 루비로 된 목걸이 한가운데에 있는 건데요."

"그래요! 내가 여자들은 자기 보석에 대해서 거짓말을 한다고 했잖습니까? 그건 백금 목걸이 가운데 있는 보석일 겁니다. 그리고 십중팔구 그건 색유리일 겁니다."

"그렇지 않습니다." 포와로가 말했다.

"적어도 색유리는 아닐 겁니다."

제32장

캐서린과 포와로의 대화

"많이 변했군요, 마드모아젤." 포와로가 갑자기 말했다.

그와 캐서린은 사보이 호텔에서 작은 탁자를 사이에 두고 마주 보고 있었다.

"예, 많이 변했어요." 그가 다시 말했다.

"어떤 점에서요?"

"글쎄요, 뭐라고 표현하기가 어렵군요."

"더 늙어 보이겠죠."

"그래요, 좀 나이가 들어 보입니다. 그렇지만 얼굴에 주름이 생겼다는 뜻은 아닙니다. 내가 처음 당신을 봤을 때, 당신은 인생을 구경하는 사람 같았습니다. 뒷전에서 차분한 모습으로 경기를 지켜보는 구경꾼이었죠."

"그런데 지금은요?"

"지금은 구경하는 사람이 아닙니다. 여기서 이런 말을 하는 건 이상하지만, 지금 당신의 모습은 어려운 경기를 하고 있는 선수 같습니다."

"함께 있는 부인이 아주 까다로워서요." 캐서린이 미소를 지으며 말했다.

"그렇다고 그녀와 함께 지내는 것이 힘들다는 건 아니에요. 시간이 나면 한번 그녀를 만나보세요. 아마 당신도 그녀의 용기와 정신에 감탄하게 될 거예요."

웨이터가 닭 요리를 내오는 동안 그들은 조용히 있었다. 그가 가고 나자 포와로가 다시 말했다.

"내가 친구인 헤이스팅스에 대해서 얘기했던가요? 인간굴(입이 무거운 사람이라는 뜻) 같다고 말한 사람 말입니다. 그런데 마드모아젤, 내가 그런 적수를 만난 것 같습니다. 당신은 내 친구보다 훨씬 속마음을 보이지 않으니까요."

"말도 안 돼요." 캐서린이 가볍게 말했다.

"언젠가 말했다시피, 에르큘 포와로는 말이 안 되는 말은 하지 않습니다."

다시 침묵이 흘렀다. 포와로가 침묵을 깨고 입을 열었다.

"영국으로 돌아오고 나서 리비에라에 있던 친구를 만난 적이 있습니까?"

"나이튼 소령을 만났어요."

"아하! 그랬습니까?"

포와로의 반짝이는 눈동자와 마주치자 캐서린은 고개를 숙였다.

"그렇다면 반 올딘 씨가 런던에 와 있단 말인가요?"

"예."

"내일이나 모레쯤 그를 만나야겠군요."

"그에게 전할 말이라도 있나요?"

"왜 그렇게 생각하죠?"

"그—그냥 그런 생각이 든 것뿐이에요."

포와로는 반짝이는 눈동자로 그녀를 쳐다보았다.

"자, 마드모아젤, 당신이 내게 물어볼 말이 많다는 것을 잘 알고 있습니다. 뭘 망설이는 거죠? 푸른 열차 사건이 우리의 추리소설이라고 했잖습니까?"

"그래요. 당신에게 물어보고 싶은 것이 있어요."

"뭐죠?"

캐서린은 결심을 굳힌 듯이 그를 똑바로 바라보았다.

"파리에서 무슨 일을 하셨죠, 포와로 씨?"

포와로의 얼굴에 희미한 미소가 떠올랐다.

"러시아 대사관을 찾아갔었습니다."

"예?"

"그렇게만 말한다면 당신의 물음에 대한 대답이 안 되겠죠. 자, 나는 인간굴이 아닙니다. 굴이 아니라는 의미에서 다 털어놓겠습니다. 디렉 케터링을 체포했다고 해서 내가 이 사건이 끝난 걸로 여길 것 같습니까?"

"저도 그게 이상해요. 저는 당신이 니스에서 사건을 마무리한 걸로 생각했어요."

"여전히 속에 있는 말을 하지 않는군요, 마드모아젤. 그렇지만 이해합니다. 디렉 케터링을 감옥으로 보낸 사람은 바로 납니다. 하지만 나로서는 예심판사가 아직도 로슈 백작에 대한 의심을 풀지 않는 것이 못마땅합니다. 나는 절대 후회할 행동은 하지 않습니다. 내게는 진실을 밝히는 한 가지 의무밖에 없으니까요. 그래서 케터링 씨를 그렇게 만든 겁니다. 그런데 그것으로 사건이 해결된 걸까요? 경찰은 그렇다고 말할지 몰라도 나 에르큘 포와로는 그렇지 않습니다."

그는 갑자기 말을 멈췄다.

"그런데 마드모아젤, 요즘 레녹스 양의 소식을 들은 적이 있습니까?"

"아무렇게나 쓴 짤막한 편지 한 통을 받았어요. 제가 영국으로 돌아온 것이 섭섭했던 모양이에요."

포와로가 고개를 끄덕였다.

"케터링 씨가 체포되는 날, 그녀와 이야기를 나누었습니다. 그런데 다른 어떤 사람과의 대화보다도 흥미진진했습니다."

그는 말을 멈추고 생각에 빠졌고, 캐서린은 그의 생각을 방해하지 않았다.

"마드모아젤, 나는 요즘 미묘한 입장에 놓여 있습니다."

그가 다시 말을 계속했다.

"내 생각으로는 누가 디렉 케터링을 사랑하는 것 같은데 그녀를 위해서라도 —글쎄요, 내 생각이 맞고 경찰이 틀리길 바랍니다. 당신은 그녀가 누구인지 알겠죠?"

잠시 침묵이 흐른 뒤에 그녀가 대답했다.

"예—알 것 같아요."

포와로가 그녀를 향해 몸을 기울였다.

"나는 만족하지 않습니다, 마드모아젤. 절대로 그럴 수 없습니다. 사건의 중요한 요소들이 모두 케터링 씨에게 맞아떨어지지만 한 가지 설명할 수 없는 것이 있습니다."

"그게 뭐죠?"

"피해자의 짓이겨진 얼굴입니다. 나는 마음속으로 수없이 이렇게 물었죠. '디렉 케터링이 살인을 저지른 뒤에 다시 얼굴을 짓이겨 놓을 만큼 잔인한 사람일까?' 그래서 그에게 좋은 점이 무엇일까요? 왜 그런 짓을 했을까요? 과연 그 행동이 케터링 씨의 성격으로 보아 가능한 것일까요? 마드모아젤, 이 문제에 대해서는 만족할 만한 답이 떠오르지 않더군요. 계속 나는 한 가지 문제를 되새겼죠―왜? 그래서 결국 그 문제를 푸는 단서가 될 것은 이것밖에 없다는 생각을 했습니다."

그는 주머니를 뒤져 뭔가를 꺼내어 엄지와 집게손가락 사이에 끼었다.

"기억이 납니까, 마드모아젤? 당신은 내가 객실의 무릎덮개에서 이것을 찾아내는 모습을 봤습니다."

캐서린은 몸을 앞으로 숙이고 그 머리카락을 유심히 살펴보았다.

포와로가 천천히 고개를 끄덕였다.

"이걸로는 아무 생각도 떠오르지 않겠지만, 당신은 많은 것을 알 수 있으리라고 생각합니다."

"이상한 생각이 들었어요." 캐서린이 천천히 말했다.

"그래서 당신에게 파리에서 무엇을 했는지 물어본 거예요. 혹시 이 머리카락 때문에―."

"내가 당신에게 편지를 썼을 때―."

"리츠 호텔에서요?"

포와로의 얼굴에 이상한 미소가 번졌다.

"그래요, 리츠 호텔이었죠. 나는 가끔 사치를 즐기죠―백만장자가 지급할 때만."

"러시아 대사관아―." 캐서린이 얼굴을 찌푸리며 말했다.

"갑자기 그곳이 왜 튀어나왔는지 모르겠어요."

"직접적으로 생각해서는 잘 모르죠, 마드모아젤. 내가 거기에 간 것은 어떤 정보를 얻기 위해서였습니다. 거기서 어떤 사람을 만나서―이 에르퀼 포와로가, 그를 협박했습니다."

"경찰과 함께요?"

"아닙니다." 포와로가 담담하게 말했다.

"단지 신문기자와 함께―더욱 무서운 협박이죠."

그가 캐서린을 쳐다보자 그녀는 미소를 띤 채 고개를 흔들었다.

"다시 굴로 돌아갈 생각은 아니겠죠, 포와로 씨?"

"천만에! 수수께끼를 만들고 싶은 생각은 없습니다. 다 얘기하겠어요. 나는 그 사람이 반 올던 씨에게 보석을 파는 데 협력했을 거라고 의심했습니다. 그 래서 그를 위협해서 그 경위를 들었죠. 그 보석이 어디에서 넘겨졌는지, 그리 고 거리에서 왔다 갔다 하던 사람—백발의 가발을 쓰고 있었지만 젊은 사람처 럼 경쾌하게 걷던 사람에 대해서도 알게 되었습니다. 또 그 사람의 이름이 마 르키라는 사실도 알아냈죠."

"그럼, 반 올던 씨를 만나러 런던에 온 것이 아닌가요?"

"그 이유도 있고 다른 일도 있었습니다. 나는 런던에 와서 두 사람을 더 만 났습니다—연극하는 친구와 할리 가에 있는 의사죠. 그 사람들에게서 나는 어 떤 정보를 얻었습니다. 그것들을 종합해서 만든 결론과 당신이 생각하고 있는 결론을 비교해 봅시다."

"제 결론이요?"

"그렇습니다, 마드모아젤. 하나 더 얘기하죠. 지금까지 내내 나는 강도와 살 인을 한 사람이 저질렀는가 하는 것이 의심스러웠습니다. 오랫동안 확신할 수 없었는데—."

"그런데 지금은?"

"지금은 알고 있습니다."

한참 동안 침묵이 흘렀다.

이윽고 캐서린이 고개를 들었다. 그녀의 눈은 빛나고 있었다.

"저는 당신처럼 영리하지 못해요, 포와로 씨. 당신이 말하는 것과 제 생각은 너무 달라요. 전 전혀 다른 각도에서 생각했거든요—."

"아, 그럴 수밖에 없죠." 포와로가 침착하게 말했다.

"거울은 진실을 보여 줍니다. 하지만 사람들이 거울 앞에 서는 위치는 저마 다 다르죠."

"제 생각은 좀 특별나요. 당신의 생각과는 완전히 다를지도 몰라요. 그렇지 만—."

"예?"

"이게 도움이 될 수 있을까요?"

포와로는 손을 뻗어 신문에서 오려낸 기사를 받아들었다. 그는 그것을 읽고 위를 쳐다보더니 무겁게 고개를 끄덕였다.

"아까 말한 것처럼, 마드모아젤, 사람들은 모두 다른 각도에서 거울을 봅니다. 하지만 거울은 똑같게 마련이고 비치는 사물도 같게 마련입니다."

캐서린이 일어났다.

"그만 가봐야겠군요. 기차 시간을 놓칠 것 같아요, 포와로 씨―."

"그렇군요, 마드모아젤."

"이제 얼마 안 남았겠죠? 저는―저는 더 이상 있을 수 없을 것 같아요."

그녀는 괴로운 듯이 말을 멈췄다.

그가 다정하게 그녀의 손을 잡았다.

"힘을 내요, 마드모아젤. 여기까지 와서 쓰러지면 안 됩니다. 막이 내릴 때가 가까워졌어요."

제33장

새로운 추리

"포와로 씨가 만나고 싶답니다, 사장님."

"망할 자식!" 반 올딘이 말했다.

나이튼은 옆에서 말없이 서 있었다.

반 올딘은 의자에서 일어나 방 안을 왔다 갔다 했다.

"오늘 아침에 그 빌어먹을 신문을 봤겠지?"

"예, 보았습니다."

"아직도 기세가 등등하던가?"

"그렇습니다, 사장님."

백만장자는 의자에 앉아 이마에 손을 갖다 댔다.

"진작 이렇게 될 줄 알았더라면—." 그가 탄식하며 말했다.

"절대로 그 조그만 벨기에인에게 사실을 밝혀 달라고 부탁하진 않았을 거야. 그땐 루스를 죽인 놈을 잡아야 한다는 생각뿐이었지."

"사위가 풀려나는 것이 싫으십니까?"

반 올딘은 한숨을 쉬었다.

"할 수만 있다면 내 손으로 법을 집행하고 싶네."

"그런 것은 공정한 처사가 아니라고 생각합니다, 사장님."

"어쨌든, 그 사람이 나를 만나고 싶어한다고?"

"그렇습니다, 사장님. 아주 급한 일이라는데요."

"그럴 만한 일이 있는지도 모르겠군. 괜찮다면, 오늘 아침에 와도 좋다고 전하게."

포와로는 명랑하고 가벼운 기분으로 방으로 들어왔다. 백만장자의 태도에는 친절함이라고는 전혀 없었지만, 포와로는 사소한 일들에 대해 즐겁게 떠들어

댔다. 그는 의사를 만나기 위해서 런던에 왔다고 말하면서 유명한 의사의 이름을 들먹였다.

"아닙니다. 적에게 맞은 것이 아니라 경찰에 있을 때 깡패에게 총을 맞았죠."

그는 왼쪽 어깨를 가리키며 툭툭 치다가 아픈 듯이 얼굴을 찡그렸다.

"당신은 언제나 운이 좋은 것 같습니다, 반 올딘 씨. 미국인 백만장자라고 하면 으레 연상되는 소화불량 증세가 없으니 말입니다."

"나는 아주 튼튼합니다." 반 올딘이 말했다.

"아주 단순하게 생활하고 무리한 일을 하지 않으니까요."

"그레이 양을 만난 적이 있죠?" 나이튼을 향해 포와로가 물었다.

"저—예, 한두 번 만났습니다." 비서가 말했다.

그가 얼굴을 붉히자 백만장자가 놀라서 말했다.

"내게는 그녀를 만났다는 얘기를 안 했잖나, 나이튼?"

"사장님께서는 별로 관심이 없으실 것 같아서 말씀드리지 않았습니다."

"나도 그 여자가 마음에 든다네." 반 올딘이 말했다.

"그녀가 세인트 메리 미드에 다시 파묻히는 것은 정말 안된 일입니다."

포와로가 말했다.

"정말 착한 여자입니다." 나이튼이 그녀를 칭찬했다.

"아무 책임이 없는 고리타분한 늙은 여자를 돌보기 위해서 그런 시골에 파묻힐 사람은 거의 없을 겁니다."

"나야 상관없는 사람이지만—." 눈을 반짝거리며 포와로가 말했다.

"어쨌든 안된 일입니다. 자, 그러면 본론으로 들어갑시다."

상대방 두 사람은 놀라서 그를 쳐다보았다.

"내가 하는 말에 놀라거나 충격을 받지는 마십시오, 반 올딘 씨, 만일 디렉 케터링 씨가 자기 부인을 죽이지 않았다면—."

"뭐요?"

두 사람은 깜짝 놀라 그를 쳐다보았다.

"당신 미쳤소, 포와로 씨?"

반 올딘이 외쳤다.

"아닙니다." 포와로가 말했다.

"나는 미치지 않았습니다. 단지 괴짜(다른 사람이 나를 그렇게 부르더군요)라고 할 수는 있겠죠. 그렇지만 나는 아주 충실하게 내 일을 하고 있는 겁니다. 반 올딘 씨, 만일 그게 사실이라면 당신은 기쁘겠습니까, 슬프겠습니까?"

반 올딘이 그를 노려보았다.

"물론 기뻐해야죠." 그가 말했다.

"그런데 그것은 당신의 추측이오, 아니면 근거가 있는 얘기요?"

포와로는 천장을 쳐다보았다.

"완전히 가능성이 없는 얘기는 아닙니다." 포와로가 침착하게 말했다.

"로슈 백작이 범인일 수도 있으니까요. 내가 그의 알리바이를 깨버렸거든요."

"어떻게 알리바이를 깼습니까?"

포와로가 별것 아니라는 듯이 어깨를 으쓱했다.

"내 방법을 사용했죠. 눈치와 재치만 있으면 간단한 일입니다."

"하지만 백작이 가지고 있던 루비는 가짜가 아니오?"

"분명히 백작은 루비를 훔치는 것밖에는 범죄를 저지르지 않았죠. 그런데 당신이 모르고 있는 사실이 한 가지 있습니다, 반 올딘 씨. 루비는 그보다 먼저 누군가가 선수를 쳤습니다."

"처음 듣는 얘기로군요." 나이튼이 소리쳤다.

"지금 제정신으로 얘기하는 겁니까, 포와로 씨?" 백만장자가 물었다.

"물론 거기에 대한 증거는 없습니다." 포와로가 담담하게 말했다.

"아직까지는 추측일 뿐이지만 조사해 볼 만한 가치는 있을 겁니다. 프랑스 남부의 현장으로 함께 가서 그 사실을 조사해 보지 않겠습니까?"

"내가 꼭 가야 한다고 생각합니까?"

"당신도 그러길 원할 것 같은데요."

그의 말투에는 상대방을 끄는 힌트가 담겨 있었다.

"좋습니다." 마침내 백만장자가 승낙했다.

"언제 떠났으면 좋겠습니까, 포와로 씨?"

"지금은 하실 일이 많습니다, 사장님."

작은 목소리로 나이튼이 끼어들었다. 그러나 백만장자는 확고한 결심이 선 듯 비서의 충고를 손을 흔들어 거절했다.

"이쪽 일이 우선인 것 같네." 그가 말했다.

"좋습니다, 포와로 씨. 내일 떠납시다. 기차는?"

"푸른 열차로 가게 될 것 같습니다."

포와로가 미소를 지으며 말했다.

제34장

다시 푸른 열차를 타고

'백만장자의 기차'라고도 불리는 푸른 열차는 무서운 속도로 구불구불한 길을 달리고 있었다. 반 올딘과 나이튼, 그리고 포와로는 모두 말없이 앉아 있었다. 나이튼과 반 올딘은 루스 케터링과 그녀의 하녀가 운명적인 여행을 했을 때와 마찬가지로 두 개의 객실이 연결된 객실을 잡았고, 포와로의 객실은 따로 떨어져 있었다.

반 올딘에게는 괴로운 여행이었다. 가장 슬픈 추억이 되살아났다. 포와로와 나이튼은 그를 방해하지 않기 위해서 낮은 목소리로 대화를 나누곤 했다.

그런데 기차가 속도를 줄여 리옹 역에 도착했을 때 갑자기 포와로의 행동이 활기차게 변했다. 반 올딘은 그의 그런 행동을 보고 이 여행의 목적이 범죄를 재현하는 데 있다는 것을 알아챘다. 포와로 혼자 모든 역할을 해냈다. 하녀 차례가 되자 서둘러 그녀의 방으로 들어갔고 케터링 부인이 그녀의 남편을 알아보고 근심스러운 표정을 짓는 모습을 나타냈으며, 부인이 기차 안에 있는 것을 발견한 디렉 케터링의 연기도 해냈다. 그는 두 번째 객실에서 사람이 가장 잘 숨으려면 어떻게 해야 하는지 시험도 했다.

그러더니 갑자기 반 올딘의 손을 꽉 잡았다. 뭔가 문득 떠오른 것이 있는 모양이었다.

"아차, 미처 생각하지 못한 일이 있군요! 파리에서 그만 내려야겠습니다. 자, 서두릅시다."

옷가방을 챙겨 든 그는 허겁지겁 기차에서 내렸다. 반 올딘과 나이튼은 당황했으나 침착하게 그를 따라 내렸다. 반 올딘은 한때 포와로의 능력에 대해 가졌던 믿음이 점점 희미해져 가는 것을 느꼈다. 그런데 그들에게 문제가 일어났다. 그들의 차표를 모두 차장이 가지고 있다는 것을 그들 모두 잊고 있었던 것이다.

포와로는 빠르고 유창한 말로 간곡히 사정했지만 굳은 얼굴의 직원에게는 아무 소용이 없었다.

"그만둡시다." 반 올딘이 퉁명스럽게 말했다.

"너무 서두르는 것 같군요, 포와로 씨. 칼레에서 여기까지의 요금을 지불하고 당신의 생각을 침착하게 들어보는 것이 좋겠습니다."

그때 포와로의 유창한 말이 뚝 끊어졌다. 그의 모습은 마치 돌로 변한 것 같았다. 그의 팔은 갑자기 떠오른 생각으로 벌려진 상태로 마비된 듯했다.

"멍청한 짓을 했군요." 그가 말했다.

"요즘에는 이렇게 가끔 실수를 한답니다. 다시 돌아가서 여행을 계속합시다. 다행히 열차가 떠나지 않았군요."

기차가 막 떠나려는 순간이었다. 그래서 세 사람 중 마지막에 올라탄 나이튼은 가방부터 던져 넣고 훌쩍 뛰어올라야 했다.

차장은 상냥하게 몇 마디 주의를 주고는 그들을 도와 짐을 객실까지 운반해 주었다. 반 올딘은 아무 말이 없었지만 포와로의 행동에 몹시도 못마땅해 하고 있었다. 나이튼과 단둘이 있게 되자 그가 말했다.

"저 사람, 너무 허둥거리며 수사를 하고 있어. 중요한 것을 잊지나 않았는지 모르겠군. 그는 요점을 잘 찌르기는 하지만 놀란 토끼처럼 뛰어다니는 건 별로 보기 좋지 않아."

포와로는 금방 돌아왔다. 그는 부드러운 말로 사과하느라고 쩔쩔맸다. 반 올딘은 무거운 표정으로 그의 사과를 들었지만, 속으로는 그에게 따끔하게 한마디 해주고 싶은 것을 꾹 참고 있었다.

기차에서 저녁을 먹은 뒤 놀랍게도 포와로는 세 사람이 반 올딘의 객실에서 함께 있자고 제의했다.

백만장자가 이상하다는 듯이 그를 쳐다보았다.

"혹시 우리에게 숨기는 것이 있습니까, 포와로 씨?"

"내가요?" 그는 뜻밖이라는 듯 눈을 커다랗게 떴다.

"왜 그런 생각을 했죠?"

반 올딘은 대답하지 않았지만 속으론 기분이 나빴다. 차장에게 그는 침대를 정리하지 않아도 좋다고 말했다. 그러나 여기까지 따라온 이상 일단 포와로를 믿는 수밖에 없다고 그는 생각했다. 세 사람은 말없이 앉아 있었다. 포와로는 왠지 안절부절못하는 듯한 모습이었다. 이윽고 그가 나이튼에게 물었다.

"복도로 통하는 객실문을 잠갔나요?"

"예, 방금 잠갔습니다."

"확실합니까?"

"의심이 나신다면 제가 가서 확인해 보겠습니다."

나이튼이 미소를 지으며 말했다.

"아니에요. 내가 가보지요."

그는 방을 연결하는 문으로 나가더니 잠시 뒤 고개를 끄덕이며 들어왔다.

"잠겼습니다. 당신이 말한 대로예요. 늙은이의 주책을 용서하시오."

그는 객실을 연결하는 문을 닫고 오른쪽 구석의 자기 자리로 가서 앉았다.

시간이 흘렀다. 세 사람은 꾸벅꾸벅 졸다가 잠깐씩 깨어나곤 했다. 그렇게 화려하고 편한 기차를 예약해 놓고서 이렇게 불편한 여행을 하는 사람은 아마 없을 것이다. 이따금씩 포와로는 시계를 보며 고개를 끄덕이고는 다시 선잠에 빠지곤 했다. 갑자기 그는 자리에서 일어나 문을 열고 옆방을 날카롭게 살피다가 고개를 저으며 다시 자리로 돌아왔다.

"무슨 일입니까?" 나이튼이 물었다.

"혹시 무슨 일이 일어나기를 기다리시는 게 아닙니까?"

"신경이 날카로워서요." 포와로가 말했다.

"나는 뜨거운 양철 지붕 위의 고양이 같은 사람입니다. 조그만 소리에도 놀라 잠을 깨곤 하죠."

나이튼이 하품을 했다.

"정말 따분한 여행이군요." 그가 불평했다.

"도대체 당신이 무슨 생각을 하고 있는지 모르겠습니다, 포와로 씨."

그는 눈을 감고 잠을 청하려고 애썼다. 반 올딘이 막 잠에 빠질 무렵 포와로는 14번째로 시계를 보고 나서 백만장자에게 다가와 그의 어깨를 쳤다.

"응? 무슨 일이죠?"

"5분, 10분 안에 우리는 리옹 역에 도착합니다."

"제기랄!"

반 올딘의 얼굴이 어두운 불빛 속에서 창백하게 보였다.

"그렇다면 지금쯤이 불쌍한 루스가 살해된 시간이겠군요."

그는 똑바로 앞을 응시하고 있었다. 그는 입술을 일그러뜨린 채 그의 인생을 슬프게 만든 비극적인 사건을 회상하고 있었다.

찢어지는 듯한 요란한 소리가 들리면서 기차가 멈췄다. 기차는 리옹 역에 도착했다. 반 올딘은 창문을 올리고 밖을 내다보았다.

"범인이 디렉이 아니고—당신의 새로운 추측이 맞는다면, 그 남자가 기차에서 내린 곳이 여기란 말이죠?" 반 올딘이 포와로를 돌아보며 물었다.

그런데 놀랍게도 포와로는 고개를 내저었다.

"아닙니다." 그가 신중하게 말했다.

"기차에서 내린 남자는 없었습니다. 그렇지만 여자가 내렸을 수는 있죠."

나이튼의 입에서 숨 막히는 듯한 소리가 새어 나왔다.

"여자요?" 반 올딘도 깜짝 놀라 물었다.

고개를 끄덕이며 포와로가 말했다.

"그렇습니다, 여자. 혹시 기억이 날지 모르겠습니다만, 반 올딘 씨, 그레이 양의 증언에서 모자를 쓰고 외투를 입은 젊은이가 플랫폼에서 왔다 갔다 하고 있었다는 부분이 있었습니다. 아마 그 젊은이가 여자였을 겁니다."

"그렇다면 그 여잔 누구죠?"

반 올딘은 여전히 못 믿겠다는 표정이었다. 그러나 포와로는 침착하게 얘기를 계속해 나갔다.

"그녀는—몇 년 동안 본명을 숨기고 있었죠. 키티 키드라고 합니다만, 반 올딘 씨는 다른 이름으로 알고 있을 겁니다—바로 애더 메이슨이죠."

나이튼이 벌떡 일어났다.

"뭐라고요?" 그가 소리쳤다.

포와로는 그의 곁으로 다가갔다.

"아! 잊은 게 있었군요." 그는 뭔가를 꺼내 손에 쥐었다.

"담배 한 대 피우겠습니까—당신의 담배 케이스에서 꺼내서요. 파리에서 기차를 내릴 때 이걸 떨어뜨린 것이 실수였소."

나이튼은 넋이 빠진 모습으로 그를 쳐다보며 서 있었다. 그가 움직이려고 하자 포와로는 어림없다는 듯이 그의 손을 움켜잡았다.

"움직이지 마시오."

낮지만 힘있는 목소리로 포와로가 말했다.

"옆방으로 통하는 문은 열려 있소. 당신은 지금 포위되어 있습니다. 복도로 통하는 문도 파리를 떠날 때 내가 열어 놓았지요. 우리들의 친구인 경찰이 주위에 깔려 있을 겁니다. 당신도 알겠지만 프랑스 경찰은 성질이 급합니다. 안 그렇소, 나이튼 소령—아니, 다른 이름으로 부를까요, 마르키 선생?"

제35장

사건의 설명

"사건의 설명?"

포와로는 미소를 지었다. 그는 네그레소에 있는 백만장자의 개인 사무실에서 탁자를 사이에 두고 그와 마주보고 앉아 있었다.

백만장자는 한숨 돌렸다는 표정이었으나 알고 싶은 것이 많은 듯했다.

포와로는 의자에 등을 기대고 담배에 불을 붙인 뒤 생각에 잠겨 천장을 바라보았다.

"좋습니다, 설명해 드리죠. 먼저 내가 이상하게 생각했던 점부터 시작하겠습니다. 그게 뭐냐 하면 형체를 알아볼 수 없게 된 얼굴입니다. 범죄를 수사하다 보면 그런 일이 가끔 있는데 대개는 피해자의 신원을 확인하지 못하게 하려는 의도로 그렇게 만들죠. 그래서 과연 죽은 여자가 루스 케터링이 맞는지 의심이 갔습니다. 그런데 그 문제는 믿을 만한 그레이 양의 증언에 의해 명확히 풀렸기 때문에 죽은 여자는 루스 케터링이라고 확신했죠"

"언제부터 하녀를 의심했습니까?"

"한동안은 의심하지 않았습니다. 그런데 그녀에게서 한 가지 이상한 점이 드러났습니다. 기차에서 발견된—그녀가 케터링 부인이 남편에게 주었다고 증언한 담배 케이스 말입니다. 최근 그들 부부관계로 미루어 볼 때 과연 그랬을까 하는 의문이 들었습니다. 그래서 애더 메이슨의 진술 내용에 대해 의심을 하기 시작했죠. 더욱 수상했던 점은 그녀가 부인과 함께 있은 지가 겨우 두 달밖에 안 되었다는 겁니다. 그렇지만 그녀는 분명히 파리에서 내렸으니까 범죄와는 관련이 있을 수가 없어 보였죠. 그리고 그 점은 몇 사람의 증언에 의해 뒷받침이 되었고—"

포와로가 몸을 앞으로 숙였다. 그는 강조하듯 손가락을 들어 반 올딘을 향해 흔들었다.

"그러나 나는 훌륭한 탐정입니다. 난 계속 의심했습니다. 내가 의심하지 않는 것은 누구도, 아무것도 없습니다. 나는 단지 듣기만 한 것은 절대로 믿지 않습니다. 속으로 이렇게 말했죠. '애더 메이슨이 파리에 남아 있었다는 사실을 어떻게 알게 되었지?' 그런데 처음에는 이 질문에 대한 대답이 지극히 만족스러웠습니다. 그 범죄와는 전혀 관련이 없어 보였던 나이튼의 증언과 죽은 사람에게서 그 말을 들은 차장이 있었으니까요. 그런데 아주 이상한—어떻게 보면 말도 안 되는 생각이 떠올라서 그들의 말을 잠시 제쳐놓았습니다. 만일 내 생각이 사실이라면 그들의 증언은 쓸모없이 되어 버릴 테니까요.

나는 내 추리에 가장 방해가 되는 점에 초점을 맞추었습니다. 푸른 열차가 파리를 떠난 뒤 리츠에서 메이슨을 봤다는 나이튼의 진술이 바로 그겁니다. 그런데 여러 사실을 조심스럽게 조사하는 사이에 두 가지 점이 눈에 띄었습니다. 첫째는 아주 흥미있는 우연의 일치였는데, 나이튼도 당신 밑에서 일한 지가 두 달밖에 안 되었다는 사실입니다. 둘째는 그의 이름 첫 글자도 똑같이 'K'라는 것이었습니다. 만일 기차에서 발견된 담배 케이스가 그의 것이라면?

그렇다면 그와 애더 메이슨은 함께 범죄를 저지른 셈이 되죠. 그래서 그녀에게 담배 케이스를 보였을 때 그녀가 깜짝 놀라서 케터링 씨의 것 같다는 말을 하지 않았을까? 처음에 그녀는 당황해서 케터링 씨가 범인인 것처럼 그럴듯하게 늘어놓았습니다. 하지만 처음의 계획은 그런 것이 아니었죠. 로슈 백작을 희생양으로 만들 예정이었는데 애더 메이슨은 그의 모습을 잘 모르는데다가 그가 확실한 알리바이를 내세울 경우를 대비해 그렇게 변경했던 거지요.

자, 그때 일어났던 아주 중요한 일을 기억해 보십시오. 나는 그때 애더 메이슨에게 그녀가 본 사람이 로슈 백작이 아니라 디렉 케터링이 아니냐고 넌지시 물어보았습니다. 그녀는 처음에는 잘 모르는 체 우물쭈물하다가 내가 호텔로 돌아간 뒤 당신에게 와서 잘 생각해 보니 디렉 케터링 같다고 말했습니다. 그래서 당신이 내게 전화를 걸어서 그 사실을 알려 줬죠. 나는 그런 일이 일어날 줄 예상하고 있었습니다. 그렇게 되면 그녀에 대한 나의 확신이 굳어지게 되니까요. 내가 당신의 호텔을 떠나자 그녀는 누군가와 의논을 했고 그에게서 행동을 지시받았습니다. 누가 그녀에게 지시를 내렸을까요? 나이튼 소령입니다. 그리고 스쳐 지나가기 쉬운 말이지만 아주 중대한 의미를 지닌 것이 있습니다. 나이튼이 요크셔에 있을 때 들었던 강도 사건을 얘기한 적이 있습니다. 그 말을 듣고 나는 이 사건이 그 사건과 연결된 범죄인지도 모른다는 생각이 들었지요."

"그런데 아직도 이해가 안 되는 것이 한 가지 있습니다, 포와로 씨. 내가 어리석어서 그런지 아직도 모르겠군요. 파리에서 기차가 섰을 때 있었던 남자는 누구였죠? 디렉 케터링입니까, 로슈 백작입니까?"

"대답은 아주 간단합니다. 그때는 어떤 남자도 없었습니다. 놀랄 만큼 교묘한 일이죠. 우리가 그 말을 누구에게서 들었습니까? 애더 메이슨 혼자의 증언이었습니다. 그녀가 파리에 남아 있었다는 나이튼의 증언 때문에 애더 메이슨을 철석같이 믿고 있었죠."

"그렇지만 루스가 직접 하녀를 파리에서 내리게 했다고 차장에게 말했다던데요—." 반 올딘이 슬며시 물었다.

"아! 그 얘기를 해야겠군요. 그것은 케터링 부인에게서 들은 유일한 증언인 셈이죠. 그렇지만, 반 올딘 씨, 달리 생각하면 부인은 증언할 수가 없었습니다. 죽은 사람은 말을 못하니까요. 그건 그녀의 증언이 아니라, 차장의 증언입니다 —전혀 다른 문제죠."

"그렇다면 차장이 거짓말을 한 것입니까?"

"아닙니다. 그는 사실이라고 생각했던 것을 말했던 것뿐입니다. 파리에서 하녀를 내리게 했다고 그에게 말한 사람은 케터링 부인이 아닙니다."

반 올딘은 말없이 그를 바라보았다.

"반 올딘 씨, 루스 케터링은 기차가 리옹 역에 도착하기 직전에 살해되었습니다. 애더 메이슨이 눈에 잘 띄는 주인의 옷을 입고 저녁식사 바구니를 주문한 뒤, 차장에게 그 말을 했던 겁니다."

"말도 안 돼!"

"아닙니다, 반 올딘 씨. 그렇지 않습니다. 요즘 여자들은 모습이 비슷해서 얼굴보다는 옷으로 구별하기가 더 쉽죠. 애더 메이슨은 당신의 딸과 키가 거의 같습니다. 그녀는 화려한 털 코트를 입고 작은 빨간색 모자를 눈을 가릴 정도로 눌러쓰고 그 옆으로 적갈색 고수머리를 살짝 드러냈죠. 차장은 감쪽같이 속은 겁니다. 더구나 그전에 케터링 부인과 얘기한 적도 없었으니까요. 그가 하녀를 본 것은 그녀가 차표를 건네줄 때뿐이었습니다. 차장은 그녀가 마르고 피부가 검다는 인상만을 받았죠. 차장이 특별히 관찰력이 예리한 사람이었다면 하녀와 부인의 모습이 비슷하다는 생각을 했을지도 모르죠.

그리고 애더 메이슨, 아니 키티 키드는 배우였기 때문에 변장할 수도 있었고, 목소리도 조절할 수 있었습니다. 그녀는 차장이 주인 옷을 입은 자신을 알아볼 수 없으리라고 생각은 했지만, 그가 시체를 발견했을 때 그 시체가 전날 밤 그에게 얘기했던 여자가 아니라는 사실을 알아차릴까 봐 두려웠습니다. 그래서 그녀의 얼굴을 알아볼 수 없게 만든 거지요. 애더 메이슨이 가장 염려했던 것은 기차가 파리를 떠난 뒤 캐서린 그레이 양이 부인의 객실로 들어올지도 모른다는 점이었죠. 그 점을 방지하기 위해서 저녁식사 바구니를 주문하고 부인의 객실문을 잠갔던 겁니다.”

“그렇다면 누가 언제 루스를 죽였다는 겁니까?”

“먼저 이 범죄는 사전에 치밀하게 계획된 것이며 나이튼과 애더 메이슨이 함께 저질렀다는 점을 명심하십시오. 나이튼은 그날 당신의 사업 때문에 파리에 있었습니다. 그는 중간 어딘가에서 기차를 탔습니다. 케터링 부인은 놀라긴 했겠지만 의심하지는 않았을 겁니다. 아마 그는 창 밖의 어떤 일에 그녀의 시선을 유도해 놓고 줄을 꺼내어 뒤에서 그녀의 목을 졸랐을 겁니다. 살인은 순식간에 끝났겠죠. 객실문을 잠그고 그와 애더 메이슨은 일을 시작했습니다.

그들은 죽은 여인의 겉옷을 벗겼습니다. 나이튼과 애더 메이슨은 담요로 시체를 말고 나서 옆방으로 가서 가방들을 뒤졌습니다. 나이튼은 루비가 든 보석함을 가지고 기차에서 내렸습니다. 이 범죄는 12시간 이후에 발생한 것으로 꾸몄기 때문에 그는 절대적으로 안전할 수 있었고 그의 증언과 케터링 부인(사실은 애더 메이슨이죠)이 차장에게 한 말 때문에 그의 알리바이는 완벽했습니다. 리옹 역에서 애더 메이슨은 저녁식사 바구니를 주문했습니다. 그러고 나서 화장실로 가서 주인의 옷을 입고 적갈색 고수머리를 달아서 주인과 비슷하게 변장했습니다.

차장이 침대를 정리하러 왔을 때, 그녀는 하녀를 파리에서 내리게 했다는 얘기를 했죠. 그리고 그가 침대를 정리하는 동안 그녀는 창 밖만 바라보고 있었습니다. 사람들이 지나가는 복도 쪽으로 얼굴을 보이지 않기 위해서였죠. 그건 아주 잘한 행동이었습니다. 지나가던 사람 중에 그레이 양이 있을지 모르고, 그렇다면 그녀도 그때 케터링 부인이 살아 있었다는 증언을 할 테니까요."

"계속해 보십시오." 반 올딘이 말했다.

"리옹 역에 도착하기 직전에 애더 메이슨은 부인을 침대 위에 눕혀 놓고 죽은 여인의 옷을 정돈하여 갠 다음 남자 옷으로 갈아입고 기차에서 내릴 준비를 했습니다. 디렉 케터링이 부인의 객실로 들어왔을 때 그녀는 뒤통수를 보인 채 편안히 잠든 모습이었고 애더 메이슨은 옆방에 숨어서 기차에서 내릴 틈을 엿보고 있었습니다. 차장이 리옹 역의 플랫폼에 내리자 그녀는 바람을 쐬기 위해 내리는 사람들 사이에 끼어 따라 내렸습니다. 그러고 나서 그녀는 들키지 않고 다른 플랫폼으로 건너가서 파리로 가는 첫 기차를 타고 와서 리츠 호텔에 투숙했습니다. 그 전날 나이튼은 여부하 중 한 명을 그 호텔에 투숙시켜 그녀의 이름을 장부에 기록해 놓습니다. 그녀는 거기에서 당신이 도착하기만을 기다리고 있었습니다. 보석은 처음부터 그녀가 가지고 있지 않았습니다. 나이튼은 아무런 의심도 받지 않았기 때문에 두려움 없이 니스로 보석을 가지고 왔지요. 그들은 파포폴루스 씨에게 보석을 인도하기로 약속했으며 마지막 순간에 메이슨이 그리스인에게 보석을 넘겼습니다. 마르키같은 게임의 명수나 생각해 낼 만한 치밀한 범죄였죠."

"그렇다면 리처드 나이튼이 그 세계에서 유명한 범죄자란 말이오?"

포와로가 고개를 끄덕였다.

"마르키라고 불리는 남자의 장점 중 하나는 매력 있고 예절 바른 태도였습니다. 당신이 그의 매력에 희생된 겁니다, 반 올딘 씨. 사소한 인연으로 당신의 비서로까지 채용되었으니까요."

"그렇다면 비서자리를 노린 것이 아니었군요." 반 올딘이 탄식했다.

"너무나도 치밀하게 행해졌기 때문에 당신같이 사람 보는 눈이 있는 사람도 감쪽같이 속은 겁니다."

"그의 경력도 조사해 보았지만 기록에는 이상이 없었는데—."

"그 점도 계획에 넣었겠죠. 리처드 나이트의 인생에는 흠이 없습니다. 좋은 가문에서 태어나 훌륭한 교육을 받았고 전쟁 중에도 명예롭게 복무했습니다. 의심할 만한 구석이 없는 사람이었죠. 그런데 내가 수수께끼의 마르키에 대한 정보를 입수했을 때 비슷한 점을 많이 발견했습니다. 나이트은 프랑스인처럼 불어를 유창하게 말하고 마르키가 활동하던 시기와 거의 동시에 미국, 프랑스 그리고 영국에 있었습니다. 마르키는 스위스에서 보석 강도들을 조종한다는 소문이 있었는데 당신이 나이트 소령을 만난 곳도 바로 스위스였습니다. 그때 당신이 유명한 루비를 사려고 한다는 소문이 퍼지기 시작했었죠."

"그런데 왜 살인까지 했을까요?" 반 올딘이 낮은 목소리로 말했다.

"영리한 도둑이라면 죽이지 않고 보석만 감쪽같이 훔칠 텐데."

포와로가 고개를 저었다.

"마르키는 이 사건에서만 살인을 저지른 것이 아닙니다. 그는 타고난 살인 자입니다. 그는 증거가 남아서는 안 된다고 믿는 사람입니다. 죽은 사람은 말을 못 하니까요. 마르키는 역사적으로 유명한 보석에 대해서 강한 집착을 가지고 있었습니다. 그는 오래전부터 자신이 당신의 비서로 들어가고 그의 여부하를 당신 딸의 하녀로 들여보낼 계획을 세웠습니다. 보석이 목적이었죠. 그리고 그의 계획이 성공할 것이라는 확신을 했지만, 깡패를 고용해서 당신이 보석을 사던 날 밤 파리에서 당신을 습격했습니다. 그 계획은 실패했지만 그는 실망하지 않았을 겁니다.

다음 계획은 완벽하다고 스스로 자부했을 테니까요. 리처드 나이트은 절대로 의심받지 않을 것이라고 생각했겠죠. 그러나 모든 위대한 사람과 마찬가지로—마르키도 위대한 사람이라고 할 수 있습니다—그에게도 약점이 있었습니다. 그는 그레이 양을 진실로 사랑하게 되었습니다. 그는 그레이 양이 디렉 케터링을 좋아한다고 생각한 나머지, 기회가 오자 그를 살인자로 몰려는 유혹을 뿌리치지 못했던 거지요. 자, 반 올딘 씨, 아주 이상한 얘기를 하나 할까요? 그레이 양은 절대로 공상 같은 것을 하는 여자가 아닌데, 몬테카를로에 있는 카지노의 정원에서 나이튼과 오랫동안 얘기를 마치고 혼자 앉아 있을 때 옆에 당신의 딸이 분명히 있다고 느꼈답니다. 그녀의 말로는 당신 딸이 뭔가 절실하게 말하고 싶은 것 같았는데, 갑자기 그 말은 나이튼이 범인이라고 말하는 것 같다는 생각이 언뜻 들었답니다. 하지만 너무 이상해서 어느 누구에게도 말하지 않고 있었다더군요. 그렇지만 그녀 자신은 그 생각이 사실이라고 굳게 믿고 있었기 때문에 그에 따라 행동한 거죠—조금 위험한 행동이긴 합니다만. 겉으로는 나이튼의 접근을 거부하지는 않았지만 속으로는 그가 범인이라는 확신을 하고 있었답니다."

"신기한 일이군요." 반 올딘이 말했다.

"그렇습니다. 이상한 일이죠. 꼭 집어서 설명할 수 없는 일이죠. 오, 그런데 골치를 썩이던 일이 있었습니다. 당신의 비서는 전쟁 중에 입은 부상 때문에 다리를 절었습니다. 그런데 마르키는 다리를 절지 않습니다. 정말 곤란한 문제였습니다. 그런데 레녹스 탬플린 양이 어느 날 그녀의 어머니의 병원에서 치료를 담당했던 외과의사들이 나이튼이 다리를 절자 깜짝 놀랐다는 말을 했습니다. 그게 실마리가 되었죠. 나는 런던에 있는 동안 한 외과의사를 찾아가 기술적인 자세한 얘기를 듣고 나서 내 믿음을 더욱 확신했습니다. 나는 그 전날 나이튼에게 지나가는 말로 그 의사의 이름을 말해 봤죠. 그 의사가 전쟁 중에 자신을 치료한 의사라는 얘기가 나이튼에게서 나와야 하는데도 아무 말이 없었습니다. 바로 그 점에서 나는 그가 범인이라는 마지막 확신을 가졌죠. 그리고 그레이 양이 나이튼이 입원해 있던 탬플린 부인의 병원에서 강도사건이 있었다는 기사를 내게 보여 줬습니다. 그녀는 내가 파리의 리츠 호텔에서 그녀에게 보낸 편지를 받은 순간 그녀와 내가 똑같은 사람을 범인으로 보고 있다는 것을 알았답니다.

몇 가지 어려움은 있었지만, 내가 원했던 것을 얻었습니다—애더 메이슨은 사건이 일어난 날 저녁에 도착한 것이 아니라 다음 날 아침에 도착했다는 증거를 찾아냈습니다."

긴 침묵이 흘렀다. 갑자기 백만장자가 손을 뻗어 포와로의 손을 잡았다.

"이것이 내게 어떤 의미를 주는지 잘 알고 있겠죠, 포와로 씨?"

그의 목소리는 쉬어 있었다.

"오늘 아침 당신에게 수표를 보내겠습니다. 그러나 당신이 내게 해준 행동에 대해서는 어떤 수표로도 보답할 수 없을 겁니다. 포와로 씨, 당신은 언제까지나 훌륭한 탐정으로 남아 있을 겁니다."

포와로는 일어나서 가슴을 내밀었다.

"나는 에르퀼 포와로일 뿐입니다." 그가 공손하게 말했다.

"당신이 말한 대로 나는 내 분야에서는 위대한 인물입니다. 내가 당신 같은 위대한 인물을 위해 일한 것을 기쁘게 생각합니다. 이제 돌아가서 여행의 피로를 풀어야겠습니다. 아차! 충실한 조지를 데려오지 않았군요!"

호텔 라운지에서 그는 다른 친구들을 만났다. 위엄을 풍기는 파포폴루스 씨와 그의 딸인 지아가 있었다.

"당신이 니스를 떠난 줄 알았는데요, 포와로 씨."

그리스인은 포와로가 다정하게 내민 손을 잡으며 말했다.

"일 때문에 다시 돌아왔습니다."

"일이라뇨?"

"그럴 일이 있었습니다. 그런데 건강은 회복되었습니까?"

"아주 좋아졌습니다. 사실은 내일 파리로 돌아간답니다."

"그것참, 반가운 소식이군요. 그런데 당신이 그리스의 전직 장관을 파멸시키지 않았으면 좋겠습니다."

"내가요?"

"당신이 아주 훌륭한 루비를 미렐 양에게 판 걸로 아는데요?"

"그건 사실입니다." 파포폴루스 씨가 작은 목소리로 말했다.

"'불의 심장'과 비슷한 것이라더군요."

"물론 비슷한 데가 있긴 하지요." 그리스인이 슬쩍 말했다.

"보석을 취급하는 솜씨가 정말 놀랄 만하군요, 파포폴루스 씨. 지아 양, 이렇게 빨리 파리로 돌아가게 돼서 섭섭합니다. 내 일을 끝내고 나서 다시 당신을 만나고 싶었는데요."

"당신의 일이 무엇인지 물어봐도 실례가 되지 않을까요?"

파포폴루스 씨가 물었다.

"괜찮습니다. 방금 마르키를 내 손으로 잡았으니까요."

파포폴루스 씨의 근엄한 얼굴에 희미하게 경련이 일었다.

"마르키라고?" 그가 중얼거렸다.

"처음 듣는 이름 같지는 않은데, 기억이 나지 않는군요."

"그렇지 않을 겁니다." 포와로가 말했다.

"유명한 보석 강도인데요, 그는 영국인인 케터링 부인을 살해한 죄로 체포되었습니다."

"정말입니까? 정말 놀랍군요!"

정중한 작별인사가 오간 뒤 포와로가 그들의 소리를 듣지 못할 정도로 멀리 가자 파포폴루스 씨가 딸에게 몸을 돌렸다.

"지아―." 그가 떨리는 목소리로 말했다.

"그는 악마 같은 사람이야!"

"저는 저 사람이 좋은데요."

"나도 마찬가지다." 파포폴루스 씨가 말했다.

"그렇지만 저 사람은 악마야."

제36장

바닷가에서

미모사는 거의 시들어 있었다. 바람에 날리는 미모사 향기는 그리 좋지 못했다. 탬플린 부인의 별장에는 난간을 따라 핑크색 제라늄이 짝을 지어 있었고 그 아래로 피어 있는 카네이션의 달콤하고 진한 향기가 가득 차 있었다. 지중해는 그 푸름을 한껏 드러내고 있었다. 포와로는 레녹스 탬플린과 테라스에 앉아 있었다. 그는 레녹스에게 이틀 전에 반 올딘에게 했던 얘기를 하고 있었다. 레녹스는 이마를 찌푸리고 실눈을 뜬 채 그의 말을 주의 깊게 들었다.

그가 얘기를 끝내자 그녀가 궁금한 듯이 물었다.

"디렉은요?"

"어제 석방되었습니다."

"가버렸겠군요. 어디로 갔죠?"

"어젯밤 니스를 떠났습니다."

"세인트 메리 미드로 갔겠죠?"

"그렇습니다."

침묵이 흘렀다.

"캐서린에 대해 잘못 생각하고 있었어요." 레녹스가 말했다.

"저는 그녀가 그를 좋아하지 않는 줄 알았어요."

"그녀는 아주 완고해요. 아무도 믿지 않았죠."

"저는 믿었을 거예요." 씁쓸한 표정으로 레녹스가 말했다.

"맞아요." 포와로가 무겁게 말했다.

"그녀가 당신을 믿었는지도 모르죠. 그렇지만 캐서린 양은 오랫동안 남의 말을 들으면서 살아온 사람입니다. 듣기만 한 사람들은 자신의 감정을 잘 나타내지 않죠. 그들은 슬픔과 기쁨을 속으로 삭이고 누구에게도 얘기하지 않습니다."

"제가 어리석었어요." 레녹스가 말했다.

"저는 캐서린이 진짜로 나이튼을 좋아하는 줄 알았어요. 그렇지 않다는 것을 알았어야 했는데, 그렇게 생각했던 이유는—글쎄요. 그러길 바랐기 때문이었겠죠."

포와로는 그녀의 손을 잡고 가볍게 다독거렸다.

"힘내요, 마드모아젤." 그가 부드럽게 말했다.

레녹스는 바다만 바라보고 있었다. 그 순간 그녀의 보기 흉하게 굳은 얼굴은 비극적인 아름다움을 풍기고 있었다.

"어쨌든 저와는 이루어지지 않았을 거예요. 저는 디렉에게는 너무 어려요. 저는 절대 자라지 않는 어린아이 같아요. 그에게는 마돈나 같은 손길이 필요하죠."

그들은 오랫동안 말없이 앉아 있었다.

이윽고 레녹스가 그를 향해 충동적으로 말했다.

"그렇지만 제가 도움이 되었잖아요? 어쨌든 도움이 됐죠?"

"그래요. 당신이 범죄를 저지른 사람이 열차에 없을 수도 있다고 말했을 때 처음 나는 힌트를 얻었습니다. 그전에는 뭐가 뭔지 종잡을 수 없었죠."

레녹스가 긴 한숨을 내쉬었다.

"어쨌든 제가 도움이 되었다니 기뻐요." 그녀가 말했다.

멀리서 기차의 엔진 소리가 들려왔다.

"지긋지긋한 푸른 열차로군요." 레녹스가 말했다.

"기차는 참 냉혹하죠, 포와로 씨? 사람들이 죽고 죽여도 기차는 상관없이 달리잖아요. 말도 안 되는 소리 같지만 제 말뜻을 아실 거예요."

"물론 알죠. 인생은 기차 같은 겁니다, 마드모아젤. 계속 달리죠. 사실은 그런 게 좋은 거예요."

"왜요?"

"기차도 결국은 종착역에서는 멈추니까요. 영국 속담에도 그와 비슷한 것이 있습니다."

"'여행은 사랑하는 사람을 만나면 끝난다.'" 레녹스가 웃었다.

"그 속담은 제게는 해당하지 않아요."

"아닙니다. 그렇지 않아요. 당신은 자신이 생각하는 것보다 훨씬 어려요. 기차를 믿어요, 마드모아젤. 자비로운 하나님께서 이끄시고 계시니까."

엔진 소리가 다시 들려왔다.

"기차를 믿어요, 마드모아젤." 포와로가 낮은 목소리로 말했다.

"그리고 에르큘 포와로를 믿어요. 그는 알고 있습니다."

<끝>

■ 작품 해설 ■

《푸른 열차의 죽음(The Mystery of the Blue Train, 1928)》은 애거서 크리스티 (Agatha Christie, 영국, 1890~1976)의 8번째 장편이며, 9번째 추리소설, 그리고 에르 퀼 포와로가 등장하는 장편으로는 5번째이다.

이 장편은 실종, 이혼 등 어려운 시기에 처하고 있었던 크리스티의 작품치 고는 경쾌한 필치로 쓰인 초기 걸작 중 하나이다. 치밀한 구성, 성격 묘사, 상 황 설정, 의외의 결말 등 빈틈없는 작품이다.

리비에라행 호화 특급열차인 '푸른 열차' 속에서 미국의 백만장자 반 올딘 의 딸 루스가 피살되고 그녀의 보석 상자에서 '불의 심장'이라는 희귀한 루비 가 도난당한다.

이 열차에는 피해자의 남편 디렉 케터링이 그의 정부인 미모의 발레리나 미렐과 동승하고 있고, 게다가 사건 직전에 아내의 객실로 들어간 사실을 목 격한 증인이 있다. 경찰은 디렉 케터링을 체포하지만, 마침 푸른 열차에 동승 했던 명탐정 에르큘 포와로는 경찰과 의견을 달리한다.

이 사건은 강도 살인에 불과했던가? 아니면 강도는 살인을 은폐하기 위한 위장이었던가? 포와로의 회색 뇌세포는 민첩하게 움직인다.

'나는 이 세상에서 가장 뛰어난 명탐정입니다.' 하고 자부하는 에르큘 포와 로가 운명의 루비에 얽힌 기괴한 밀실 살인사건을 다루게 되는 것이다.

장편 《푸른 열차의 죽음》은 본래 단편이었던 '플리머스 급행열차(The Plymouth Express)'를 발전시킨 것이다. '플리머스 급행열차'는 미국에서만 발행된 단편집 《패배한 개(The Under Dog and Other Stories, 1951)》에 수록되어 있다.